陌生地带

张品成 著

目录

001 第一章

- 001 蝗虫把天都要吞了
- 004 让他做我书童
- 008 你以为天上会掉下个金元宝？
- 011 事情像做梦一样

014 第二章

- 014 未来充满神秘
- 017 他们被安置到上海远郊的一个什么地方
- 020 涂天让对植棉技术尤其情有独钟
- 024 查恒有很快知道了事情的严重性

031 第三章

- 031 洪天禹还真没出过乱子
- 035 师长集合队伍下了开拔的命令
- 040 我不知道能不能做这把尖刀
- 044 那不是你个毛孩子去的地方
- 048 毕竟是第一仗呀

054 第四章

- 054 他们在撒谎

- 057 张虹丽把自己的名字改成了张宏力
- 060 秦宏驰爱读书
- 062 涂天让喜欢一种神秘
- 065 潘耕晨突然有很多话想对人说

- 071 **第五章**

- 071 洪天禹肚里揣着一肚子的火准备发泄
- 074 有人想做渔翁
- 078 不该看的不要看不该听的不要听
- 080 吃一堑长一智
- 083 上头有上头的安排

- 090 **第六章**

- 090 船山四面都是水
- 092 没人知道潘普昭发财的秘密
- 097 运货是门学问
- 100 潘掌柜
- 104 所谓得民心者得天下
- 108 人想明白了就好

- 114 **第七章**

- 114 潘耕晨很快又跳出那些问号勾勾

118 他们走了水路走山路
122 到哪不是种棉花?

130　第八章

130 杨怀亮总能将一些事说得八九不离十
133 没有人想到杨怀亮这样的人也能和那群人融到一起
138 大难不死
144 没有人认为杨怀亮对这支队伍会有二心

147　第九章

147 士兵就该想这事
150 脱了军装你就真是个农人都像一个村子里乡里乡亲一样
156 这骂仗举世无双
158 外号

164　第十章

164 这一天船山就真成了一条大船
166 这里没红的白的黑的蓝的
175 船山有好几处戏台

178	第十一章
178	九佬十八匠
181	擦枪
183	洪天禹真就改变了崔工利
189	他们说你中邪了
194	第十二章
194	种棉成了一场运动
198	我们得请专家
200	有人想拜二位为师
203	秦宏驰张宏力也是整个计划中的一部分
211	第十三章
211	他们殊途同归得出个同样的结论
214	谁也没想到渣子会重新出现
218	山里的谜太多了
226	第十四章
226	要进一批重要的货
230	我不懂什么革命我只懂种棉花
235	他脑子里纠结的都是土壤

238　让你们去船山看看

240　第十五章

240　这地方到处都是谜
245　笑声惊飞了丛林里的鸟
249　纸包不住火

251　第十六章

251　他心无旁骛读报纸
257　一群士兵围了在那听人读报纸
263　要打仗了喔
267　吕大每没觉得那是个事

269　第十七章

269　有一天盐要比金子贵
274　有个主意小虫样在他心里动了下
278　他弄不清为什么去船山非得换下军装
284　这里成了乱世间的世外桃源

287　第十八章

287　他们到底没忘了我

290 崔工利感觉到了对方指尖上的一点什么
293 这眼睛就是我弟他的
296 这里的风景有种说不出来的东西

303 第十九章

303 我心里窝了摊烂棉花
306 你们已经尽心尽责了
308 这不是信任不信任的事
312 我还是跟你们说说这地方的事吧

318 第二十章

318 庆源班没来戏还是得唱下去
321 他和工利看来前世的缘哟
324 人们感觉洪天禹与前大不一样
328 新枪新炮和粮米弹药什么的装了几卡车
330 他让他们看的是那张照片和短剑

334 第二十一章

334 洪长官要带他去过枪瘾
337 自己的弟兄不打自己的弟兄
340 山不转水转

347　第二十二章

347　一支军队悄然地进入了阵地
350　工利就更觉得自己像是一盏油灯
352　暴风雨到底还是来了
354　那爆豆一样的枪声让崔工利热血沸腾
357　这个少年在枪林弹雨里这么狂奔浪走
359　鬼晓得
361　崔工胜扣动了扳机

365　**后记**

369　《陌生地带》创作谈

第一章

蝗虫把天都要吞了

哥哥点了灯，拎着在弟面前晃了晃。那天天很黑，四下里像被人泼了黑漆。屋外听得见哗啦哗啦的声音，不是一声，也不是一阵，是持续不断。从早上一直持续到现在。"狗日的蝗虫，扫地样哟……那么好的麦子没影了……全让狗日的蝗虫毁了。"哥在昏暗里说着。

"这句你都说了好些遍了……"做弟弟的说。

"好些遍好些遍，那又怎样？！"

灯影里，弟也眨了眼看哥。

哥说："队伍据说要开拔了，说是往南走。"

弟说："往南走往南走……"

"看你说的，往南走……我一走，家里就你一个人了……"

"一个人就一个人……"

"你才十二岁呀，叫哥怎么放心得下。"

"放心不下你不会跟队伍上说?"弟弟朝哥翻白眼,他的脸很圆,眉呀眼呀嘴巴鼻子全放在该放的地方。

"说什么?!"

"你就说让我跟队伍一起走就是了,我也当兵吃粮。"

"你做梦吧……看你这么说……你才多大,没根枪高……"

弟弟还那么伸长脖子,他朝黑暗里啐了一口。

"你啐我?"

"我没啐你,我口里有痰,我喉咙间痒,忍不住就想啐嘛……我就啐了……"

"我说你没枪高,你就啐哥。"

"我没啐……没枪高我能做别的呀,队伍上也不全都扛枪的。"

"队伍是有做杂活的,送信的吹号的做马夫伙夫的……他们也不会收个半大的孩娃儿的呀。"

"你说的?"

"这不明摆了的事吗?"

弟弟黑了一张脸,他不看他哥,他看角落。

"你就不会试试?"弟弟说。

哥哥说:"试试就试试。"他想,就张张嘴的事。

天刚亮,崔工胜就翻身起床。推门,看见田像才剃过的脑壳,那些麦,只存些茬茬了。远处,一片黄烟弥漫,他知道那不是烟,是蝗虫。

崔工胜站在那发了一会儿愣,他朝那边啐了一口。鬼蝗虫,有本事你把日头也吃了?把石头吃了?他心上那么说。

走到巷口,他看到吕大每了。吕大每在屋檐下抽烟,气下得猛,呼噜呼噜地响。

"蝗虫把天都要吞了,你狗日的悠闲自在坐檐下抽烟,看风景呀?"崔工胜说。

"我看看它们有多大能耐……"

"能耐不能耐,反正蝗虫飞过的地方庄稼就毁了……又要饿死人了。"

"你管它,又饿不死咱。过几天队伍开拔,据说往南边去,南边有好吃好喝的,南边又没蝗虫……"

"可是我家崔工利呢?"

抽烟的男人才抬起头,说:"是哟!你家工利怎么办呢?"

"我就是为这事来找你的。你和师长说得上话,你去跟师长说说,也许他需要个马夫,也许他需要个端茶倒水的勤务……"

吕大每是司务长,也就做些采买的勾当,师长那要好烟好酒的,就会支使他去办。他能随便进师长的厢房。至于他说是师长的远房亲戚,这就难说了。没人去师长那对证,谁敢问这事呢?就都信了他。

崔工胜说:"你是师长他远亲,你有面子,你去给我说说。我会记得你大每的人情的。你知道我工胜是个讲义气的人,我要还我会还……你这个人情。"

吕大每想说什么,看见对方眼里泪花儿叼着,没忍心说出来,说出来的却是另一句话:"你看你不必弄出眼里湿东西嘛……你是个男人呀……"

"我跟你去说就是,不就一句话的事……我去跟师长说就是。"吕大每说。

让他做我书童

洪天禹老打嗝，一大早又连打了三个。有人说："师长，你又喝多。"

洪天禹说："鬼哟，我有三天没喝到一滴酒了……"

"可我怎么闻到你打嗝喷出的酒气？"

"我还闻到你嘴里喷出的屎臭……许团长，你屁是从嘴里放的吧。"

许世魁没生气，那话洪天禹是笑笑了说的。

许世魁跟了洪天禹多年，还在山中做草寇营生时，许世魁就管洪天禹叫大哥。跟了大哥打家劫舍，后来被冯玉祥部招安。入了行伍，当兵吃粮。洪天禹做了师长，许世魁在他手下做团长。这么多年，洪天禹说话就这么的，许世魁听惯了，也知道洪天禹脾性，他只笑笑不回话，不然对方会回一句更狠的。洪天禹对许世魁的淡定也不会憋气，他更有了说粗话脏话的理由，他不能把那些话放在肚子里，洪天禹心头郁闷了就会在肚子里憋许多粗话脏话。

要是吕大每不来，两个男人还得那么你来我去的一大堆的难入耳的话语比拼，但吕大每出现了。

洪天禹说："大每你几天没在我眼前晃了。"

吕大每举了手中的酒壶和菜："我给师长弄这个去了。"

师长见了酒，到嘴边的话就收了去，眉开眼笑的。说："说曹操，曹操就到。"

"是师长想酒了吧。"

洪天禹还嘿嘿地笑着："想酒我就想你，想你我就想酒……一回事……"

三个人当下就在那小院里喝上了。这几个月来，天灾人祸。富前不大的镇子，过了三茬队伍。先是吴国于的马队。"吴国于欠我十几条人命。"每提到这个人，洪天禹就咬牙切齿。洪天禹和吴国于都在江湖上为匪。一个占山，一个在平原间流窜。有时难免犯了对方的地盘，两股草寇难免结下梁子。洪天禹人多占了兵强。吴国于人虽少但却是支马队占了马壮。因此，谁也占不了绝对上风，也因此谁也不服谁。后来洪天禹入了队伍，那情形就不一样了。洪天禹那天对了天空喊："你狗娘养的吴大麻子，我要你粉身碎骨！"

主意是张师爷出的，他让洪天禹派了几个人劫了给自己送粮草的马队，然后跟长官说这是吴国于的人干的。长官正心事重重，哪有心思顾得上许多。说，粮草是给你洪天禹的，人抢了你抢回来就是，不然你们官兵全饿肚子！

洪天禹师出有名。大兵压境，横扫宿敌，公报私仇呀。打得吴国于马队落荒而逃。就逃到富前。等洪天禹率部追到这地方，吴国于带了余部已经翻山入了湖北地界。洪天禹很得意，你出了这地方就如鱼无水，只死路一条的了。他刚想着这事，突然觉得事态并不妙。吴国于屁滚尿流地蹿到富前，把火气愤懑也发泄在了这地方。鸡飞狗跳，酒和值钱物什当然横扫一空。到自己率追兵杀到，富前只剩个空壳。这更激怒了洪天禹，他要带人穷追猛打，斩草除根。洪天禹正要乘胜追击，上司来命令了：你们就坐守富前待命。

他们在那呆了不到半月，第三拨"兵马"竟然是蝗虫。没想到竟然把满眼的嫩绿也洗劫干净。现在，洪天禹推开门，看见的是片黄土。他的心上也漫起了黄尘，他想喝酒，他想酒能洗干净一些东西。

"喝！喝喝！"洪天禹嚷了。

吕大每三碗酒下肚，胆就大了，嘴皮子就活了。说："师长，我有个事想跟你说。"

"你说你说！"

"你该有个勤务的，你该有个服侍你的人。"

"我副官叫吴国于派来的杀手杀死了……"

"我知道我们都知道，吴国于派杀手要杀你，月黑风高夜是谭副官给你挡了子弹……"

"我的谭福山兄弟呀……"洪天禹语气有点悲哀，他把面前的一大碗酒一下子全倒进了喉咙。脸上起了潮红，看人就目光直了，大口呼气，大口吐气，然后是一串的嗝，夹杂的全是酒气。

"你说你说……"

吕大每就把那话说了。

"崔工胜父母都亡故了，家里没别人……就只个弟弟……"

"噢！"

"可怜人儿哟……才十一岁的嘛……你看这铺天盖地的蝗虫……要收了多少人的命的哟……"

"噢噢！"

许世魁倒是急了："你看你个大每哟，你嘴叫粪堵了，你说话闪闪烁烁的有话你直说！"

"我说了嘛……我跟师长说你该有个勤务的，你该有个服侍你的人的嘛……我是说让崔工胜的弟弟来给师长做勤务，救人一命，胜造七级浮屠……"

洪天禹猛拍了下桌子,把旁边两个吓了一大跳。然后他很响地说了句:"好!"

"师长,你把我吓坏了!"吕大每抹了额上的汗说。

"你答应了的啊?!……谢谢师长……"吕大每有点诚惶诚恐。他根本就没想到会是这么个结果,他只是借了酒劲说那么一句的。

"可是……"洪天禹眯了那双小眼睛说了声"可是"。

旁边的两个大了眼睛看他。

"可是……那么个小童做不了我的副官的。"洪师长没睁眼,他说。

许世魁说:"那是那是,一个小娃儿能当副官的吗?"

"说了做勤务,做个勤务兵服侍大哥……"

"不行!"洪天禹这回睁开了那对小眼。

许团长和吕司务又瞪大了眼睛,一动不动看着洪天禹。

洪天禹慢声细气地说:"让他做我书童。"

"噢噢!"对面的两个人同时"噢"出了声,长长地舒了一口气,心上一块大石头被人掀了。他们想笑,但没笑出来。洪天禹响马一个,大字不识一箩,竟然还整出个什么书童?

"那孩子的嘴牢吗?"洪天禹说。

吕大每说:"这师长你就更放一百个心啦,他和他哥一样,嘴像两片石头,话少得像秃子头上的毛发。"

"那就好!"

吕大每小心地说:"这事就这么定了?"

"喝酒！"洪天禹说。

就是喝酒喝酒，管他什么书童不书童的？

三个人把那坛子酒喝光了。

你以为天上会掉下个金元宝？

书童崔工利那时不知道他已经做了人家的书童，他坐在破屋前的大石头上看天。他哥崔工胜一脸的心事重重的样子，灰褐色的天空和蝗虫弄出的满地狼藉，让他心上更塞满乱草。哥哥心里惦着的是弟弟今后的日子。那天，吕大每说跟了他去当兵吃粮，他还觉得事情很遥远，当兵吃粮呀，饿不了肚子哟。搁过去，队伍上招兵买马那是个难事情，要抓丁。可现在不一样，这一年先是涝，后是旱，然后是蝗虫。你看蝗虫把粮弄了个精光，队伍上也没粮的，还多添那么多嘴？鬼信？人都挤破了头想去队伍上。当兵有衣穿有饭吃，总比逃难要好。

崔工胜不知道蝗虫漫天飞舞那天，洪天禹站在窗前得意地笑着。

许世魁那些天陪了他的长官。谭副官死后，许世魁一直陪伴在洪天禹的身边。除了洪天禹上窑子他不随身外，基本就贴身做陪同和保镖。

许世魁看见洪天禹莫名地笑，说："要死人的，这蝗虫过去皇帝都怕，你还笑？"

"是我洪天禹走运的时候了。"洪天禹说。

许世魁后来明白他说的是人马。

洪天禹趁了天灾扩充了他的人马,是他开心的理由。崔工胜也因此入了队伍从此衣食无忧,也是他开心的理由。

不开心的是想到弟弟。

他思前想后,觉得得带他弟崔工利去下封屯。

封屯离富前五十里地。两兄弟走了大半天,到封屯天已近黄昏。他们去了二舅家,兄弟两个娘死得早,娘在世时对二舅最好。虽说是亲舅,但二舅比崔工胜大不了几岁。二舅也和兄弟俩常常一起玩耍和他们亲近。想想,他们也就二舅一个亲人了。崔工胜想把弟弟托付给二舅潘耕晨。

二舅正在屋里发呆,他面前铺了张旧报纸,那个男人正对了那张报纸发呆。崔工胜两兄弟走进那张门时,他家二舅抬头看了一眼,有点意外。

"什么风把你们吹来?……好好,你们帮我拿个主意。"

崔家兄弟没明白是怎么回事,再说他们不识字,看不懂那纸上蝌蚪。

那是张《申报》,潘耕晨捏在手里看了好几天,不只是看哟,似乎在细心研究什么。那报纸这些天来被潘耕晨捏得皱巴巴的。现在,他又用手指指了指报纸上那几行字。

崔工胜说:"我又不认字……"

"他们招种棉高手哩……工钱开得高……"

"种棉高手?!"

"就是!"

"去什么地方?"

"没说,只说到上海找这个地址……只要他们聘了,路上花的盘缠费用一应他们出。"

"上海？！……上海有棉花地吗？"

"没有……上海花花世界，别的花应有尽有，就是没棉花地。"

"你打算去看看？"

"为什么不？现在闹蝗虫，田里麦子棉花都成了泡影，去看看总比坐在家等死强也比出外逃荒强。"

"那是！"

"我得去！我看我是好运来了……种棉高手，说的就是我哟……"

"唉！"

"你看你叹气？……噢噢，我知道你怕我跟你借钱，我还正要找你筹盘缠，你看你叹气就算了。"

崔工胜从兜里掏出两个银洋丢了过去："我看二舅种棉花能不能种出金子来？！"

潘耕晨把银洋收了："我说一早喜鹊儿叫哩，是有好事呀……工胜你记着，这钱舅会还你！说不定我种棉花种出金子了呢？这年头，什么事都难说。"

那银洋是他刚发的饷。洪天禹说新兵到队伍上就是入新家，做家长的要给个红包，你们去打平伙还是逛窑子下赌场随你们了，开心就好！

崔工胜有点沮丧，他黑着脸。他不是舍不得那两个大洋，是他弟崔工利他放心不下呀，原本是想交给二舅，但二舅却横生出另一个事，做不了指望了。

他弟崔工利却没把什么往心上装，在黄尘里奔跑跳跃，还竟然跑去抓蝗虫，一副天真无邪模样。

"你还疯！你以为天上会掉下个金元宝？！"他朝他弟吼着。

崔工利愣了下，然后不急不慢地对他哥说："有时天上就会掉下个东西，不然蝗虫从哪来的嘛？天上掉雨，就水灾来了。天上太阳火一样，滴水不落，就旱了，然后蝗虫就来了。你看怪了，一涝一旱，蝗虫必来，你看不是天是什么？"

做哥的哑了。

还真像天上掉下个什么，才到富前，就看到吕大每手舞足蹈地朝他兄弟两个奔来。然后，把那个好消息砸向这对兄弟。

事情像做梦一样

崔工利十一岁，但人长得瘦小，看去不到十岁样子。人小心却大，镇上有说书的来，挤进去听，恨不得每一个字都不漏了。说三国说水浒说薛仁贵征西，心上一些芽芽就冒呀冒的，常常幻想了从军做元帅将军。

富前来了队伍，他亢奋了几天，天天看人家操练。

他哥崔工胜和富前的一帮后生入了队伍，崔工利的脸黑了有几天。有人说："哎哎！是谁欠了你的米还是糠吧？"

他说："没人欠我米谷我也没欠人米谷。"

"那你脸拉成这样？"

崔工利朝人翻白眼："为什么队伍上就不要我呢？"

有人牵过那匹马，指了指马背："你骑上去我看看。"

崔工利试了好几回，他没法骑上那马背，不仅没骑上去，连那马都欺他，扬起蹄子扎实地给了他两下，害得他屁股痛了近半月。出门，走路一瘸一拐，身后就有许多指戳嬉笑。他羞丑得恨不能找个地缝钻了。他恨死了那个人恨死了那匹马。后来他知道，他不该恨那人那马，没有他们，也没有他崔工利后来的一切。

他真的入了队伍，事情像做梦一样。他哥跟他说，你给我记住了，从今后你要管住你那张嘴，师长要找个石头嘴的书童，你嘴多话多，你不管住你这差事就丢了，不仅差事也许命也丢了！崔工利很坚决地给他哥说，就当我的两片嘴皮叫刀割了哟，我会管住的。他哥说，你要管不住，信不信我真割了你嘴皮。

他们给了他一套小号军服，他穿了还耷拉出好长一截。他哥要给他剪裁下，说你这么的不好看。但崔工利不肯。说师长给我的衣服我不能改，我要好看干嘛？我要我是个兵。

他成天穿了那身衣服走上蹿下的，屁股眼里三把火烧了，坐不住。忙上忙下，拎了水烟壶，说："师长，我给你点撮烟。"拎了水壶，壶嘴上热气腾腾，说："师长，我给你泡杯茶。"拎了酒壶则说："师长，来一口来一口！"

然后就是去找书。师长说："工利，你要多费点心思给我找书。"

崔工利就屁颠屁颠地四处跑，走村串户给师长收书。

很多人大眼小眼地看了他："当兵打仗，抢地盘，攻城略地称霸一方，要书干什么？"

"我们师长他要。"

"噢？！你们师长也不识几个字，他读什么书？"

他朝人家撅嘴翻白眼："谁生来就认字的？"

人家看他那架势再说下去就要发飙使性，收住了嘴。有人就把一些闲书散页敷衍了塞给他。崔工利当然也不识字,分不清书高低好坏,有成册的纸,纸上印有字就是书,就全尽收到匣子里。他总是满载而归。他挑了那两只书匣,大汗淋漓却兴致勃勃地把担子撂到洪天禹面前。

洪天禹一脸的灿烂,拣起几本书翻了翻,朝他的书童竖起大拇指:"好小子!"

柜顶上有包枣,洪天禹抓过来抛给崔工利:"周长官送给我的山西交城骏枣,赏给你吃吧!"

崔工利打开,红红的枣色泽鲜亮。他不吃,他把枣包了一层又一层,用麻绳缠绑了挂在胸前,晃荡了到处走。

人说,"你脖上挂了什么?"

"师长的枣,师长给我的枣。"

"师长的枣也是枣,难道能是金子?"

"那不一样!"

"来,拈颗我们尝尝,看一样不一样?"

崔工利不肯,他脖子上吊着那包东西晃荡了一天,把富前角角落落全走了个遍。黄昏的时候,他坐在场坪处废石磨嚼食枣子。有人过他就会递上一颗:"哎哎!洪长官的枣喂!"

又说:"你不是要尝尝师长的枣的吗?来你拈一颗。"

大家都那么嚼了,崔工利这个看看,那个看看,觉得大家都嚼出滋味,心里花就开了。还剩了一把,他抓掌心里不肯给人。

"我要留了我哥尝。"他说。

他哥崔工胜去了火车站,他要送下二舅潘耕晨。到天黑人才回来,他弟那把枣一直捏在手心,递给崔工胜时,那枣软成了泥。

第二章

未来充满神秘

潘耕晨没想到崔工胜会来送他,他眼角湿湿的。

他看见崔工胜气喘吁吁地跑来,手里拎了些东西。崔工胜跟他说:"二舅,在家千般好,出门万般难的呀……你多保重。"

"你怕我会混不出名堂的吗?我出去了就不回来了,混不出名堂也不回来……我姐的坟你们帮守了哟,清明帮我多上炷香。"

"我们还会再见面的。"

"谁知道呢?"

崔工胜听了二舅这话有点伤感,他侧眼看了看四周,两根沾了些铁锈的钢轨延伸到天边,枕木边一些枯叶在秋风扫落叶里打着旋儿,一直旋到他们脚边。他心里想,再见的事真的很难说了。这也就是他要匆匆赶到车站来送二舅的原因,说不定二舅此一去就成永别。入队伍虽然说衣食无忧,但从此一颗脑壳就吊在裤腰带上了,就看自己的命了。那些日子,这一带枪声炮声不绝,老蒋老冯在这里干上了，两队人马杀得眼红，横尸遍野血流成河。入队伍的人，时刻可能和那堆人一样，倒在一个什么地方永远不能起身了。现在他和弟弟都入了队伍，弟弟他不担心，在长官身边。长官不在前线，长官身边有卫兵护了，弟弟比自己安全。自己就难说了，现在无交火相安无事，可听说这种日子不会太久。队伍被老蒋收编，老蒋和南边的另一伙正在拼斗。人马随时拉过去，拉过去就会有交火，有交火就会有死伤，难说自己就是死伤中的一个。

现在，他看着二舅，不知道再说句什么。

二舅说："大家好自为之。"

"好自为之。"崔工胜喃喃道。

他不知道火车何时开走的。

潘耕晨也不知道火车什么时候开的，他甚至不知道火车什么时候到的，他只记得外甥崔工胜塞给他一包什么东西，他把那包东西塞进自己口袋里。他一上车就迷糊起来，昏沉入睡。他想把自己弄成那样，未来充满神秘，对生养他的故乡满腹难以言说的感情。

潘耕晨很快忘了许多，他走进那座城市，就像一片落叶漂入海洋。他从没到过这种地方，他知道上海是个大城市，但没想过大城市原来是这么种样子。楼很高，人很多，海上江上走着大轮船。人们说着他听不懂的语言，这让他有了许多麻烦，最大的麻烦他得找那个地址。他只好把那张报纸掏出来，那皱拉巴叽一张过期的《申报》让很多人搔首。当然，他们最后还是看清了那一行字：同孚路柏德里700号。

虽有周折，但潘耕晨还是找到那地方。那是一幢两楼两底的石库门房屋。他敲门，敲了很久没见人应。他看了看，看见门上悬着的那根绳，拉了下，有铃声在里面响着。

有个女人打开了门。

"你找谁？"

他递上那皱巴巴的报纸，那女人没接，只是扫了一眼那张《申报》，把他让进了屋子。屋子里坐着一个男人，潘耕晨鞠了躬，依然递上那份报纸，怯怯地说："我要找的是这个地方吗？"

对方点了点头："你也来的是时候，这是最后一天了……"

"没误了事就好。"潘耕晨说。

那人回过头对角落里坐的一个男人说："这是第六十个了……吴教授，你来跟他谈谈。"

过来的是个老者，那人拖张凳坐在潘耕晨的面前。好在那老头的话他勉强能听懂，他问的当然是关于种棉的问题。开始潘耕晨还有点紧张，口齿结巴，但一说到棉花，就放松了，话也顺畅了也多了。他从棉花选种开始，然后讲到育苗，然后是施肥灭虫除草，环环相扣，如数家珍。潘耕晨对种棉太熟悉了，十岁开始就跟了爸在棉田里摸爬滚打，棉花的一切他了如指掌。

一问一答，不觉就到黄昏了。

老者脸上松弛下来，露出个浅笑，说："行了，你留下来了。"

后来他才知道，六十个人最后留下的只有三个。

晚上，他们安排他住在客栈里，他小心地打开崔工胜给他的那包东西，竟然是一小包烟土。还有一张纸条，纸条上写的是个地址。他想，工胜想我跟他们写信哩。他把那包东西放进行李箱中。他不吸烟土，但知道那东西值点钱。

他们被安置到上海远郊的一个什么地方

他们竟然要他们三个签契约。那个三十来岁的像他们头目的男人说:"我想,我们之间得签个东西,就是合同什么的。"

潘耕晨说:"我们出力气种棉花,按你们说的付工钱就是,合得来就干,合不来就走。"

男人笑笑,他笑得很和气,说话带了那种绍兴口音:"要是我们不给了呢?你们不就白辛苦一年了?"

"我看你们不像是那种人。"

男人还是笑脸:"这位师傅,话可不能这么说。这社会唯利是图,一些人为了钱什么昧良心的事都干得出,坑蒙拐骗、巧取豪夺的事到处都是。"

他还跟他们三人说了很多,到后来简直就像在上课,他讲起来引经据典滔滔不绝,妙语连珠。三个人听得很投入。

潘耕晨说:"我看你不像商行里账房先生。"

"哦!?那你说我像什么?"

"说不出,很神秘,说不清道不明……"

"有什么神秘的,就一颗脑袋一双眼一张嘴,也要吃饭喝水拉屎拉尿的……"

潘耕晨对另外两个男人说:"你们说说,你们说说!"

戴眼镜的那个年轻些的摇了摇头,似乎说弄不明白,也似乎在说无所谓啦,管他是干什么的。只有那个黑瘦子男人点了点头。

"我看也不像账房先生,倒是像个教书先生。"

男人哈哈地笑了起来。笑过后，男人说："对，我不是账房先生，可我也不是教书先生。我是干什么的，也许以后你们知道，也许永远不知道，这不重要。"说完，他从容地朝空中挥了下手。然后，他们就听到窗外汽车喇叭声。

他们相信这是要送他们去棉田，花那么大价钱请他们来就是要他们种棉花的嘛。

潘耕晨第一次坐这洋车，他想往外看，但车窗上像贴了张纸，外面的景色模糊不清。这让他感觉到一种神秘，他突然冒出个问号勾勾。忍了忍了就忍不住了，问护送他们的那两个人："我们的棉田在哪呢？"没人理会他。另外的两个，也一定惦记了这事，他们也问："到底要把我们送到哪去呀？"

潘耕晨雄心勃勃，他对新的生活和工作充满了向往，几十个人里只挑了他们仨，多了不起的事，不叫百里挑一，也算是屈指可数的了吧？他想，从第一天开始他就要尽心尽力，他就期望了自己显山露水，然后鹤立鸡群。

"我们这是上哪去！？"

"要你们来干嘛？还花那么大代价。"

"种棉花呀。"

"就是呀！"

"那么棉花田呢？"

"很快你们就知道了，到地方你们就知道了嘛，你们只管种好棉花就是……"

"哦哦！"他们想，也是，不管送到哪，都是干活拿工钱。下地种棉花，到哪不都是那么几板斧的吗？管它哩，靠本事吃饭。

车在路上开了很久，然后停在一个地方。他不知道那是什么地方，只知道车颠簸了很长时间，脑壳都弄得昏昏欲睡。等到潘耕晨才要睡去，车却停了。他们仨昏头昏脑地走下车来往四下里看，就看见那座寺庙。他们揉了下眼睛又揉了下眼睛。依然还是一座寺院。

他们被安置到上海远郊的一个什么地方，被人带进了那座庙里。潘耕晨弄不明白他们怎么把他们三个弄到寺庙里来。那地方很僻静，庙里也只见三三两两僧人身影晃动。没有什么香客登门，秋风一吹，寺庙院墙上一些半枯的草随了风左左右右那么，一些枯叶半倚在院墙上欲坠不坠。

他们坐在秋天的寺门台阶上，秋天的石头有点湿凉，他们没觉得。他们想出外走走，但那两个男人不允许。两个男人很和气，不像个坏人，可他们一脸的警惕，眼光像两根长绳，把三个人紧紧拴了。三个人想问什么，但看见那两人的眼睛，忍了，只好坐在那。

从那望去一大片的菜地，这里看来离城市不远，这里的菜是供应给城里人吃的。可是寺庙和菜地与棉花有什么关系？难道明年这里改种棉花？他们想问，但觉得人家说的有道理，到时候自然知道。

两个男人过来陪他们坐在那，其中一个说："我们认识下……我叫秦宏驰……"然后又指了指身边的另一个说，"他叫张宏力。"他们三个你看看我，我看看你。人家既自我介绍了，他们也该说说自己的名字。三个中那个高个说："我叫查恒有。"戴眼镜的年轻男人第二个说："我嘛……我叫涂天让。"轮到潘耕晨了，他看了看大家说:"耕晨,姓潘……河南过来的。"

那两个男人掏出烟,给三个人一人抛了一根。

潘耕晨说:"你们不是给我们烟了吗?"

对方说:"抽吧抽吧,烟酒还分个什么你我?"

他们抽着烟,看烟在风中飘了。他们有些无聊,然后几个人就说起话来。

他们很快就熟了。

"眼镜客。"涂天让戴了一副眼镜,他们叫他"眼镜客"。后来,这绰号就在人们中间流行开来。

"你不来一支?"潘耕晨对涂天让说。

涂天让说:"我不会!"

涂天让对植棉技术尤其情有独钟

涂天让长了个读书的脑壳,家里又是乡间大户,有银钱供他读书。他爸说,你读就是,尽管读,别说留洋,你就是读到月球上,家里出钱打把天梯给你送上去。

涂天让就真倾心读书,家里以为金榜题名了就万事大吉功成名就。但从没过问他学的是什么书,涂家土豪以为只要读书,就和仕途相联系了,读出来大小是个官。他们压根儿没想过读书还有诸多名目。

涂天让自小喜欢跟长工出入田头,做爷的以为他和那个长工关系好,形影难离,马屁样跟人后头玩耍。却不是,涂家少爷自小喜欢那些植物,看花开花落,草长枝萌……涂天让自小就觉得那一切很神奇。他脑壳里总在想,小小一粒种子入土,不经意间发了芽,然后长出茎长出叶,再然后开花结果。竟然能从那些果实里造出各类美食,甚至穿在身上的衣服也是来自田地泥土中。

他就喜欢上了种棉。考入大学,选的是农业技术,涂天让对植棉技术尤其情有独钟,几年的潜心研究,涂家少爷对棉花的种植颇有心得。他想,他会成个专家,他喜欢做自己喜欢的事情。他喜欢有一天站在一望无际的棉田中间,看着棉苗经他的手茁壮成长,长出棉桃,挂满枝头,在风里微微摇晃,然后在成熟的季节每天都不一样,那些丝丝缕缕神奇地从桃子里挤蹭出来,先是一点的白,然后是大片的白,田野里漫一层白云。

涂家老爷想送儿子上"月亮"。

但母亲却着急了,那女人指了老爷的面额说:"你老糊涂了吧?!老不死的……你就这么个儿子,独苗一根……"

"也就早晚的事嘛……"

"钱家儿子比我们家小让子小五岁哩,人家儿子都抱手里了。"

"那又怎么样?"

"怎么样?!你还问我怎么样,你老糊涂了……你想你家儿子上月亮,我想早些抱上孙子。"

乡间虽然一直没女人的地位,在祠堂也说不上话,但涂刘氏却有她自己的办法。擒贼先擒王,她把涂家老爷治住了。她进涂家时还是个十四五岁的少女,但也是大户人家,从小就在闺房里闭门不出读书,上通天文下知地理不敢说,但却读了不少闲书,《三国》《水浒》《二十四史》什么的,老爷说自家的三闺女懂谋略,其实也不是,只是人说读万卷书行万里路见多识广,至少知道很多。不说满腹经纶,但口才确实了得,引经据典,出口成章。一张嘴能把死的说成活的。在镇上,没人能说得过她。所以,族里老少见她都躲,涂家老爷更是一筹莫展,只好由了太太。

儿子暑假回家,涂刘氏就把涂天让看住了,逼了他成亲。涂天让是新派青年,婚姻怎么肯让父母左右,生死不去相亲。媒人上门,这后生也不给人好脸色。

涂家老爷就觉得拖拖无碍,拖些日子太太也就死心了,他觉得儿媳不重要,书中自有黄金屋,书中自有颜如玉。古人的话有错?

那几个下人很听太太的话,他们把涂天让看得很死。

眼看着就要到九月了,天让终究呆不住,他和那几个长工打得一片火热。长工说:"你跟我们套近乎也没用,我们不敢放你走。放了,你娘要打断我们的腿。"

他笑笑,说:"我没那想法,我要跑,我娘先打断的是我的腿。"

几个长工就真和他们的少爷混得烂熟。中秋那天,涂天让说想喝一点酒,说在城里赏月是要有酒的。几个男人信了少爷的话,真就弄了一大坛酒来。几个人胡吃海喝。这些长工,平常也难得有这么畅饮的机会,好酒好菜,何乐不为?就放开来喝。他们不怀疑涂家少爷会有企图,但偏偏少爷就真动的是心思。他把几个弄醉了,然后摸黑逃出了镇子。

第二天,几个长工呼天抢地地哭。他们没守住少爷把人弄丢了,他们知道事情的严重性,不死也得脱层皮。

但涂刘氏听了这消息,只抿了下嘴跳一个浅显的笑,说:"孙猴子再厉害能跳出如来佛的手心?"

她叫人去了少爷就读的那家学校,"你们守在那,我看他能翻出我掌心不?"

男人们立即出发不敢耽搁,他们往那个城市赶。当然,就是他们有飞毛腿要是涂天让不在中途耽搁一天他们也赶不上。但涂天让去了同学家,他想和他一个要好的同学一起返校。

他没想到,那几个男人会守在校门口。他们在校门口拦住了他。他们说:"少爷,你别为难我们。"

他说:"我不会为难你们的,你们也别为难我。"

他们架住了他。

他对那几个男人说:"你们不放我进去,我就一头撞这石狮子上。"

他们还是没放他进去,当然,他们不会让他撞石狮子。他们把他看成朋友,他们搂着他,和风细雨地与他说话。

他们说:"太太说得对,跑得了和尚跑不了庙,你在这学堂里,太太天天会派人来找你,你能躲到哪去?"

他说:"我不想回去相亲。"

他们说:"少爷,你是好人,通情达理,我们也不想为难你。你也知道太太的脾气,不如这样吧,我们就当没看见过你,你走吧,你到什么地方躲些日子。太太找不到你,她到底会把这事放下的。"

涂天让说:"找不到我,你们就真受罚了……"

他们说:"你还真以为太太会打断我们腿呀,她只是嘴上放不过我们叨叨几天就没事的了。"

他们在那商量了一会儿,没商议出什么名堂来。

那一整天涂天让浑浑噩噩，他在那座小城的街子上游荡，不敢回学校。他有些无聊，那时候一个报童喊着叫着从他身边走过，他随手就买了份《申报》。他读报，就读到那几行文字，眼前突然的一亮。

我种棉花去。他想。

他在长江边找到条船，上了那小轮船顺流而下到了上海。然后，他就照了那张报上所示的地址找到那个门牌。

查恒有很快知道了事情的严重性

查恒有来这里的动机，和另两个即将成为同事的伙伴不一样。那时候他在江西一个叫鄱阳的地方种棉花，应该说得心应手。

那是个产棉区，江西自古来就是鱼米之乡，米当然不只说的米谷，衣食无忧却包含了穿衣。在江南，食就是大米，衣当然就是棉花。那个地方成片的棉田，到棉花收获季节，那田里一大片的白云，人在云里收，手到之处，白絮尽收。一片片的白云经那些采棉花的劳作五指搂进了篓筐打成包由水路运到那些纺织厂，白云成了各色布匹。查恒有上县上或者墟集，看街市上人来人往，着棉穿纱，就觉得那么些白云飘了飘了就成了布布又制成了衣，穿在了男女老少们的身上。

他有了很多奇特的想象，因此，种棉时就像做文章，越写越亢奋。人们奇怪，那后生一进入棉田就完全变过了一个人。他不烟不酒，不嫖不赌，平常大家很少见他在人群中间，有外人找他，村人就会指了那一望无际的棉田，他觉得那些诗意的想象都和自己有关，对自己种棉的技术很自豪。

查恒有一切都很顺利，也许是太顺利了，所以，他很计较。当然是收入，他倚仗了自己的植棉技艺，在那就目中无人了。大户们都请他去做"师爷"，他一副趾高气扬的样样，什么时候都用余光看人。

有人说："你就不能正眼瞧瞧东家。"

他说："我正眼要瞧棉花哩……请我来是干什么的嘛？"

人家说："看棉花呀，指点呀。"

"那就是了，请我来不是看什么人的，请我看棉花不是？……我要认真看棉花。"

查恒有对棉花知根知底，他从小在棉田里摸爬滚打，练就了一双好眼力。掰片叶子看看，就透彻棉田里情况，病虫害如何，田里干或涝，肥多肥少……

人家说："渣子哎……"他们这么称呼他，姓氏里"查"和"渣"同音。他们戏称他"渣子"，"渣子哎，你怎么知道得这么多，一看你就看出名堂来了，我们天天站在这里看，越看越迷糊。觉得干就浇水，怎么越浇越蔫？想是肥不够吧，往地里放肥，也是越放越萎的……"

"它们不和你交心嘛。"他淡淡地说。

"什么？！"

"棉花和人其实没什么两样，"他说，"你和它们交朋友，它们就跟你说话。"

"鬼！棉花会说什么话？！"他们都摇头，他们不相信。

"棉花会把你想知道的事情告诉你。"

当然没人信，都歪了头看他。看不出眉目，但查恒有确实对棉花说出许多道道，东家按他说的做，棉花长势截然不同，到收获季节，好像天上的白云都往这家人棉田里涌。

　　查恒有的名声越传越远，传传就传得邪乎了。有人较上劲了，是县上的吴舵爷。吴舵爷其貌不扬，人干瘦矮小，小时跟了家人在鄱湖打鱼。那年大风，风把船掀了，父子两个抓住块船板，船板只能承受一个人的体重。父亲对儿子说这块木头就是你的命了。儿子说，是你我的命。父亲说，这么下去我们父子都没命，给吴家留条根吧！父亲松手，大浪就吞了那个男人。

　　吴狗末就抓了那块破船板随波逐流。吴舵爷那时还不叫舵爷，叫吴狗末。他从娘肚里出来也就巴掌大小，娘爷怕养不活，就捡了这么个名给他。就是命贱得在狗里也排在后面。但笨人有笨福，可人贱是不是也有贱福？有人就在浪涛中发现了吴狗末。发现他的是鄱湖上著名的湖盗洪大顺。洪大顺带了三条大船出没湖上，谁见了谁怕。他有三十几个手下，在湖面上讨活路。那天遇风浪，他们的船往鞋山避风，鞋山是个岛，船在浪里颠簸，有人就看见浪里的吴狗末了。他们把人捞救了上来。洪大顺说：这伢命大福大有神灵佑护，我要收做儿子。从此，吴狗末也成了湖盗，他没觉得这有什么不好。后来洪大顺死了，吴狗末就接管了这支湖盗成了舵主，成了威风八面的人儿。提到吴舵爷，人都说，他就是跺跺脚鄱湖水也要起三寸的浪。

　　他自己也很得意，常常和人说起他的名声："百里之地，还能有谁跟我比的吗？"

　　有人说到查恒有。

吴舵爷眉就皱了:"鄱阳县境还有这等人物?"

手下说:"久闻其名了。"

"他能在棉田里种出金条?"

"都那么说哩。"

"我倒要看看这人到底什么来路本事。"

就这么吴舵爷和查恒有较上劲了。

"他不是叫渣子吗?我倒要看看他是豆腐渣还是煤渣炭渣……"

然后,他叫人把查恒有请了去。然后,两个当地的名人进行了一场饶有味道的谈话。

"他们说你一把棉籽撒到田里到秋天里收回金砣一块?"

"看你舵爷说的,他们说你吴舵爷跺跺脚鄱湖还翻起三寸浪哩,你跺跺看?"

就是这话惹湖盗吴舵爷了,但当时他面带微笑,他没把心里的那种愤怒表现在脸上。

他说:"能听到棉花说话总是你自己说的。"

"是的是的,是我说的。"

"那我倒真想看看……你帮我听听我家棉田里棉花都说些什么?"

"吴舵爷您又不种棉,哪来的棉田?"

"要棉田还不容易,我买一片就是。"

"你看你看……您说笑哩,这事还能当真?"

查恒有想错了,吴舵爷并没有说笑,他还真把这事当真了。第三天,吴舵爷又把查恒有叫了来,几抬轿子把查恒有抬到那片棉田旁。抬手那么一挥。"这片棉田姓吴了。以后每天你就在这给我听棉花说话，要多少工钱你说，我包下你了。"

查恒有不喜欢听这话，也不喜欢看这种脸色。你有钱有势就任性呀。他跟吴舵爷说："我可以跟你听棉花说话。但我不能属于你一个人呀，我要和所有的棉花都说话。"

吴舵爷只笑，不说话。他好像点了几下头又摇了几下头。他说："很好！非常好！你回吧。"

查恒有很快知道了事情的严重性。

第二天他要去何简简家棉田里看棉花，这是事先约定的。查恒有的活排得很紧，一家接一家。

何简简在通往棉田的大路上拦住了查恒有。

"渣子，你先到屋里喝会儿茶。"

查恒有愣了一下，别人都巴不得我多在田里出活，他怎么莫名的叫我喝茶？我哪有时间喝茶，上午我排了三家人的田。

何简简说：我家的田就……就不看了哟……

你看你？都说好的……说不看就不看了？

工钱我照给不误的嘛。

查恒有又去了另两家，情形也是一样，都叫他到屋里喝茶，都说不到棉田了，工钱照付。

只有林不了没叫他喝茶，林不了的棉田在湖边上，长势喜人，他想今年指望真能从棉田里种出几根金条来。他让查恒有去了棉田，查恒有指导那些棉农工作了一整天，然后在林不了家喝了一顿酒。他心头郁闷，杯一沾口就放不下了，喝得有点多，脚软手软走不动了，就睡在了林不了家中。

他被人急急从睡梦里叫醒过来,他还嘟哝:"我还想……睡睡,我头……昏脚软手软。"

有人在他额上拍了一下,他弹了起来,"你打我?!"看去,是林不了。

他们没跟他说太多,他们拉扯他去了棉田。那时候,日头已经升起老高。

查恒有说:"什么事嘛,你们火急火燎那么?!"

"你看嘛……你自己看哟……"林不了指了棉花田说。

查恒有很快明白了,是吴舵爷弄的事。这个人跺跺脚鄱湖翻不起三寸的浪,但他朝谁瞪瞪眼谁都要在心里瑟缩几下的。吴舵爷叫人跟所有的棉户都打了招呼。

"昨天好好的呀……"

"我种了这么多年的棉花也没遇到这种事……"林不了说,"不关你的事哟……天收的吴狗末!"

吴舵爷的手下也找过林不了,说渣子不能给你看棉花了,谁要让渣子下了棉田,就有得好看的……

林不了已是一把鼻涕一把泪,他说:"狗日你的吴狗末哟……他是个狠家伙!"

"他说信不信明天叫你棉花全成了霉干菜。"林不了说。

查恒有明白是怎么回事了,吴狗末把他所有的路都堵死了,在鄱湖他不到吴舵爷那他就不能再呆下去了。

有钱有势的人,真你娘的任性。

查恒有我没钱没势我也任性一回行不?此处不留爷,自有留爷处。然后,查恒有一咬牙也照了那则启事找到那个地方。

虽然查恒有对寺庙里这几天发生的事情也有点疑惑，但他觉得两个同行和东家都不错，每天好吃好喝的，就当休闲度假吧。费这么大劲把三个种棉花的弄了来，能有什么别的目的？等呗。

第三章

洪天禹还真没出过乱子

师长的屋子里堆满了书。这让崔工利很开心。他这本翻翻，那本翻翻，人不识字，辨不出书的好坏，只有新旧之分。

师长说："初八要开拔了，你把书给我装箱了。"

崔工利就一心一意整理那些书，新旧分开。新的用木箱装了；旧的呢，能装箱的装箱，不能装的就用草绳随意捆了。

他做得很认真，一丝不苟。

崔工利做的另一件事是去遛马。他永远记得那马的事，第一次他想亲近那马，那马却扬起蹄子扎实地给了他两下，害得他屁股痛了十几天，重要的是让他丢人现眼。他想着有一天要好好地教训那畜生，但那只是想想，他知道那一切遥不可及。马是师长的马，打狗还看主哩，他敢动那马？另外，那马很机灵，说不定还没等他下手，又会给他来那么两下，他有些害怕。

他没想自己能做师长的书童，书童的另一项重要工作就是给师长做马夫。师长的马夫老了，师长说你也到了该休歇的年纪了，让别人来做这些事吧。

崔工利又一次要走近那匹枣红马。他小心地往那马身边挪步，但很奇怪，那马很本分，他抓住了那根缰绳，小心翼翼地靠近，眼睛盯着马的那两条后腿。那两条腿很安静马也很安静。他拍了拍马背，"伙计……"他说，"原来你也是个势利眼的呀，也知道我做了师长的书童就另眼相看了吗？"马打着响鼻，很友好的样子，他们成了朋友。

成了朋友就无话不说，那当然说的是人。和马就是真成朋友也不能无话不说的嘛，马又听不懂人话，马更不会说人话。

崔工利牢记了他哥给他说的话。在师长身边，把两片嘴皮管得牢牢的，把那些话憋在肚子里。他想，憋了憋了话就烂了变成了空气，烟消云散。但事情却不是那样，那些话像些小鬼，关在他肚子里也不安分，他常常觉得憋得难受。他想，他得想办法，不然，他真的会被话憋死。那些话一天一天在他肚里堆了积了，他感觉自己要被什么撑成一坨老树蔸。

那不成，工利是做将军的料，有一天会成张飞关云长赵子龙，他跟自己说。

我还能让肚里那些闲言碎语坏了我事情？他想。

他找他哥说，他哥没接话，直接就捆了他一巴掌走了。

崔工利去遛马，脸上还挂了他哥的掌印，红胖起一片。

他们不让我说话！他们都狗东西不让我说话……人又不是马，长了嘴光用来吃东西，人长嘴除了吃东西得说话。

我又不是哑巴，我得说，我不说这张嘴就坏了废了。嘴坏了将军就做不成了,这不成,我得说!不能跟人说我跟你说总成,我以后就跟你说吧!

那天,他终于找到办法了。他想,跟人不能说我还不能跟马说吗?

他跟马说,他只能跟马说。

崔工利和马独处的时候,就和马说上一阵子话。半夜起来给马加料,也要在马棚里呆上一阵子,贴着马的耳根说话。

"你看蝗虫灭了村子吧,开始逃荒了。不逃不成呀,不逃你就是个死字……你没料吃试试?你也满世界胡奔浪走找吃食……"

他对那匹枣红颜色的马说:"师长又召那个女人了,窑子里叫来了窑姐花顺子。我不喜欢花顺子,她说话嗓门大,看人还分三六九等,见了长官财主有钱人……是一副嘴脸,见了穷人下人她眼角角都不瞅你的……我喜欢南兰,她戏台上嗓门大,但台子下说话和风细语。我喜欢她那张脸,杏眼哩樱桃嘴哩鹅蛋脸哩……我哥他们这么说为什么他们总要把女人的脸比喻成吃的,脸大就说大饼子脸,脸小就说没个荷包蛋儿大……我说女人好看不好看就看她的笑。我喜欢看南兰姐的笑,她一笑,那笑脸甜得你感觉舌尖沾了蜜……"

他对那匹枣红颜色的马说:"他们说队伍要往南边去哩,可是一直就没动静……我看这两天该动了哟……为什么?你问为什么?哈,这不明摆了吗?没吃的了,蝗虫把一切都毁了,队伍上这么多人喝西北风呀……"

队伍确实在第三天开拔的。

命令一直下达,三令五申,但洪天禹总找理由不肯开拔。他有他的想法,冯大人下了野,队伍归了新主。在人家面前,你不能什么事都依顺了，得让新主觉得你并不是那么随便可以任其指手划脚的角儿。另外，他当然还有他自己的想法，他想他得利用这好时机把队伍扩大了。蝗虫帮了大忙，他扩充了人马，在人心里还积德从善做好事。他对这点很得意。"我积德哩。"他跟人说，"救人一命胜造七级浮屠，算算，我救下多少人了嘛……"人家当然没去算，只由了他去说。谁都知道洪天禹是顺水推舟扩大自己实力。

洪天禹信那个，天下是怎么来的？当然是拼杀血战打出来的。拼杀靠的是什么？人马，人多势众，兵强马壮就得天下得人心。那会儿他受招安入队伍，野心就揣了。

收编的那天，他跟长官软磨硬泡。他说："我要三个团长。"

上司说："怎么？！"

"大哥不能亏待了弟兄，四个把兄弟一人封个团长。"

长官说："一个师就三个团，你怎么弄出四个来了？"

"我又没多要你一个人也没多要份饷怎么不行了？"

"那乱了建制。"

"那我四个兄弟怎么办？总能留一个在山里吧？我做大哥的要一碗水端平是否？不然我还是带了人马回山里做我的山大王得了。"冯长官也无奈了，说："好了好了，只要你调动指挥都不出乱子你就这么吧。"上头想，你个山大王才多少人马，给你的师长也就是高抬你给个名分。你洪某真就把自己当个事儿了？四个团就四个团吧，只要你洪某在队伍上安分听话不跟我乱来就成。长官没想到他会兵败中原。

洪天禹还真没出过乱子，出乱子的是长官。洪天禹还没来得及调动指挥手下好好痛快打一场仗，长官就败在老蒋手里了。

长官被人礼送去了西洋，留下他们守在这镇子上听候调遣。过不久，洪某等旧部给老蒋收编了。说是收编，其实只是身上穿的那套军服换了，其余变化不大。洪天禹手下还是四个团，人家没把这当回事，你就十个团又怎么样？人马还是那么些人马，枪还是那么些枪。

但洪天禹偏偏运气好，来了蝗虫。蝗虫一来，官府百姓都一筹莫展，人人惊惶，脸挂愁云，心有纠结。只洪天禹神采飞扬心花怒放。他喝酒品烟，搬一张竹椅在大门口观景。手下疑惑，漫天蝗虫遮天蔽日，山水田野村镇集市全了无生机，一大片的狼藉，有什么好看的？可洪天禹却看得津津有味，看蝗虫黑云铺天盖地掠过地面，然后，那些男女，老的少的皆惊惶不安。

他还看到那些男人往这边来，当然是来队伍上找"活路"。

那些收留的青壮，把四个团填得满满的。那边，一匹马跑出一大片的黄尘，传令兵在师部老远就翻身下马，急急跑了来："洪师长，接令！"

洪天禹不看也知道要他做什么，他觉得是时候了。事不过三，倘若再不执行命令，那就是自己的不是了，凡事有个度。再按兵不动，有自己好看的。

命令让他们往南。他知道，南边的信阳那一带有老蒋一块心病，那有红军在闹腾，当局想根除以绝后患。

师长集合队伍下了开拔的命令

那些天最着急的是崔工利，他见他哥的第一句就是："怎么还不见动静？"

他哥说："什么动静？"

崔工利说："不是说开拔嘛，都守了好些日子了没动静……"

他哥又要扇他，他闪身跳出老远，鼓了眼睛看他哥："我又说错了？！"

他哥也朝他鼓眼睛："你个书童你管那么多闲事？"

他说："我是师长的书童。"

"师长的书童也是书童……"

崔工利扯了扯那身过长的衣服说："你说的当兵吃粮……师长的书童也是兵……"

"就是兵开拔不开拔也不是你管的事。"

"养兵千日用兵一时……也是哥你说的……"

崔工胜怔住了，他好像觉得这么个句子出自他弟的口让他有点吃惊。"是我说的，我也是听吕司务他们几个老兵说的……"

"那就是了……"

"就是什么？！"

"养兵千日用兵一时，什么时候到该用的时候呢？"

崔工胜觉得弟弟的脑壳真是进水了，小小年纪，真是少年不知愁滋味的哈。他一时不知道说什么好："千日哩，现在不是还不到四十天的吗？"

"我都等不及了……"

这一回崔工胜着实的一巴掌扇在他弟的后脑上。"你个鬼！有吃有喝的你活得腻了是不是？一天到晚想着交火的事。你以为是毛孩子玩躲猫猫的吗？两军交火，枪来刀去的，要死人伤人的事……"

"死人就死人，死了也就一条命，不死也可能混个英雄好佬。"

崔工胜看着他弟，他不相信他弟崔工利竟然能说出这么一句话。他贴近他弟那张脸，他弟没躲闪，也往崔工胜眼前凑。他想，这小小脑壳里塞的是什么呢，总不是麦秸棉秆吧？这个毛孩没看过没经历过那些场面，没看过没经历过你总听说过了吧？军营里那些兄弟饭后茶余的不会少扯那些战场上的事，添油加醋，听得人起鸡皮。你难道没听说？那不可能，有事没事闲暇时候他知道他弟老往吕大每他们那凑。吕大每是司务长，上街采买总要给师长办事儿，烟酒不说，窑姐儿也是吕大每给带来带去的。吕大每去师长那儿，总会捎几颗糖粒儿给师长的书童。崔工胜知道他弟跟吕大每亲切。难道老吕那个老兵不跟你嚼舌头说战场上那些事？

吕大每当然跟师长的书童说那些事。不说还不成，是崔工利缠了他说。

吕大每也添油加醋，把个战场描绘得像阴间地府，说得血腥。但却怪，越那么崔工利却听得越亢奋。时不时会在司务长面前跳出那么一句，叔哇！他管那些老兵都叫叔。叔哇！他说，你说什么时候才有交火？

"你问这事，你个毛孩问这事？"

"急嘛！"

"嗨！你急个什么，皇帝不急太监急？！"

崔工利没听懂那话，歪了头一脸的疑惑看了对方。吕大每也那么看崔工利："你不怕交火？！"

崔工利点着头。

"要死人的！你真不怕？！"

"我知道我知道。"

"你知道还盼了交火像盼过年……难怪你哥说你做了书童后像着了魔挨了咒，你哥说你脑壳里塞麦秸棉秆……"

崔工利跟那些大人们想的不一样，他脑壳里没塞麦秸棉秆，塞的是那些梦境一样的想象，是那种战火硝烟枪林弹雨里自己各种冲杀的想象。那么一大片的麦田，两军对垒，互相大瞪了眼，一片寂静，但却弥漫了杀气，杀气腾腾。将军举了令旗，当然洪长官，人高马大的师长骑在那匹枣红马上，手里的令旗在风里张扬，急不可耐。突然，师长一挥手，军令如山呀，将士奋勇。崔工利想象中的自己也夹在队伍里，拿了刀，一抡扯一道光，对方脑壳就落了地，西瓜一样滚；拿了枪，一抠火子弹就在对方身上穿胸而过。天兵天将呀，千军万马，那呼啸而涌的哪是兵马？是一团风，风卷残云，摧枯拉朽……然后，是那片场坪，戏台前一块场坪，队伍里的人都齐整整列队那地方。师长坐着还有那些军官站在师长的身边。然后是一些士兵，衣服当然齐整，风纪扣什么的一丝不苟，不一样的是他们胸前都戴了花，大红的花。他们是英雄，当然戴花。他想他得把胸脯挺得高高，他得让那大红花更醒目，他想，他哥看得到吕司务长看得到队伍里的兄弟都看得到全镇的老少都看得到，不仅活了的看得到，就是墓里的爷娘也看得到。他们看到的是两朵花，一朵在胸前，一朵是自己的脸，自己的脸笑得跟花一样……

吕大每终于贴着崔工利的小耳朵说："就这几天的事，队伍要有动静了。"

崔工利说："鬼晓得，叫给书装箱已经个多月了也没动静。"

"你看就是，就这几天。"

那两天，崔工利给枣红马加了些料，说"你多吃点，吃了有力气，要行远路了"。

果然，三天后，师长集合队伍下了开拔的命令。可师长骑上那马没多久就下来了，队伍也行军没多久就用不了那双脚了。他们上了火车，还有那匹师长的坐骑和那些书。

崔工胜他们一些新老士兵，大多是第一次坐火车。开始时他们还有些新鲜，叽里呱啦地大了喉咙说话，他们不大了嗓门不行，火车车轮和铁轨发出的巨大声响，常常掩盖了他们的说话声。但很快他们的新鲜劲儿就过去了，火车似乎无休止那么前行。上头说往南边走，但不知道到南边的什么地方。他们以为是省界的南边，那边白的红的正有战事。但好像不对，火车一直往南开，他们不知道还要开多久，他们坐在闷罐子车厢里，他们想知道外面是什么地方，可是他们看不到。闷罐子车厢，高处两个小窗口也只能有换气的作用，他们看不见外面的景色。只能从那判断白天还是夜晚，他们只知道，火车走走停停一直开了一个黑夜和一个白昼，在另一个黑夜过半的时候停了下来。

他们走出闷罐子车厢长长出了一口气，有人在黑暗中努力想辨出他们到的到底是个什么地方，可没办法，他们看见黑暗中影影绰绰的楼房，看得出是个大地方。但上头没叫他们滞留，他们走出闷罐子车厢很快又上了船。他们彻底迷惑了，这是要载他们去哪？

船在黑漆漆的夜里行走，晃荡晃荡大家就迷糊了，有人晕船，大多人都沉睡了过去。等到"咣"一下船到码头，他们黏眉糊眼地往舱外看，有人惊诧地喊出个地名来。

他们到了江西，那地方叫九江。弟兄们中有人听说过这地方，自古是个码头，繁华热闹，他们想，到江西不会是驻扎九江。弟兄们中没有识得字的，也读不了报纸，所以两眼一抹黑。司务长吕大每识几个字，有时能从报上读出一二。士兵就围了吕大每问。

吕大每说："想得挺美，放你们这地方享福？"

"我看也是……"

"朱毛在赣省谋反，扯支队伍和政府对抗，必歼之……"

"你看你司务长咬文嚼字的。"

"报上说的……"

"噢噢！？"

"我看你们还是不信的吧？"

"不信你问新来的白脸子后生去，那后生墨水喝得多。"

吕大每说的白脸是洪天禹新来的副官，那人叫潘普昭。那个副官人很随和，才来不久，就和大家打得火热。

士兵们说："你说的是那个白脸子吗？洪长官就真招来了个副官？"

吕大每说："是冯长官给他介绍的哩，冯长官要去西洋了，说洪天禹老弟哟，你得有个帮手，就把那白脸后生介绍给了洪长官。"

那天，他们真就看见那白脸了。有人说："喂，白脸子，他们说你见多识广，你说我们会去什么地方？"

那后生笑着，最后抛出四个字，"听天由命。"他说。

我不知道能不能做这把尖刀

洪天禹一路很亢奋，他不像那些兄弟。他常来常往的几个师长，却和他完全不一样。同在一杆大旗下，统归一个老大管理，其实吃的都是同一碗饭，但想法却南辕北辙。那些自认为是行伍出身的兄弟起初不太瞧得起他这个草寇出身的师长，人家保定呀西北呀什么军官学堂出身，除了没黄埔系的好像别的科班的都有。他们虽然是职业军人，但却对军事上的事很淡漠，说穿了，就是厌战。军人嘛，要的就是打仗，你们怎么那样？

但洪天禹弄不明白，他们怎么对打仗的事非常冷漠。洪天禹当然不明就里，他才入队伍多久？不像这些同僚，这些年都是在打打杀杀中过来的。这几十年来，中国何曾平静过？烽烟四起，战事连连。那些同僚，拉山头，拉队伍，跟了自己的大哥打天下，打打，虽然有胜有败，但却感觉毫无意义。打打，除了死人，看不到什么前景希望。难道打仗就是杀人？好像一大家子兄弟在打，各怀鬼胎，总以为胜者王败者寇。但是，胜者却未必是笑到最后的人，有人坐山观虎斗，是那些列强。他们看热闹哩，他们还火上浇油。他们想，你们打吧，打来打去几败俱伤，鹬蚌相争，渔翁得利。到时候做好人得好处的就是那些洋人。他们跨海过来抢地盘，让国人割地赔款。

也因为人家保定呀西北呀什么军官学堂云南讲武堂出身，也算是读书人，多少明白一些道理，且这么多年征战，也厌了倦了。他们很清楚自己和队伍的处境，他们一直想拖着想尽办法不来这种地方。道理很简单，老蒋的那点小算盘谁都清楚。他们是新收编的人马，在人眼里就是后娘养的。后娘养的在人家眼里就那么个分量。脏活累活摊了你去做，好吃好喝的却轮不上你。

这也没办法的事，谁叫你是后娘养的呢？

只有洪天禹依然一肚子壮志凌云。

在那些同僚看来，一介村夫草莽，哪想得了更深更多？人倒是义气，可以酒桌上推杯换盏，可以兄弟相称，战场上的事再说。

在那些等待的日子里，只有洪天禹内心很急切，下山归顺了队伍，其实也算是修成了正果。自古来女人谁愿为娼，男人谁愿为匪？收编入了队伍，表面是归降于人受招安被人管辖，还有了许多规矩束缚，但却从此有了人生新的起点。江山社稷是怎么得来的？是拼杀来的，自古来哪朝哪代不如此？占山为王只是一山之虎，但得天下才是强龙。

洪天禹就是这么想的。他想，有人马有枪，拉到战场上一试高低，是天经地义的事，没什么好说的。

他们在九江休整了一个月，后来到了那个叫宜黄的地方。那天，虽然天下着小雨，但洪天禹心里却一轮太阳，阳光灿烂。

南方的祠堂很宽敞，摆了几张八仙桌拼成长桌，就成了议事大厅。太师椅是从各位乡绅那搬来的，本来可以坐条凳，但孙长官觉得会议还得像个样子，总不能像办红白喜事那么。

他们开军事会议，作部署。

一群北方来的军官坐在南方客家人的公祠里，他们表情淡漠。孙长官站在那，面对了一张地图。他已经把局势给大家讲了一遍，因为情况很复杂。这费了一番口舌，他以为大家会很亢奋，但看去那几张脸很淡漠。他觉得讲得有些那个了，端了碗喝水。这里的人家竟然没有专门的茶杯，喝水也都用平常吃饭的碗钵。我们该带些茶具来的。但一想，军队轻装前行，不可能日用品都能随军带着的。我就这么将就了吧，也许这些不便很快就会过去。他脑海里冒出四个字：速战速决。当然，很快就有另外四个字：加官晋爵。来宜黄一带参加剿共的战事，南京方面是有过承诺的，那话出自委员长之口。你部此役旗开得胜，江西省政府主席一职非你莫属。

一只蝙蝠竟然在那飞来飞去，孙长官说："大白天的蝙蝠怎么飞来飞去的？"

有人朝门口的卫兵挥了一下手，那个瘦长个的卫兵举了根竹篙笨拙地驱赶着蝙蝠，他绕大堂走了两遭可却未能如愿，另一个卫兵很快也加入到驱赶的行列。但是驱赶似乎不会一下子结束，长官说："算了！"

卫兵撤离后，那只蝙蝠却销声匿迹。

怎么个预兆？孙长官想了想，莫名地摇了摇头。但他毕竟是长官，那点骚扰并没有影响他的情绪，他说："诸位有什么想法？"他一直注意着那些脸，依然大多数军官不可捉摸，只有洪天禹好像是他期望的那种亢奋。但这个响马出身的军官，孙长官实在放心不下。

第一个站出来的竟然真是洪天禹。

洪天禹有些不自然，他一直很亢奋。洪天禹说："长官，你说这是一场关键战役……你说南京方面很多双眼睛都在看着我们？……"

"是我说的。"

"你还说关键的战役需要关键的人站出来，那是一把尖刀……"

"那是！"

"我不知道能不能做这把尖刀，我看各位弟兄没吭声，就算各位是给我洪某一个面子,这事让我来吧。"

孙长官对他的手下说:"你们怎么看?"

那些师长团长全都点着头。他们正苦恼这事哩,现在有人请缨,正是巴不得的事情,他们点了头,露出一丝的笑来。

孙长官想了想,到底还是点了点头。在他看来,洪天禹并不是个合适的人选。但这种时候,有人站出来已经不错。一来保全了他的面子;二来,洪天禹虽然只是一介草寇,但难说这骨头他们不能啃。初生牛犊不怕虎,算起来,这是洪天禹他们的第一仗,没有把握,洪天禹不会揽这么个瓷器活。

洪天禹太自信了也太亢奋了,按说,怎么的你也得先摸清对手。古人云,知己知彼,百战不殆。但事情却不是那样,他们犯了兵家的大忌。在他们看来,红军只是南京方面描绘的那么,是一帮乌合之众。且政府多年清剿,已经体无完肤,不堪一击。派他们来,只是完成最后的一击,正是他们建功立业的好机会。

但事实恰好相反。队伍初来伊始,也没好好适应,队伍上多是北人,从来生活在平原地带,南方的山区,又逢雨季,而且不熟悉当地的地形。

那不是你个毛孩子去的地方

部署不能说不精致完整。孙长官和那些参谋想得很周到,关于部署也说了很多,把每个细节都说到了。然后用那根棒棒在那张地图上比画着,说:"神兵天降,出其不意攻其不备……洪天禹,你就是一把尖刀哟,尖刀突进,直捣敌心脏。"

洪天禹点着头，他心领神会的样子。

"你使劲搅，天明之前，要把他们的部署搅乱。搅不死，也得搅得他们张皇失措……"

孙长官依然挥动着那根棒棒在地图上移动，像真指挥了千军万马。

"你们呢……你们洪天禹师从两个侧面进剿，务必在天亮前包抄到位……洪天禹师四个团负责包抄，等洪师长率部短兵相接打响，你们往其靠拢接应，形成合围。"

孙长官越说越亢奋，他脸上红光泛起："这叫扎口袋，我们把个大口袋把赤匪装进口袋里，然后关门打狗……"

几个手下被他的话感染，脸上挂了几分笑，机械地点着头。

"你们有什么好的建议？"孙长官说。

依然是洪天禹站了起来，他说了几点，其实也不过是提了几点小小疑问，说的事都无关紧要。但他觉得确实需要站起来说点什么，尽管是皮毛无关紧要但要的就是无关紧要，长官的部署你来挑毛病？长官说你们还有什么看法？那是客套。但没人站起来冷场也不行，总得有人站起来说点什么。既然自己被当做了"尖刀"，那站起来的必须是我洪天禹。

孙长官说："很好！"

然后说："各就各位，按部就班！"

孙长官时不时会来几句文绉绉的词语。读书的事也是孙长官跟洪天禹说的，"带兵的人得识字读点书，不然你就落人后了，带不了兵。"他记得冯长官派人来山里说服他拉伙计们入队伍，他没当回事。但做说客的那人后来说到孙长官。说孙长官带了一句话给你。

他说,你说给我听听。那人说就一句话。有人问你,得天下的开国皇帝哪个不是文武双全?洪天禹被这句话问得愣了很久,想了一个晚上,他决定带着手下出山。这一切,得益于孙长官的那句话。

所以,洪长禹有了"书童",且弄来那么多书。

他再一次坐在书堆里了。他想,出发前他得沾点文气,什么文武双全,什么叫文韬武略。他想,古往今来,多少人一战而成名。他是把"尖刀",这把"刀"他磨了有些日子了。蝗虫帮了他大忙,让他招兵买马扩充了队伍,然后在那个叫富前的镇子上,收罗了许多的书,还叫先生教了些文字初识文墨。重要的是还练了兵。那些兵器,不是他洪某人占山为匪时所能比的,竟然还有炮。那几门炮光响声就让人心惊肉跳魂飞魄散。

他翻着新书,显出一派运筹帷幄模样。人沉浸在初战大捷的想象中,直到有人啊呀的叫声把他从想象拉回现实。

是他的书童崔工利。

"你叫个什么?!你看你大惊小怪的。"

"要交火了,他们说要上前线了。"崔工利一脸的欢天喜地。

洪长禹淡然地说:"是呀……我要带兵忙上几天了,几天就回……你帮我看好这些书,你是书童。"

"长官你不是要骑马吗?我是书童,但我也是你的马夫。"

"你帮我看好这些书就是!我们是上前线,那不是你个毛孩子去的地方!"

崔工利当头一盆冷水,他不叫了,他也没再说什么。他看洪长官那表情,针插不入,水泼不进。说一房间的话也是空的,他悄没声响地出了门。

他去找他哥，他跟他哥说："他们说养兵千日用兵一时，可他们不用我。"

他哥说："你也不是兵呀，你是书童。"

崔工利说："我是队伍上的书童吧，我穿的也是军服吧？……"

"那也是书童，你就帮长官管好那些书陪了长官读书就是。"

他知道他哥不会帮他说话，他哥和洪长官像是串通好了似的，他们穿一条裤子。他想不让我去我睡去，可上了床又睡不着。他想，我找吕司务去。吕司务对他很好，常常给他带粒子糖，有别的好吃的也总给他留一点。正忙得昏头，见崔工利来，"就你知道心疼我哟，给我来帮忙了？……可是我这里的事你做不了，不要越帮越忙的噢……"

崔工利一直撅了嘴。

"哦！你哥骂你了？"崔工利摇了摇头："他们不让我上前线……"

"那是，那地方也不是你们毛孩子去的地方。"

"为什么不是？！"

"要死人的嘛。"

"你们死得我就死不得？"

吕大每侧过头认真地看了看崔工利，"你小嘛！"

"小就怕死？！"

"没人说你怕死……是你太小，不适合去那种地方。"

"那我是兵不？"

"是呀，你穿了军服在队伍里吃喝怎么不是兵？"

"养兵千日用兵一时……"

"这话没错呀。"

"没错长官不让我去?"

"还有一句你也知道的……军令如山,军人以服从为天职……"

崔工利翻白眼了,他朝吕司务翻了好一阵子白眼。"我知道了……你们是怕我抢功,你们怕我做英雄好佬,风头盖过你们……"

吕司务笑了起来,手里那箩筐砰然落地,他笑得前仰后合的:"你个鬼工利哟,你要笑死我了,你脑壳里塞的是什么哟……"

崔工利满脑子想的是能征战沙场,满脑子是战马啸啸杀声震天刀光剑影火光冲天那些场面……到队伍里的第一天,他脑子里就装满了这种想象。那些东西,像酒一样发酵,越来越浓烈。他以为到了这地方,怎么说洪长官也会带了他在身边。他是随从嘛,随从当然形影不离。可他们真把崔工利当成书童,书童应该在书房,而不应该在战场。他们就是这么想的。

但不管崔工利怎么想,他还是和几个伤病留在了后方。

队伍是清早出发的,没有带上炮。一是因为没有路,那炮就不能动弹,不能动弹就成了一堆铁没了用场。不拉炮,那些马还是有用场的,拉别的东西。装备和粮草多多益善。枣红马当然是洪天禹的坐骑,马走险路安稳。在山里,马是好东西。

毕竟是第一仗呀

崔工胜他们走了差不多一整天,才走到目的地。按部署,他们当然不能走大路，大路目标大，容易被对方发现，一旦发现，那起不到突袭的作用。不仅起不到突袭的作用，而且孤军深入，危险也大。出发前，有过交代，说山路难走，大家做好准备。但走起来才知道，准备了也没什么用，走这种山路比想象的还要难得多。队伍里多是中原一带的人，没走过这种山路，加上下雨，行走起来更加困难。

好在没遇到骚扰。山里据说有红军的游击队，但那天洪天禹他们平安无事。

六十多里的路走了整整一个白天。

黄昏的时候，他们总算看到里集了。他们走得骨头快要散架，但看到那些个镇子，他们长舒了一口气。士兵瘫倒在草丛灌木里。洪天禹下令，就八个字：原地休息，随时待命！洪天禹有点激动，毕竟是第一仗呀。他看着那轮坠入谷底的太阳，然后和许世魁还有副官三个人趴在草丛里，专注镇子里的炊烟。那时候，许世魁已经做了他的副师长，连同那个年轻人，成了他的哼哈二将左右手。

洪天禹看着看着，他又涌上了激动。

洪天禹对身边的两个人说："你们注意到那些炊烟没？"副官也是他在富前时冯长官力荐的，他想召征个副官兼做教书先生。洪天禹有了大堆的书还有了书童，可是缺一个先生。他到处找这么个人，冯长官举荐了潘普昭做洪天禹的副官。

洪天禹说："是识文断字的好手吗？"

冯长官说："这后生做你的副官，当然是喝过墨水的读书人哟。"

那时，洪天禹心里想着的是，这后生能做我的先生吗？

潘普昭是个二十多岁的年轻人，白脸子嫩皮嫩肉的。当时有人说，这么个嫩角能胜任洪长官的先生？洪天禹只说了一句话：是骡子是马拉出来遛遛。他请潘普昭那后生来师部喝茶，那些天就和潘普昭天南地北地扯，古今中外，天文地理……当然不是洪天禹一个人与潘普昭对话，是叫了十几个人，都是富前有名望的乡绅这一带有学问的秀才。那个后生，临危不惧，舌战群儒呀。不管怎么刁钻话题，潘普昭皆对答如流。

那些乡绅啧啧了。"了不得了不得！"他们说。

"学问大了，是个人才难得的人才。"他们说。

洪天禹当然开心，"留下了留下了，你不仅是教书先生，就做我的军师吧。我缺个这样的人。"

潘普昭说："军师我不敢当，教书的事还凑合。"

洪天禹说："我说做军师就做军师，怎么你不愿意？！"

潘普昭一脸的惊惶让洪天禹哈哈的大笑了一场，笑完他说："就这么说定了，做我的师爷……跟了我干，亏不了你的。"

洪天禹叫人备了份大礼，有模有样的把人请了来。潘普昭就这样留了下来。

现在，三个人趴在坡坎下面举了望远镜观察镇子里的情况。潘普昭说："看到了，有几股烟很旺，集中在西北角。"

许世魁说："这有什么说法呢？"

潘普昭说："那里祠堂集中……西北角靠山脚，南方客家人的祠堂多建在那地方。凡林子长得茂密，古树集中的地方肯定是镇子上的龙脉宝地，祠堂就建在那地方。"

洪天禹说:"没错没错……祠堂多……"

许世魁还是有几分疑惑:"祠堂多又怎么了?"

潘普昭说:"许团副……你要是带兵驻扎在这镇子里,士兵会驻扎在什么地方?"

许世魁一拍脑门:"嗨!当然是住在祠堂里!……你这秀才真不一般的呀,那么些人要吃饭……难怪祠堂里起烟?"

洪天禹说:"好,很好!叫弟兄们好好睡一觉,拂晓前发起进攻。"

许世魁说:"大哥!你也睡会儿。"

洪天禹没有睡,这种荒野地方有蚁虫在身上爬。但这不碍他睡觉,过去的草寇生涯,他什么经历没有过?睡不着是因为心里的那些"蚁虫",他太亢奋了,他觉得他已经捏着胜利的指尖尖了。

但结果完全不是他想的那么,事情却是另外一种样子。

第二天天蒙蒙亮,他命令一下,队伍悄然摸进了镇子,但他们却扑了个空。不仅扑了个空,似乎队伍反被人围在了那个叫里集的镇子里。

不能说洪天禹指挥失当,也不能说那部署有什么纰漏,但确确实实像被人捉弄。明明看见炊烟的嘛,明明掐算过了的嘛,怎么竟然像中了什么圈套似的被人围了呢?明明是瓮中捉鳖,怎么反倒成了瓮中之鳖?

"难道对方真就神机妙算?难道对方真有鬼神相助?"他们被围困在里集,突了几次围没能冲出去后,洪天禹对他的参谋潘普昭说。

那个年轻后生显得很冷静,他说:"长官,就不说这个了。情况复杂，容事后细细分析，眼下得让兄弟们活着冲出去！"

"那是！"

"我看不必慌乱，叫弟兄们占据有利地形，不要贸然突围……"

年轻后生显得从容不迫，他说："洪团长，你身体不适，事情交给我吧。你信得过我吗？"洪天禹土匪出身，从没经历过这种战事，遇突发情况，他确有些不知所措。潘普昭这么说，他下意识地点了下头，但很快觉得不妥，可是已经迟了。潘普昭好像耕地分派农活一样对几个营长说。哎哎，二营选择几个制高点，让火力集中在那，那对着几条通往外面的必经之路……后山那片林密草深地方，那儿不便大部队突袭，谅对方也不敢贸然，只是小股偷袭以乱我军心；一营你们守在那，设几个狙击手足够，大部分人马作为后备队，随时应变……三营呢，你们跟着我，见机行事……

许世魁有些那个了，他说："哎哎潘青皮。"这绰号是许世魁给叫出来的。洪天禹招来个先生，他说我看看我看看，一看却叹道，啊啊，一青皮后生呀？！于是，他叫他青皮后生，后来干脆就省了后生两字，叫人家"潘青皮"。他说："潘青皮，我一营人交给你，你敢对我一个营的弟兄负责？"

潘普昭说："洪大哥，你下军令状吧，如有失误，拿我人头作抵。"

洪天禹说："世魁呀世魁，都什么时候了，你还？……不然我把四个营都交给你？……你来你来！"

许世魁才噤了声，他不说话了，他也没经历过这场面。他当然不能逞能。

事情有一半被潘普昭说对了，但有一半没说对。对方虽然包围着里集,但确实围而不攻,显然不敢轻举妄动。可是洪天禹没等来援军。潘普昭说:"我们只要顶住半天,援军必定能赶到。"可是他们直到黄昏也没见到一个人影。

天黑以后开始突围,一切倒还顺利,但队伍叫红军给切断了。第四营的弟兄到底没跟上来,大半被人截在山那边。

第四章

他们在撒谎

庙里很安静,没有什么香客来,几个僧人晨起扫院敲钟,整个白天都焚香诵经。到黄昏时候,又沿了台阶打扫一遍落叶。那些僧人,做什么都很专注,甚至不往东院这边看上一眼。好像这边没住人,好像他们只是些草木。

开始三个男人没觉得有什么,在那张纸上签了字画了押,虽不是卖身,但也总归是有了东家,什么事东家说了算。

还因为一路奔波,也想睡个安稳觉。庙里清静,正是睡觉的好地方。

但睡了三天,三个男人觉得不对劲。

三个人被安置在这个庙里已经好几天,可还是不知道到哪去种棉花。潘耕晨说:"他们想干什么呢?"他真担心有个什么事,他们往门外窗外看,几个大汉子把在那,时时警惕地朝远处张望。

有人定时从外面送来吃的,他们担着箩筐,箩筐上铺遮了一层荷叶，看去就像赶集的农民。可揭开荷叶，却是美食，都是好吃的东西。酒菜就不说了，有瓜果。

还有大摞的书，书是涂天让提出的要求。在这么个地方闲住了好几天，三个人三种态度。查恒有焦虑不安，他觉得自己身处险境，嗅出这里面有名堂。但左思右想，又想不穿什么人会借了招聘种棉高手来实施绑架，再说费那么多周折绑架他们这三个人做什么？什么目的嘛？百思不得其解。想不穿，心里就起无名火，这烧一下那烧一下，蹿动了在他身上烧，让他不安分。

涂天让却很平静，他没觉得有什么，安静好呀，有吃有喝的，我读书观景。虽然不让步出寺院大门，但从寺庙钟鼓楼往外望，视野很开阔，近处的田野远处的村庄和山影，一目了然。这有什么不好的呢？新年刚过，虽是初春，冷风依然，但空气里已经有春天的气息，谁说春江水暖鸭先知的哟，他涂天让也能感知到春天的萌动。其实，他是心情所致，涂天让心情从没这么好过。他想，他是只笼中鸟破笼而出，飞到无边无际的天地里，他自由了。

潘耕晨介于两个男人之间，有时平静，有时也有些骚动。其实他是个容易受别人情绪影响的人，处在这种地方，他也觉得很不错。有吃有喝，不操心什么事情。僧人们敲钟敲木鱼诵诵经书……几个东家的人慈眉善目一团和气……一切都很好的呀，一切都很祥和。可查恒有一跟他叨叨，潘耕晨就把握不住了。查恒有的情绪影响了他，他心里也布了一层灰。

东家的人，这回又送来好吃的，他们还找来麻将扑克象棋和围棋。他们笑笑的，把东西放在桌上。

查恒有突然就翻脸了。他把那张桌子掀了，桌上的那摊都掀翻在地，大的小的棋子四处滚了，到处都是。

"搞什么名堂嘛？"他吼道。

对方笑笑着，"你觉得我们有什么名堂呢？"

"我们是来种棉花的。"

"当然，我们花大价钱也是真心请你们种棉花。"

几个男人从容地捡着棋子什么的，有些难，但他们不声不响地把地上的东西捡起来。他们依然很有耐心，一丝不苟。

要是对方凶巴巴大声大气跟他们吼，弄出些狠话重话来，查恒有也许觉得自然。但对方很客气，笑像贴在脸上的纸，总在对了他们招摇张扬。几个男人很耐心很周到，说什么都细声细气回答。

笑脸和庙宇的肃穆弄出许多的神秘来，这种神秘就让查恒有起疑心了。就看那些人眼睛，怎么看都和吴狗末吴舵爷的相像。查恒有什么都好，就是别让他疑神疑鬼，一疑神疑鬼看什么都走样，风声鹤唳草木皆兵。他说："哎哎！你们就明说了吧，想要干什么？"

东家的人都沉默了，他们一时回答不出。

潘耕晨跟张宏力，一来二去就熟了，他是肚里藏不住话的人，问那个男人，我们到底去哪？一提这问题，那个男人的眼神都黯淡下来。不知道喔真的不知道！不知道你们还说是我们向导，有这种向导吗？潘耕晨在心里想。

夜里，两个人睡不着，把睡得香香的涂天让扯了起来。涂天让揉了眼睛："干嘛干嘛你们干嘛？"

查恒有说："你这个书呆子还真睡得着觉？！"

潘耕晨说："眼镜客，我们议个事，大家想想办法……"

他们聚在一起。

"他们在撒谎。"查恒有说。

潘耕晨说："可他们为什么要跟我们撒谎？……也是哈，我问他们到底去哪，那个向导说不清楚。你想，向导会不清楚？"

涂天让说："我当什么事哟……他们为什么撒谎？再说撒谎就撒谎，能把我们怎么样？"

"请我们来是种棉花难道不是？"潘耕晨说。

"是呀，他们是那么说，协议是那么写……难道不是？我想不出他们不请我们种棉把我们三个弄了来是做什么。"涂天让说。

"那也得弄个明白不是？"查恒有说。

张虹丽把自己的名字改成了张宏力

其实三个男人不知道。有些事不必弄得太明白，郑板桥说难得糊涂。你说弄明白，有些事，连张宏力和秦宏驰他们自己都难弄明白。比如这次任务，竟然千里迢迢冒着极大的风险接的却是这么三个男人。当然，长期的职业习惯致使他们不去问也不能问太多的为什么。

张宏力原来名叫张虹丽。他妈生他时正下了大雨，小人儿刚出娘肚，哇一声哭，雨就停了。众人就看见窗框里一挂彩虹，从这头搭向那头，就如同一座桥。众人颇为诧异，都认定是异人天才有异象。他爸说就叫虹丽吧，这小子出生就有吉光祥兆喔，一生都伴绚丽彩虹。众人说，这名字好。

张虹丽在上海的弄堂里长大，他爸是街上送货的，给一些商铺手推车拉货送货，家境不好不坏。张虹丽长到八岁，一直也没看到家里有什么变化时来运转，更没有彩虹高挂宝贵绚丽。他爸送他去读书，读了四年，他妈跟他爸说供吗能供得了吗？他爸觉得有些难撑，但还是咬了牙没黑没夜地拉活供了张虹丽读书，期望时来运转。那天，张虹丽跟他爸说，我不读书了。他爸大眼小眼地看了他好一会儿。怎么？老子供得起你！张虹丽说，我读不进，我不是读书的料嘛。他抛给他爸一份成绩单。他爸是文盲，看不懂那份成绩单，真就绝了望。我做工去。他跟他爸他妈说。

就去了那家日本人开的纱厂，那家厂子叫上海日商内外棉七厂。他十二岁做童工，在那家厂子里干了好几年。

张虹丽说话细声细气，长得白白净净，要是头发长不剃，肯定被人误作女人。他很内向，往那一坐，别人看不出他想什么。人家说你注定是个女人的命，长得像女人不说，整天和一帮女人在一起，连个名也是个女人的名。

但他还是想读书。

纱厂那一年办起了夜校，他在夜校里读书。夜校的教书先生也是个女的，人很漂亮，也年轻。他一坐进夜校的教室里就一动不动看那先生。人家说张虹丽你个花痴哟，成天在美女堆里看漂亮女人还不够？还来夜校看人家当先生的？张虹丽依然那么。他是琢磨了，一个女人，人说头发长见识短，可那长头发裹着的一颗脑袋怎么装了那么多东西，说起道理来一套一套的。

有一天，女老师注意到了她的这个学生，她过来给他搭讪。

"哎！你这么看我？有什么问题要问？"

张虹丽摇了摇头。

"我脸上有花？这么好看？"女老师笑笑。

张虹丽说："不是脸是你那脑袋，脑袋里不是花，是一大片的森林哟……你怎么知道那么多的道理呢？"

女老师笑了："你也能做到的，这不难……你叫什么名字？"显然她觉得能说出一大片森林来的技工与别人不一样。

张虹丽在纸上写了三个字。

女老师笑了："你这名字太女人气了，我帮你改个名吧。"

她在纸上重新写了三个字： 张宏力。

张虹丽没当一回事。他想，大丈夫行不更名坐不改姓，何况他爸他妈也不会同意，都指望了他这名给家里带来好运哩。

他还是叫张虹丽，也还是坚持了来夜校上课，他在那识了不少字学了一些道理，但重要的是他在那入的组织。后来他才知道，那时候，有人就利用上海各工厂夜校发展他们的组织，当然不是盲目的。夜校当然是种掩护，教书识字也是一种高明的交际手段，实质性的宣传是最最重要的。当然，更是一种最好的彼此了解的过程，更是一种发展组织的手段。他们物色符合条件的年轻人，发展为他们的同志。

女老师是组织上派到工厂来的，女老师是张虹丽加入组织的介绍人。她大他一岁，张虹丽就认下这个姐。他说姐哎以后我听你的跟你走。女老师说，是听组织的跟组织走。

但那一年，工厂日本资方无理开除工人，工人派代表去与资方交涉，日本人竟然开枪，打死工友顾正红。然后，全上海的学生工人愤怒了，上街示威。有人朝游行队伍开枪，走在前头的女老师中弹倒地。

送葬的那天,张虹丽把自己的名字改成了"张宏力",他不再去工厂做工了,他给组织做事。即使在同一座城市,他也很少回家。他执行一些特别的任务,他得听组织上的话,他的性命和一切都交给组织了。他所在的特科当时就归首长亲自领导和指挥。

张宏力投身于工农革命,积极而英勇,又很快成为他们的骨干。

秦宏驰爱读书

秦宏驰有个外号叫"锚桩"。这外号有些离奇,谁听了谁都眉头一跳,怎么叫"锚桩"呢?谁给开了这么个名儿?其实也没人刻意取,他自小从吃奶那会儿就带了来。

秦宏驰没吃过奶,他是个弃儿。那天,被人遗弃在十六铺码头。

那天十六铺码头起了雾,天还有些冷,那些苦力就踩了湿冷去出活。走走,有人雾里就嘀咕了:"什么时候在这立了只锚桩!?"踢一脚,踢出声啼哭。看去,才知道不是锚桩,是有人丢了个婴儿在那。

那些人抱了,说:"腿间带把儿哩,好好的一个男仔,父母这么狠心呀。"就有兄弟中正愁生养不出后人的,抱回了家。

秦宏驰成了码头工人的后人。

秦宏驰却没在那些码头工人中长大。码头工人中大多入了青帮洪帮,养父是帮里的小头目。按说也会让秦宏驰将来入帮行走江湖,但养父没那么。养父一来看他长得瘦瘦小小,二来自己打打杀杀的不安定，就把秦宏驰送到老家江苏乡下。养父的哥哥在乡间教私塾，他当然叫他伯。伯母是个贤惠的女人，看重这侄儿的聪慧，节衣缩食，送他去读了师范，心想将来像他伯一样，来乡间教个书，也能荫庇一方。

后来一切似乎真像他伯安排的那样，他去了一家学校教书。

秦宏驰是个小学教员，也算是读过书有点墨水的那种，但就是因为喜欢读书，一切的新思想他都乐意接受。秦宏驰爱读书，学校里那个校长喜欢读书的教员，与秦宏驰关系密切，推荐许多的书给他读，也有些禁书。对于禁书，秦宏驰起初并没觉得什么特别，书怎么的也是人思想的结果，思想结晶无论对错，禁之何理？就读，读出许多的新思想，读出诸多的感触。原来世界上还有这许多的不公平，原来世界上还有那么多的应该改进之处。校长说，共产主义将是人类的终极目标。校长说：没有什么救世主，民主和自由只有自己去奋斗而获取。

校长说，推翻旧社会，创立新中国。

校长让他热血沸腾激情澎湃，他对那一切坚信不疑，从此投身其间义无反顾。小学教员秦宏驰依然是教员，但他教的不是那些儿童，却是成年人。首长带着他们几个，一到夜幕降临，就去那些工厂。他们的学生是纱厂或者码头上的工人。他和他的学生张宏力一起，被首长拉入组织并且备受重用。

他们被安排到了特科，那是上海局直接指挥的特别行动组织，成员多是忠于组织的上海本地的年轻产业工人，在人看来是彻底的无产阶级。这些精英，在上海滩曾经大显身手。他们觉得事情和事业就那么持续下去了。他们作为斗士，给予敌人沉重打击。上海滩就是他们的战场,他们是插在敌人心脏上的一把尖刀,那一定是一把致命的尖刀。越来越多的底层劳动者被他们发动,不久的将来,帝国主义及其买办行将消灭。

涂天让喜欢一种神秘

张宏力和秦宏驰那几年干得很好,热火朝天。他们想,这座城市就像一片大海,他们的团队就是海里蛟龙,他们要把那片海弄得天翻地覆。

但不久,就出了事情,是大事。

他们的顶头上司在武汉出了意外,叫人抓了,很快就做了叛徒。这个人掌握了上海局所有的机密,也掌握了组织里重要人物的名单。党内出了叛徒,且不是一般的叛徒。这个叛徒曾经是组织中的核心人物,这就直接危及了整个上海局的安全。

首长指示,立即转移。

他们甚至来不及和家人告别,很快随首长转移到了江西苏区。有点仓促,但不狼狈,中央苏区一直很好地维持了一条安全的地下交通线,加上首长及同志们从容镇定,一路上倒是没遇到什么险情安然无事。

两个人都被安排在保卫局工作,成了执行队的重要一员。他们的主要任务就是经营他们当年从上海到江西赣南的那条"秘密交通线"。

其实就是接人送人。把外面要进入苏区的人安全地接送进苏区,把苏区要出外的人安全护送出去。当然都是重要人物,不能有所闪失，稍有意外都是大事。执行队接了很多重要的人物，包括那个红胡子瘦长高个的叫李德的洋人。虽然洋人的目标大，且很惹人眼目，但他们还是把人毛发未损地送到了瑞金。

那天，首长把张宏力和秦宏驰叫了去。每次首长亲自给任务，这任务就非同一般。首长说你们回上海一趟。首长说派你们去接人。首长说，一定要万无一失！

张宏力觉得有些纳闷，这和以往护送的对象不一样。首长给他任务时，没说护送的是什么人，只说很重要。现在，他看着面前的三个男人，没看出有什么重要来。听他们的谈吐，才听出个大致眉目来，不是组织里的重要人物，也不是什么大生意重要的商人，当然更不是秘密护送去苏区进行谈判的对象。是三个种棉花的，普通得再普通不过。三个人似乎对要去的地方毫不知情。

他们当然知道为什么要呆在这个偏僻的寺庙里，这里也是"秘密交通线"上的一个重要据点。交通线不是每时每刻都畅通无阻，常常有意外的情况。就得等，就得等到绝对安全了才能上路。三个男人当然不知道这些，没人跟他们说，也不能跟他们说。张宏力几个要做的就是稳住他们，给他们吃好喝好，还得忍受那些冷眼白眼和恶意。总之，他们得忍耐，他们得稳住对方，平安地把他们送到要去的地方。

因此，一切在对方看来，显得神秘起来。

涂天让喜欢一种神秘，到底是年轻，或者本来这天性就与生俱来。对于未知的一种未来，充满了希望。

先是从城里去了市郊，潘耕晨说是这了该是这了。人家摇头。

走走又走到一个地方，渣子说，我看这回到了，又不是。

渣子和潘耕晨一脸的失望和焦虑。渣子甚至起积怨因而愤懑，总是一串串的牢骚和问话，说得潘耕晨心里也起毛。

可涂天让永远是一张笑脸，他不急不躁。啊啊！应该有比这更好的地方，这里长江边上，难说每年都涨水，说长江黄河出海口，盐碱地哟，土质不好土质不好。甚至后来被人带上船，在茫茫大海上漂行，他依然亢奋不已，还那么啊啊的一脸激动。

渣子和潘耕晨有点犹豫，在庙里住了大半月，却被送到了一条船上。

渣子说："要把我们贩猪崽吧？这哪是种棉花？"

涂天让说："怎么不是嘛？"

"送我们去个荒岛上……"

涂天让依然乐呵呵的："哦！那不叫种棉花，叫垦殖。"

渣子说："什么叫垦殖？"

"就是开垦出荒地来种棉花。"

潘耕晨说："那还是种棉花。"

涂天让说："不一样不一样！"

潘耕晨说："有什么不一样嘛？"

涂天让说："新开垦的地叫处女地呀。"

渣子说："你看你？就像你要看到处女一样。"

涂天让说："那是要看真本事的。"

大家就都笑，

涂天让说："这有什么好笑的？新开垦的土地上种棉花才是真正的种棉花。"

渣子正郁闷焦虑，心情不好地狠狠地啐了一口。

涂天让瞪大眼睛:"你啐我?!"

渣子笑笑:"我吐口痰,我一口痰憋在喉咙里难受。"

涂天让说:"我知道你想个什么?"

渣子说:"你以为我在想什么?"

涂天让说:"你瞧不起我们两个,你以为你了不得!你以为只有你是高手……"

渣子嘴角吊一个笑,说:"要不到时候我们三人比试比试?!"

涂天让说:"好好!不就是种棉花吗?各拿出手段看家本领,试下高低。"

潘耕晨没吭声,涂天让推了他一下,"哎哎!你不是高手吗?你不说话?"

潘耕晨说:"好!比试!"

潘耕晨突然有很多话想对人说

这些天的事,潘耕晨突然有很多话想对人说。

但他不知道对谁说。他的雇主,既神秘还都不苟言笑。你总不能热脸贴人冷脸硬凑上去跟人搭讪说话吧?就是真能搭讪说上话,自己的那些话也不能跟那些人说呀。哎哎,这哪是去种棉花嘛像是去做贼,弄什么都神神秘秘,偷偷摸摸。你能跟人家说这种话?当然不行。你看你看,招聘高手种棉,你得有田有地的吧,种棉花能种到天上去?整天地赶路,陆路走了走水路,还坐轮船哟,这是到哪去种棉花?你能跟他们说这话?当然更不行。

跟同行说?另两位同行,一个神秘兮兮,一个嘻嘻哈哈。他知道,同行间虽说目前没有交集,迟早会有疙瘩的。一山不容二虎,何况三只虎呢。再说,说的事另两位一定也回答不出来,他们心里也有问号勾勾呢。这么些问题,他们肯定自己还想找人说哩。

不说不说吧。

但潘晨耕想说。起初他没觉得是个事,话在肚子里翻腾,他说我嘴忍了,可忍忍那些话就变成了别样的东西。他想,要是变成屁,他就是放一串也能放个干净,要是变坨屎他一天上十次茅厕总也能屙个干净。但那些东西不是屁也不是屎,是些虫虫,虫儿在心里爬来爬去的,当然不疼,疼痛倒好了,却是痒。开始他没当个事,话还真能成为活虫?不可能的事,是自己心理在起作用。他找书看,还弄了些新的旧的报纸打发时间,可是没用,那些虫虫还是时不时冒出来搅他惹他。

他想,那我写字,我把话写成字总成。我想办法寄出去,我跟我外甥说。

他想起崔工胜了,崔工胜不识字,但他在队伍上,队伍上总有识字的,能念信给他听。他想,我就写信。

他这么给他外甥写道:

你妈也是我的姐跟我说,当初生你们的时候,你爸就说,我们崔家一世都没翻身,就是从几辈起都名不正的嘛,名不正言不顺。我姐说是呀是呀要翻身得有个好名,别的要花钱,取个名还不行?你爸说穷人家的娃贱,生一个儿叫狗剩,生两个儿叫狗余,还费脑子想做什么?我姐不同意,我姐说狗剩狗余的村子里都十几个了,一喊,十几个同声应,你觉得这好玩?你爸说不好玩不好玩。我姐就去找私塾的况先生。况先生说，那我给你儿子起个名吧。就给做哥的取名崔工胜。况先生说，如果有第二个儿子，就叫崔工利。胜利。没第二个，胜也是胜利。你爸说那要再生个男娃哩。况先生说那就叫崔三胜。你爸说再生个娃呢？况先生说叫崔再胜呀。你爸说那要再再再生男娃呢？况先生说你又不是老犄家的公猪你以为你能生一窝生一串的呀？你爸不是公猪，我姐也不是猪婆呀。崔家没生第三个男娃，我姐和你爸去收棉，碰到雷雨天，我姐和你爸在树下躲了躲，一个雷就下来了，把两个可怜人打死了。

工胜，你给我的大洋我都留了，没想到一个子儿也花不出去。上海大码头，上海花花世界，可他们不让我们随便出去。也没地方让我们花钱。吃的喝的都这些人端过来，伙食真不错，烟呀酒的都供上。

他们开出的薪酬高，我想，我就忍了吧拿了人家的手短吃了人家的口软。招种棉花的高手，他们开出的条件很诱人，有近百人找上门来。我没想到还有那么多的种棉高手，但他们没要那么多人。

经筛选，他们挑出三个人。一个才二十出头样子，嘴上毛还没长齐，是个少爷。他戴了副眼镜，要给他摘了那眼镜，看什么都糊糊一片。我们叫他"眼镜客"。他说他家有几百亩棉田，他说他就喜欢种棉花。他常常跟了他家的长工在棉田里做活。你看，这不瞎扯吗？你家有几百亩田产那是大户人家了，还用得着一个少爷下地干活？可"眼镜客"总那么说，说得有鼻子有眼。我说你就说说棉花吧。我想，会不会种棉花，一张口就知道。他还真有眉有眼地跟你扯，从棉籽落土说到结桃采棉，说得滴水不漏。屁大一个娃，比工利大不了多少，还真能说出关于棉花的许多。这个少爷没什么心计，一碗清水，人说什么信什么，整天眉开眼笑地跟人说话。他们让他说，因为少爷扯的是没油盐的闲话。他说你们得给我弄些书来。那些人说什么书？他说看的书呀。他们就真给"眼镜客"搞来大堆的书。他说，我还得要些专业的书哟。他们说什么专业书？"眼镜客"就哎呀呀地叫了起来。还什么专业的书，种棉花的书呀。人家弄了来。他说这些太简单了得我自己去找。他们真就带了这少爷去书店，竟然买回来几大捆书。我翻了翻，好多都是洋文，根本就看不懂。我问"眼镜客"，这些书讲的什么？他说都跟种棉有关。你看这少爷，种棉花你好好种棉花，弄那么些洋人的书干什么？"眼镜客"和那几个人混得火热，差不多就称兄道弟的了，他好像从来也不关心那些离奇事情。我和渣子不一样，心里有很多的问号勾勾，我只是不想开口，问号都在我肚子里每天不断地游走。渣子肚里藏不住东西，渣子一开口就提问题。

渣子就是查恒有，我们喊他的名字，说查恒有，吃饭了，或者说查恒有上路了，他半天没反应。我们说叫你哩。他说：我听渣子听惯了。我们说什么渣子。他说，我在老家都叫我渣子。

我们也就叫他渣子了。这家伙五十来岁，一副目中无人的样子。他倒是话少，一脸不苟言笑，老是一副借给人米人还的是糠的样子。但他敢说，他每句话都能说到要害。他跟他们说，你们说种棉花，可把我们像贼一样守了，为什么？他跟他们说，种棉花要地呀，可棉花田在哪呢？问这不是问那也不是，整天拉了我们跑远路，坐了汽车坐火车，穿城走巷涉水越山没完没了。到底带我们去什么地方？他跟他们说，有话你们说，不要装聋作哑哟……和气是和气，热情也热情，好吃好喝尽了我们，可是为什么哟？他跟他们说，你们要再不说我不干了我走哟。

那些人依然一副笑脸对渣子说，先生，我们签有协议的，我看你不是那种不讲信用的人。那些人还说，你问我们，我们也不知道，我们的任务就是把你们护送到目的地，我们是你们的保镖和向导。

后来，就是渣子真想走，他也走不成了。我们被带到一条货轮上。然后，货轮在海里航行，四周都是茫茫大海。茫茫无边的大海哟，你往哪里跑？你看，他们把我们弄到海里来了，总不可能在海里种棉花吧？就更让人奇怪了，事情更加蹊跷离奇起来。可是不种棉花我们去干什么？这到底是怎么一回事？这到底是些什么人？他们花那么大力气和钱财天南地北费尽心思把我们招了来，不种棉花又为别的什么呢？想来想去想不明白，百思不得其解。

坐船也好，摇摇晃晃的让人昏昏欲睡。睡了就不会想这些事了，就心安了。

我还得说说那几个男人。

当初我看那报，就想，怎么会是上海？那是大城市，那地方种不成棉花。可后来想，上海和棉花并不是没有关联，想想还是有道理的哟。那地方有纱厂，纱厂要棉花的嘛，纱厂可能想自己种棉为什么不可能的呢？

从第一天开始，我就得留心我的"东家"，一想到去上海那么个地方，我就想到我的东家应该是纱厂老板，上海纱厂多。纱厂要棉花嘛，不是一点，是很多，所以得种棉。这么想应该合情合理，很对路。可看来看去，也没看见纱厂的影子，那些人也不像纱厂的老板。我就想，管他呢。人家给工钱，工钱还给得不算少，工钱以天数算，好吃好喝的还给你烟酒你管他呢。开始几天我和渣子、"眼镜客"都那么想，可后来就觉得越来越不对劲。怎么着也不像弄我们去种棉花，可不是种棉花是去干什么？骗我们去做苦力？我们三个手无缚鸡之力，看去也不是能做苦力的人。抓夫？可是有这么抓夫的吗？想来想去，还是种棉花，只是不知道在什么地方种棉花。管他呢？跟了他们走吧。

带着我们胡乱蹽走的是两个人，他们说是我们的向导，带我们去棉田。他们说老板的棉田在很远的地方。一个高个一个矮个，两个人对我们很客气。这也是让人不解的事儿，我们三个种棉花的，也算不上什么人物，更不是达官贵人，开口闭口喊我们老师。我们那都叫伙计，叫老哥，叫兄弟。怎么称呼都合适的嘛。可他们叫老师。我嘛一个种田的，"眼镜客"一个年轻娃，那个渣子面相也不亲善，被人恭恭敬敬叫老师，你想就是，觉得好不自然。你应吗不是；不应吗，人家叫得很亲热。我只好支吾了。只有"眼镜客"似乎很乐意人家叫他老师。他哎得很响亮。我跟他说，你不是学堂里跑出的娃吗？他说是呀。我说你学生都还没做齐哩乳臭未干，你就敢做人老师？他嘻嘻地笑，说，他们要那么叫我能不应？

我们不是没私下里议论过，但确实弄不清楚这些人的底细。只有听天由命了。

第五章

洪天禹肚里揣着一肚子的火准备发泄

洪天禹病倒了。想想，他有些不解，怎么的就病倒了嘛？手下很多人更是不解，过去多少生生死死的恶事险事哟，也没看到大哥说病倒就病倒的呀？

洪天禹小时伤过一次风，那一回病得不轻，额头像敷了层燃炭。烧了三天，他爸说这娃不行了，找了张破席准备卷了丢乱坟冈。但洪天禹挣挣到底还是活过来了，大难不死，必有后福。果然，打那后，大病小病全不沾身。

可这回不一样，好不容易队伍回来了，其实也没个什么事，胜败乃兵家常事。胜了，大家喝凯旋酒开心庆贺。败了，只要没伤筋动骨，总结总结再来。

孙长官把几个又叫到那间祠堂里。几个军官像做了亏心事，不住地用眼睛往孙长官脸上瞟。他们以为孙长官会劈头盖脸给他们一些颜色。但孙长官没暴跳如雷，他似乎很平静，一副淡定模样。

依然是那间大祠堂,孙长官看了看他的那几个手下,又往四下里看了看。几个师长不知道他是个什么意图。他们想长官肯定要发脾气。战事失利心里窝火。发火发火吧,拍桌子摔杯子骂娘操祖宗八代……硬了头皮顶就是。自去年始,一年多来,几乎没打过胜仗,总是窝囊了一路过来。与红军第一回交手,想着要在这帮乌合之众身上撒撒气冲冲喜,没想到才短兵相接就损兵折将。

哪出问题了?一切不是部署得周密细致吗?

孙长官四下里望了望,他没看到那只蝙蝠。他突然就想起那蝙蝠,那蹊跷事一直让他不安,他想,白天一只蝙蝠绕了你转是个什么征兆?他后悔出兵前没找个风水先生给算一卦,也许风水先生能告诉他许多。他初来乍到,是不应该轻举妄动的。那些军官在等着长官开始下面的"会议",各怀心思。洪天禹肚里揣着一肚子的火准备发泄,他觉得这个场合很合适,他想,等孙长官训完话,他就要放炮,他得说出来,

但长官却专注于祠堂的角角落落。先是祠堂里的那些柱子。不错,柱子上刻有对联,写着这一族人的过去和将来,那些文字他们早就研读过,看去,很工整很优美,但都是极具夸张溢美。

但很快他们发现孙长官开始打量那方天井。

孙长官确实想跟手下来一场暴风骤雨,但他突然改了主意,他脸上一脸的平静。他把祠堂里那些梁柱砖石还有飞檐马头墙都细看了一遍。后来,他就专注天井了。他那么看了很久,突然问他的手下。

"你们说它真的活了上百年?"

"谁?!"

孙长官指了指天井里边的下水道,"那石头下面真有只乌龟?"

"都这么说。"有人说。

"前些天邻村修祠,还真从那找出只龟来,有一百年了吧?"有人说。

"长官,你不是也去看了吗?眼见为实……南方雨水多,他们担心下水道淤泥封堵,就会在里面放只龟,龟爬来爬去,就排污除垢了。"

孙长官说:"我是看见了,那只乌龟有盆钵那么大。他们说祠堂是道光年间修的,怎么算也有近百年了,那场洪水把祠堂给冲去半边主墙,族人重修,找出那只龟了……我看见了……"

就在这时,从高处坠落一团东西,弄出一声沉闷的响声。孙长官吓了一跳,在场的都吓了一跳。开始以为是装了糠的花布袋,但那"布袋"却蠕动起来,慢慢伸展开来。有人叫出声来:"蛇!……啊蛇蛇……"

那是条扁担长大蛇,蛇笨拙地挪动着。它似乎想努力地爬离那地方,但它爬不动。蛇的肚腹鼓胀,蛇嘴呵张,竟然有一截毛绒绒的东西。有人凑近细看,竟然是一截动物的尾巴,看去像只小猫的尾巴。人们往高处看去,那是道横梁,也许那只小猫不知什么缘由去了那地方,遭遇了不测;也许那条蛇在别处的什么地方捕食了那只小猫然后艰难地想爬回自己的洞穴经过那横梁上时不小心掉了下来。他们心里咯噔了一下,这会是个什么征兆?出发前大白天的有蝙蝠飞,现在又掉下一条捕食的大蛇……他们你看看我我看看你,后来大家都看着孙长官。

然后,孙长官挥了挥手,说:"今天的议事取消了。"

孙长官看到大家都在眨巴眼睛,他没理会那些表情。洪天禹啊了两声,他想他得说些什么,但孙长官朝他摆了摆手,没让他说。

再然后,洪天禹就病倒了。

孙长官来看望洪天禹,洪天禹从床上坐了起来。

"我没什么事……就是有点不舒服……"

孙长官笑了笑,"医官都跟我说了,我知道你没大碍……我只是想来这里看看你,咱们说会儿话……"

"长官,你怎么知道我想跟你说话?!那天你突然就说不议事了,我那天就想跟你说当了大家面说……不说我沤在肚里难受……"

"然后就沤出病来了?"

"也许吧……"

"你说说你说说……"

洪天禹说:"长官,你到客厅等我一下,我不能这么的跟长官说话。"

洪天禹把崔工利叫了来,"你给孙长官沏茶!"他从床上起来了,穿好军服,他说,"我不能这么见长官,我得像个军人……我有要紧事跟他说。"

有人想做渔翁

崔工利小心地做着他的工作。那些日子,他一直心急火燎地等了队伍回来,他想他们一定有好消息告诉他。他还想他哥几个,他想他们一定会骑了高头大马戴了红花回来。想象中甚至有几分妒意。可是，那天回来的却是狼狈的一群散兵游勇。他看见他哥几个衣衫不整神色惊惶地从外边走进来。

崔工利问他哥："怎么了怎么了？！"

他哥崔工胜摆了摆手，"哎呀！别问了，连对手的照面都没见着一个，就被人撵兔子样撵回来了……"

崔工利一脸的疑惑，"怎么会呢？那还叫打仗吗？"

他哥崔工胜不说话了，说话的是谭多年。谭多年和崔家兄弟一个村子，他和崔工胜等几个同村的年轻人一起入的队伍，远亲近邻的都有，本来就是兄弟，他们在一支队伍里，就是兄弟加兄弟了。谭多年说："工利呀好在你没去你还闹腾了要去，那哪是打仗哟。泥路险路风里雨里走了一天累了一天，进入了阵地却是进入了人家的口袋。短兵相接，你总得接吧，没有，你在明处人家在暗处，照面也没打一个，你就觉得自己昏头昏脑的只有挨打的份儿觉得阎王在向你招手了……"

崔工利上上下下打量了一下谭多年。

谭多年说："好在阎王他喝多了酒，只在那打了个转转，没把我们都圈赶了哟……"

"可惜了一个营的弟兄叫人截了，生死不明。"他说。

那天洪天禹也是这么跟孙长官说的。

洪天禹一身笔挺的军装坐在天井边的阴凉处和孙长官喝茶。书童把水烧了，把茶沏了，回身要走时被洪天禹喊住了。"工利你找把大蒲扇来……"书童崔工利知道长官叫他给他们打扇子。已经进入六月，他们喝着茶，说着那天的事情。崔工利找来那把大蒲扇站在那给两个人扇风，他听到他们说话。他想不听，可那些字钻进他的耳朵。好在他听不太懂。

洪天禹说:"我一营的弟兄呀,现在生死不明……"

孙长官说:"你想跟我说什么呢?"

洪天禹说:"说好了我做尖刀,他们两翼夹击。结果呢?成了洪某人孤军深入……尖刀险些成了烧火棍,被人弄到灶眼里了差点烧成灰……"

孙长官摇了摇头:"是我孙某人的失误……"

洪天禹说:"他们行动迟缓,他们故意那么……他们说路上遭遇袭击……鬼!我调查过,全是鬼话……他们按兵不动保存实力,他们想借刀杀人……"

孙长官说:"他们比我明智呀,早知道这样……"

"什么?!"洪天禹有些疑惑,他觉得孙长官跟他说的不是一回事儿。

"那天从梁上掉下来的那团东西砸醒了我……"

"没砸到长官的呀?"

"长蛇那叫什么,小龙呀,吞到蛇肚里的猫……你说怪不怪?只听说过蛇捕老鼠,猫也捉老鼠,从没听说过蛇猫有过节的……"

"是从没听说过……"

"事情不能细想,一想就想出名堂了……猫和虎近,我突然就想到了,那不就是龙虎斗吗?我那天本来还想好好教训上那两个家伙,后来想,蠢的是我呀。有人坐山观虎斗,鹬蚌相争,渔翁得利……"

"就是,有人想做渔翁,他们把我晾在那……他们贻误军机。"

孙长官笑了一下,摇了摇头:"是有人想做渔翁哩,他们都想做，可我说的是上面的人……来头大的人……我蠢哟……"

然后，孙长官的声音小下去。洪天禹终于明白，孙长官和他说的确实不是一回事。孙长官说的是上头，那是个大人物。

崔工利听来听去，听不明白两个长官的对话。

孙长官说，这下我明白了好些事了。你看人家陈济棠，那么多人骂陈济棠，骂他剿共出工不出力，贻误军机的事也不是一回两回。上头拍桌子骂娘，你骂去，我行我素。粤军这么些年就是这么过来的。人家就是占着地盘，画地为牢。红军攻不过去，他也不主动攻打红军。这叫井水不犯河水，大家相安无事。

洪天禹说是呀是呀，这事我也听说了，调我们来，就是要和粤军换防的哟就是叫我们接替他们。

孙长官说，这防换得了的吗？谁能接替得了他们？粤军占着个好地方，他才不会那么蠢。

洪天禹说我还想人家会主动让出地盘来，毕竟与红军两军对垒兵刀相向。

孙长官说，对垒个屁，表面文章做得足呀，看去两军对垒势不两立针尖对麦芒，但却私下里苟合私通。

洪天禹说，有这事？！

孙长官说，已经是公开的秘密了。听说粤军人人暗里跟红军做生意，小官发小财，大官发大财，士兵发不了什么财但好处却捞不少。

洪天禹说，竟然有这事？

孙长官说，我也是这几天才弄明白这些事。知道不，赤匪占着一块宝地哟，这里不仅出稻米出木材出苎麻出莲子什么的，重要的是那地方有矿。有矿其实也没什么稀奇，重要的是那地方的矿别处没有。

洪天禹呀了一声说，难道那是金子，这地方的山里到处都是金子？！

孙长官说，比金子还要贵重哟……

洪天禹看了看孙长官那脸，看去不像跟他说笑，洪天禹哦哦了。

孙长官说你别哦哦了，我也不跟你扯太多了，我有重要事情要交代你。说着他看了看打扇子的崔工利。

洪天禹心领神会，对他的书童说："你歇会儿去吧。"

不该看的不要看不该听的不要听

崔工利一直听着两位长官的谈话，他有些好奇，但却听不懂。他想，他哥他们会懂。然后，他对他哥说了听来的对话。

他哥和谭多年几个在喝酒。他们经历了一场战事，虽说没放一枪，连对手的影子也没看见，但到底是上过战场了。他们觉得很走运，没像那一营人一样被红军截了生死不明，也算是大难不死吧，看起来必有后福。然后他们就聚一起打平伙凑份子买酒买菜，他们正喝着酒。

听崔工利说那些事，听来听去的也听不明白。他们说：当兵的管那么些事干什么？当兵吃粮，一条命吊在裤腰带上，长官说东往东，长官说西往西，死了一堆黄土埋身，二十年后又是条好汉；不死，拼出点名堂论功行赏……都看命，是不？

他们说喝酒喝酒，操心那些事干什么？管他谁鹬谁蚌谁渔翁呢。

崔工利有些憋闷，"就知道喝酒，长官的事不是你们的事吗？"

崔工胜和几个兄弟对视了一下，觉得这个弟弟话来得突然。他朝他弟瞪眼睛，但他弟不惧他，他弟不朝他看。崔工胜知道吕大每在，他弟就敢和他对了来。崔工胜说："你个娃，你管那些事？"

崔工利说："我没管，我只是问问。"

崔工胜说："你要我撕你嘴皮子揪你耳朵吗？"

吕大每护住崔工利："你个工胜哟，你就晓得拿你弟出气！"

"我出什么气？！"

"他们说你今天手气背，输了钱……"

"那是……但我没什么气，牌桌上的事，有输有赢那没个什么哟……我是说工利他没记性，他把你的话忘脑后了。"

吕大每和崔工利都看着崔工胜。

"你没记住吕大哥过去是怎么跟你说的？"

"说什么了？"

"在洪长官身边，不该看的不要看不该听的不要听……看了，就当眼前云，不要在脑里过；听了就当耳边风，不要在肚里藏……这话你忘了？"

吕大每说："是哟是哟……工利呀，你真把大哥给你讲的话忘了？"

崔工利脸就白了，他知道这一次，他将失去吕大每对他的保护，他确实犯了错不是一般的错是大错。他想，他这一回在劫难逃的了，他要挨他哥那么几下了，不是一个耳光就是一个"栗子"。

他们管捏紧了拳头在脑门或者后脑上猛敲那么一下叫给你一栗子。他沉默了，把眼闭了，就是说他默认了。人倒霉盐缸也生蛆。我忍了哟，我下次再也不这么了。

有人在他头上磕了一下，没那么疼。

崔工利睁开眼，给他一"栗子"的不是他哥，是吕大每。

吕大每黑了脸，"你要是还想在洪长官身边呆了你记住了！"

泪从崔工利两眼里涌出来。

"我……不，不想走的哟……"

"那你听好了……还是那句！不该看的不要看不该听的不要听……看了，就当眼前云，不要在脑里过；听了就当耳边风，不要在肚里藏！"

"我记住了！"

吃一堑长一智

洪天禹突然对吕大每说："你去赶两头猪，搞几坛子好酒，我请官兵们吃个饭。"

吕大每眨眉眨眼地像看个怪物那么看了洪天禹好一会儿。

"哎哎！大每兄弟你这么看我？！"

吕大每说："大哥，你再说一遍……"

洪天禹说，"吕大每你怎么了？我说得很清楚的了：叫你去赶两头猪，搞几坛子好酒，我请大家吃个饭。"

吕大每一脸的疑惑，也没个什么喜事呀？要说倒霉的事倒是一桩接一桩，先是队伍从河南远征江西，劳师动众。然后来了这地方出师不利，没声没响地叫人撸走了一营的弟兄，队伍里的兄弟一个个灰头土脸的，要说喝酒，大家也喝的是浇愁的酒。浇愁的酒躲了喝，只有喜酒才张扬了来搞大阵势呼朋唤友的来事。

吕大每没多问，他想听大哥的就是。搞后勤他是一把好手。在河南那时候蝗灾弄得山穷水尽的，吕大每总能想法弄来洪天禹想要的东西，现在来了江西，这地方也算是鱼米之乡的吧，好吃好喝的东西不难弄到。

孙长官那天的一通话，让洪天禹茅塞顿开。

孙长官说我也是头撞南墙才把事情想穿了的。我们是后娘养的，派我们到这地方来，就是把我们往虎口上送嘛。红军不是一般的角色，从二七年和蒋翻脸，共产党在这地方盘踞了近五年。中央军来清剿过，但不是都铩羽而归，没捞到半点好处？让我们来这地方，老蒋打着他的算盘哩。我没那么蠢，我学陈济棠。孙长官说，兵荒马乱时候什么都靠不住的，只一样东西靠得住。孙长官说那就是钱。陈济棠那小子精明呀，大把捞钱，有钱就有人马，有钱就有好枪好炮，总之一句话，有钱就有天下。天下其实就是个钱字，人活要天下干什么，也就百年，活了就是要享受。就是得了天下无非也就是图更多的钱。打什么天下？出征打仗，自己能有胜算？说不定哪天就被枪子咬了，死了还好，一了百了，要是伤了残了废了缺胳膊少腿的，你活了还有什么意思？

孙长官想明白以后，就跟他的几个手下作了新的部署。大意是，三个师的人马皆以江为界，敌不犯我，我不攻敌；敌若犯境，则据险而守，没有我孙某人的命令，不可越河突击。各地设关卡，严查走私，响应蒋委员长困死赤匪的诏令。这么个部署皆大欢喜，但孙长官不大相信另两个师长，他太了解他们了。那两个野心大得很，很早就暗里与他孙某人较劲，当然这也合情合理，他想。当年跟冯长官一起闯荡江湖，一起拼杀打天下，两位功也未必在我孙某人之下。只是第一把交椅只有一张，冯长官出洋前把令旗交到我孙某人手里，那两位表面恭贺，但心里是不服气的。他们老想着找我孙某人的失误然后有一天拿出来揭我的短兜我的底，你看他们那点心思，全放在权谋上了，把上头的意图揣摩得比我还透，可就是不和我透露丝毫，把我和洪天禹蒙在鼓里。作战前部署，两个人都眉眼笑笑的，说，很好很好，长官深谋远虑，一出好戏，登场亮相很重要，初来乍到，下马伊始，万事开头难……得给赤匪一点厉害看看，得给上头一点厉害看看！他们说得激情洋溢，慷慨激昂，把我孙某人也忽悠了。不过也好，吃一堑长一智，让我警醒，好事，大好事。他想，倒是洪天禹这么个草寇出身的人还值得信任。他不跟自己玩权谋，直来直去，人也讲义气，手下也全是当初他带出来的弟兄。还有就是对于他的新部署，除了洪天禹外，另两位师长有点疑惑。孙长官跟他们说，我得去上海治病，队伍就交给你们了，这么守了相安无事大家休养生息。他跟他们说了这么一句，两个师长想了很久没想明白。前些天还说先下手为强，给赤匪一点颜色，现在怎么就龟缩了？而且孙长官一脸的神秘，脸上眼里，全看不出东西。

只有洪天禹心里有底。那天孙长官把自己的意图明确地告诉洪天禹了。

"想穿了大家就是怎么捞钱。"孙长官那么跟他说。

洪天禹点着头，他没想到孙长官会接了说那句话。"我把赚钱这事交给天禹兄弟你了。"

他记得他那天欣喜若狂,天上掉下来的好事呀。

"还是天禹兄弟你靠得住。你照我说的去做了,赚了钱都是你我两个的。"他听到孙长官这么说。

洪天禹很坚定地说:"长官尽管放心,"他指了指窗外的那条江说,"这条江姓贡不姓共,是进贡的贡不是共产的共。从此这条江水送来的都会是贡给大哥和我的钱财。"

然后,他就找来军师潘普昭。他知道这个年轻副官鬼点子多,他肯定能想出许多赚钱的办法。

上头有上头的安排

潘普昭似乎很乐意做赚钱的事,洪天禹把孙长官的安排跟他关了门细细地说了,潘普昭一拍大腿,连叫了几声好!

洪天禹想,你看你看,谁个不见钱眼开。

可他想错了,潘普昭心思不在钱上。潘普昭看出,这一切让洪天禹很开心,潘普昭想,也真是见利忘义呀,那个土匪出身的军官觉得自己真是时来运转,才损失了一个营的弟兄,伤疤还未好就完全忘了痛。他还说要摆酒,要全团弟兄好好打个牙祭。那男人似乎很快把那场战事的失败忘个干净。败军之将,摆个什么酒?

潘普昭说:"摆酒席没缘由哟……你不担心有人说闲话?"

洪天禹说:"有什么闲话好说?大哥我高兴,人高兴就想要兄弟们一起分享。"

潘普昭说:"一个营的兄弟被截了生死不明,怎么说也算是损兵折将的吧?"

他没想到洪天禹淡淡一笑,说:"我蠢嘛,我当时就怪了,那么个灾年,正是招募人马的好时候,你多了人马,还救了人命是积德的事,可那姓秦的姓贺的却没动静。我就不解了,人多才势众嘛……"

"那是!"潘普昭没明白洪天禹想说什么,

"可他们不,一个也不要……"

"为什么?"

"开始我也弄不明白,可后来我看出他们猫腻了。他们吃空饷,他们鬼东西吃空饷。他们不招募人马,可人马跟我洪天禹的一样多,上头按人头发饷……他们暗里捞钱……"

潘普昭点着头说:"……放心吧,我会把大哥交待的事情办好。"

洪天禹说:"我摆酒的另一个目的,就是要把防区里的乡绅富豪头头面面人物都请了来,以后防务和生意上的事得靠这些地头蛇帮忙。"

潘普昭想,这个家伙还真如张飞,粗中有细。他提醒自己,今后有些事要更加小心才是。

潘普昭的真实身份,这个世上也没几个人知道。老家安徽的父母兄弟村里的乡亲,知道的是他少年时的事,在他们眼里,他的身份是个读书娃。在学校,校方的印象也只是个学习不错天资聪敏可却中途辍学不辞而别的学生。在组织里,他和首长单线联系,受首长的直接指挥,几乎没人知道他就更不知道他的身份。而在这群军人中间,他是教书先生和师长的副官。

他常常想起三年前的事，城里办农民讲习所，需要几个学生做义工。潘普昭和两个同学去了，没想到，那短短的两个月，改变了他一生的命运。他认识了首长，这个男人虽然只比他大十岁，但却比自己知道得多。这个男人亦师亦友，把他领到了另外一条路。首长的口才了得，把他们从事的事业描绘得灿烂有加。潘普昭从他那知道了许多，首长让他相信他们的那些主义，一定会让世界改变模样。潘普昭属于那种热血青年，总觉得自己肩负了救国救民的大业，他学的是经济，以为国家经济发达了，就强国强民了。但首长让他知道真正的救国救民之道。

然后，他加入了他们的组织，做的是秘密工作，执行的是特殊任务。

潘普昭被派去做兵运。"兵运"是个好听的词，还有一个词叫"策反"。兵运也好，策反也好，就是打入敌方内部，策动官兵反水。这种工作很危险，当然，意义也非同寻常。这也是组织中最为特殊而艰巨的任务。首长说，选来选去组织上还是选中了你。潘普昭没说什么，任务有点突然，前几天还说让他护送几个重要的人物去江西苏区，他亢奋了好几天。他很想去苏区，据说那热火朝天，是别样的一种天地和别样的一种生活。可突然叫他去执行另一任务。上头说南京方面新收编的队伍，我们要尽快安插人打进去做兵运工作。上头又说那个师的师长出身穷人打家劫舍的一个莽汉，对穷苦人富同情心，是我们最合适的工作对象。他需要个副官还能兼教书先生的角色，我们觉得你以这种身份打进去比较合适。一是有冯先生作介绍，便于取得对象的信任，十拿九稳。二来，上头的意图很明白，蒋介石中原大战取得了胜利，按惯例这些败军会被收编,且收编后军心难稳,这是个机会:一来可很好地利用他们之间的矛盾,做分化瓦解的工作;二来即使策反无果,也在敌人心脏埋下一颗钉子。

那时,潘普昭已经学会了服从。组织的决定重于泰山。好吧好吧,我去河南。他跟首长说。他做好了长期呆在河南的准备。

可才去没多久,队伍却接到出发的命令,目的地却是千里之外的江西。

又是江西,他觉得冥冥中自己和这么个地方有着千丝万缕的联系,他做梦也没想到还真来了江西。他想,这个首长能掐会算的吗?他记得他跟首长说那我去不成江西了?!首长笑笑的,说,潘普昭同志,江西是中央苏区,是革命的中心,你迟早会去的,说不定很快就会去。

潘普昭后来想,组织上肯定得到情报,或者说已经推算南京方面会电令这支收编的队伍去江西"剿匪"。首长是随便说说的吗?怎么这么快我就真来了江西?

他没想到自己真来了江西。第三天来了个算命看相的。他知道土匪出身的洪天禹有点迷信,这看相的来得真是时候。那几天队伍正要做"尖刀",洪天禹有点那个,有算命的就喊了算下运道。

潘普昭记得那天的情形。

正下着大雨,天上扯一个闪又扯一个闪,雷声滚了过来又滚了过去。

天色灰暗,洪天禹的脸跟屋外的天色完全不一样,他一脸的阳光,心里晴天一片。洪天禹一口接一口吸烟。眼瞄了下大门,看见斗笠和蓑衣裹了的人影儿在巷子那闪了一下,大门边就一个水淋淋人影。

洪天禹看见有人走到祠堂的门边。

那人说:"雨大,我躲个雨。"

崔工利说:"这是你躲雨的地方吗? 你怎么偏到这地方躲雨?"

那人摘下斗笠,露出一张刀把脸儿,一撮胡子长在下巴上。他说:"为什么不是躲雨的地方?"然后说,"是哟是哟,好像有事情……"

有人说:"我见过这个人,他常来镇上,是算命先生。"

洪天禹飙起身,说:"快请……请进……"

他想他得算算他的命,他信这个。准不准,算了才知道。

算命的说你命中缺水,近日不可接火。那几天,洪天禹正跃跃欲试的时候,好长时间没动刀动枪的了,手心儿痒痒的。

哦哦,我一个军人,说不上什么时候就要和人交火了,交火算不算接火? 他说。

算命先生说,交火当然算接火,枪炮连天火光连天……

那就没办法了,我是军人,干的就是打仗的事。洪天禹说。他当然没把算命先生的话放在心上。

算命先生指了潘普昭说,这后生更是一脸的不祥,我帮你掐算下哟不收你钱。

潘普昭当然不信这个,但洪天禹想打发了那个算命先生,说,给他看看给他看看哟。

算命的说那得关门跟你细说。

关了门,那男人在布兜里掏呀掏的掏个什么东西,潘普昭以为他掏个什么驱魔法器,却掏出那半边手镯。潘普昭吃了一惊,看了看对方,对方却和蔼地朝他笑。他忙从皮箱的箱底找出也是半边的残破镯子,两个人把手里的各半拼了,对接天衣无缝。

那是接头暗号,竟然是派来和他接头的人。

潘普昭把敌方的部署全告诉了对方。那人说:很好!

事情当然如算命先生所说。他"料事如神"。

那场仗打完后,算命先生又来过一趟。洪天禹拿出一份厚礼。

"我要是听了你神算的话,就不会落得这下场。"他说。

算命先生说:"什么下场?"

洪天禹说:"损兵折将呀……我一营的弟兄……"

算命先生说:"塞翁失马,安知非福……"

洪天禹说:"先生说来听听!"

算命先生说:"他们叫我三僚四公……我名叫杨怀亮……"

洪天禹说:"那我叫你杨怀亮师傅还是三僚四公?"

杨怀亮说:"都叫我三僚四公。"

洪天禹说:"三僚四公……您说来我听听。"

杨怀亮说:"你走财运了,盆满钵满……"

洪天禹当然不信,败军之将,上司不追究就已经不错的了,还会给他财路?但后来的事让他不得不信三僚四公那张嘴。孙长官确实作了新的"部署",孙长官给了他一条财路。

潘普昭对杨怀亮说:我就不明白了,当时可以全歼进犯之敌,可为什么放虎归山?

杨怀亮笑笑,上头有上头的安排。

直到后来,潘普昭才恍然大悟,红军里有高人哟,两军对垒,在乎的不是一城一地，在乎的也不只是伤其一指断其一臂。而是在下一盘很大的棋，不在乎眼前的得失，考虑的是长远全局。

孙长官那几天也这么想，他觉得自己在下一盘很大的棋，对手不仅是红军，还有老蒋。无论是红军还是老蒋，都不是好对付的角色。

孙长官离开之前，带着几个参谋在这一带走了三天，他们要针对自己即将要运作的事情，沿自己一方的河岸作了考察，细细的把方方面面的事情都考虑清楚了。他跟洪天禹说，你们把队伍拉到这布防，这地方就交给你了。

洪天禹带了人马在一个叫船山的河对面布了防线。贡江，把红的白的划个分明，红区白区一水之隔。

第六章

船山四面都是水

那地方确实很奇特。那是三江的交汇处，贡江，平江，桃江。尤其贡江，流了淌了到了这里却让这独特地势劈成两半，又流了淌了流到了一起。山水走势是有一只无形巨手巧妙安排了的吗？巧夺天工喔。两道水像两条玉臂把一大片的绿环抱了，你往绿色走，绿色掩映间有飞檐灰瓦，走近，才乍然看出是个小镇。大小屋子环山而布，那山叫船山。那岔开的贡水把这片地方弄成了一只巨大的船，叫船山名副其实。就有两线桥，将船山和外面的世界连接。当地人叫一线桥而不叫一坐桥。

船山镇讲五种方言。船山是赣南客家人迁移几进几出的交通要道，自古又多商贾来来往往，因此新老客混居，该地共有漳州话、潮州话、赣州话、老客家话、新客家话五种地方方言。尽管方言不一，但叫桥都叫线。其实有点道理。那一南一北的两线桥，其实是浮桥，平常就是些小木船，用粗大的绳缆拴连在一起，一眼望去，有十几条小船拼着拢着，在上面再铺上木板，就可以行车走马了。车当然是独轮车，这得有点技术，风平浪静时推推还勉强，但稍有风浪，浮船起起伏伏，你要把稳独轮就有些难度的了。一般走的都是马，但更多的是人挑肩扛的农家男女。

船山自古因地理位置特殊，很早的年代就成了商贾云集的地方，古人靠水运，贡江章江，流到赣州合而为赣江，赣江汇入鄱阳湖，继而又往长江流泄，经长江入海。这么条水路，当然就连通了南昌、九江、武汉、上海等大码头大地方。外面的日用百货食盐布匹药品火柴电池洋油等源源不断进来，山里的特产粮米桐油烟叶夏布竹木还有各色珍稀矿产等都从这水路源源不断运出去。

船山四面都是水，被水包了绕了。它的兴旺，就有了别一种说法。

赣南客家话中"水"的使用率很高，但多与财呀钱呀什么的相关。客家人相信水主财，水多的地方财气盛，水喻钱财。船山水旺当然财旺，所以商贾多往这地方来。

所以，他们说"进水"，就是说有了收入赢利；"出水"则反之，即赌博输钱或做生意亏本。乡间人做屋架梁，宴客庆贺并圆工谢仪，谓之"出水酒"或"下水酒"。说办事要"打水"，是指花钱行贿、送礼、给好处费等。

客家人说"涨水"啦，除字面意义河里发大水外，另就是说发大财了，你近来涨大水了哟。渗水嘛，不能从字面上理解为漏水，客家人说渗水指泉水中不断水涌，多喻细水长流意，常指固定收入。如客家女子相互揶揄："你们家的男人好哎，做生意，赚大钱，涨大水哩！""哪当得了你们家的，吃官家饭端官家碗，天晴落雨都有水进,一管渗水哩!"客家人"放水",是指某件事上受人指使或为了换取利益有意让好处予对方。"点水"有点拨提醒的意思。船山常听老者说:"这伙计一点吃数都不到,适当时候给他点点水。"有时举报通风报信出卖情报等,也叫"指水"。

在赣南客家人聚居的地方,听到人说水,就会想到钱财什么的。水多的地方,他们会认为往往有钱财好处。赣南多江河,章、贡、平、桃、赣,河道纵横,溪涧密布。客家人溯水而来,依水而居,凭水养生,循水前行,与水有着不解的渊源。在客家话中,"水"作语素的词组特别多,当然跟赣南多河多水有关,跟客家人生命与水的渊源有关。赣南也多山,当然要比水多,但客家话中"水"的使用率却远远高于"山"。船山虽然含了个"山"字,但这山是让水给浸润包绕着的。

船山往西三十多里是赣县,五十多里是赣州。红军这些年一直盯着赣州这座小城,但出重兵攻了几回均未能得手。赣县和赣州,一字之差,一个属于红区,一个属于白区,相隔也就那么点距离,可这么多年红白拉锯,这贡江边界没丝毫变化。

船山就更特别了,红的白的都不属于,两军相峙,但都刻意不占那地方。是不是那么个地方能有其特殊的作用,对双方皆有好处?事实确是那样,也许自古来两方争斗势不两立但却相持不下,有一块中间缓冲地带很有必要。

没人知道潘普昭发财的秘密

洪天禹又专心读他的书了。他说:"潘副官,你就全心全意做我和工利的先生吧。"他想，潘普昭一定觉得自己的差事也不错，没有战事，副官一职形同虚设，要说副官也只是做别的另一桩事的"参谋"，和军事无关。做个教书先生，拿了两份薪饷。

他每天教洪天禹和崔工利读两个小时的书，其余的时间就是自己的了，他有足够的时间走门串户。这年轻人爱结交朋友，人缘也好。不几天，周边无论富豪还是船家排客种田的挖矿的三教九流他都能处得来。人机灵，嘴也能说会道，脸上总挂了笑。这么种人，注定人缘好，朋友多。人缘好，朋友做生意当然顺当。他身份还很特殊，军方，他是洪天禹的副官，不仅如此，他还是洪天禹的教书先生。和洪师长称兄道弟，当然也就和队伍上那些弟兄称兄道弟。因此乡里那些体面人物，也得对其敬畏几分，就是乡痞也不敢轻易招惹潘普昭。他常常红区白区来去自由。他们觉得这是个奇人。所以，他做起生意来如鱼得水。

后来，人们发现潘普昭不仅做洪天禹的副官和教书先生，他还在船山接手了一家铺子，改做了油铺，做加工油生意。这事有些怪。人说：哎哎，你那么精明一个后生，你接手这么个铺子，不赚钱的，偏开处油铺？都说油水油水，光有油不见水的哟。船山已经有几家油铺了，他们是说潘普昭开油铺赚不到几个钱，没大油水。

但事情却怪，潘普昭开了油铺后似乎财源滚滚。当然，他什么生意都做，但怪就怪在别人也什么生意都做，为什么做得不如他？

有人说这个后生精明，但想想，船山做生意精明的多了去了，怎么一个初出道的后生就做得这么如鱼得水？

有人说他有洪天禹做后台。可过去不也驻有队伍，红的白的几年都在两岸布防，船山那些掌柜也有和队伍上人拉关系的，以前怎么没见有人发财？做生意靠那杆枪靠不住的，成也萧何败也萧何，生意场都不想与队伍上的人靠得太近，常常会吃哑巴亏。秀才碰到兵，有理说不清。

有人说他勤快，你看人家除了教书先生分内的事，不玩牌九，也不抽大烟上窑子，甚至没看见他豪吃海喝过。人家时间都花在生意上哟，生意是跑出来的。但想想，船山生意人中也有勤快的，人家那么颠来跑去的勤快了好多年，生意不好不坏。

有人就直接问潘普昭，"哎哎，潘副官不潘掌柜，你说说你自己说说你怎么就闷声不响不显山不露水的突然就发大财了呢？"

"你问杨先生去呀！"他说。

杨先生就是那个算命先生，叫杨怀亮，人称三僚四公的那位。

潘普昭说："杨先生说我财运旺，命里会有座金山的……我哪敢信，也没法信的吧？可他说试试。我就真在生意场上试试了，一试还真赚了。"

人们只有信了他这话，不然怎么解释呢？算命先生杨怀亮的名声本来就还好，这一回潘普昭让他更是声名显赫了，找他看相算八字的人多起来。

算命先生杨怀亮成了洪天禹的常客。

没人知道潘普昭发财的秘密，其实当然有缘由。

上头根据新的情况，给他布置了新的任务。兵运当然还得继续，但既然已经摸清贡河对岸守敌的真实意图，不妨也在战略上作些调整。就是利用敌人内部的矛盾，和敌人阵营中的厌战和贪财心理，稳定他们，保持现状，充分利用他们的矛盾。兵运工作如果做到位，有士兵举义旗反水当然好，但从目前的情况看，自宁都敌二十六军起义后，南京方面对非嫡系的军队加强了监视，掺入大量的"沙子"，中央调查科派了大量的特务潜伏在军官和士兵中。这无疑给兵运工作带来相当大难度，给潘普昭等做工作的人增加了风险。所以，不如将计就计，和敌人下一盘大棋。红军里到底有高人呀，这盘大棋得有高手，不在于一时一地，而在于整个棋局。敌人不是三分军事七分政治吗？老蒋在庐山为围剿苏区，办特别军官教导团，亲自训话，说到这三分军事七分政治时特别说到经济，"剿共之策，以军事围剿、政治攻势和经济封锁三管齐下，而将共区经济封锁，无疑为我们一个最重要的战略。务必严密封锁港口码头和河道水口，断绝与共区的一切经济往来，使敌无粒米勺水之救济，无蚍蜉蚊蚁之通报……"

消息传到瑞金，首长笑了笑，说："他们下狠手了喔，这一招毒，但不可怕。他们三分我们四分，他们七分我们八分，我们要以十二分的绝对把握，以其人之道治其人之身。"

道高一尺，魔高一丈。

潘普昭新的任务就是，开辟一条"财路"。经济是命脉，不能让对手掐住了喉咙。不说几百万人要吃粮要穿衣，吃和穿，这些可以从生产里获取。靠山吃山，靠水吃水，赣南境内，山和水都可养一方人。但日用百货呢？大到家用的铁器铜器，小到针头线脑火柴万金油什么的，都得从外面弄。军队和苏维埃政府就更不用说了。两军对垒，粮草先行。尤其枪械弹药各类军需，还有伤病急需的药品。虽说也建有兵工厂造币厂药厂五金厂什么的，产量少供不应求不说，关键重要原料你得从外面弄进来。

还有盐，盐是最要命的东西。人缺不了盐，缺了，浑身乏力不说，还食欲锐减，吃不好睡不好，当然就是神色黯然，精神萎靡。你想就是，一支队伍里官兵都这么个样样，仗怎么打？长期缺盐，人很快毛发变白，身体浮肿，大病小病蚊虫样往你身上去。往街上一走，人人皆面有菜色，一个个看去病病怏怏，这成了什么了？南京方面当然知道这是重中之重，"匪区"四百多万人众，每月耗盐量少说也要十五万斤以上，那不是个小数目。且赣南不产盐，一应需从外地运入。土法上马产的是硝盐，脱硝技术难达到要求，那种盐吃了苦涩不说，弄不好要中毒。他们知道要掐共党命脉红军的七寸，卡盐是最好的一招。他们觉得这一招很毒，这一招让"赤匪"不战而败。

计划严密，措施严厉。南京方面对南昌行营和所有围剿部队下了命令，对"匪区"进行严格的封锁，尤其是盐。江西南昌设立了食盐火油管理局，苏区周边各县下设食盐火油公卖委员会，推行"计口售盐""封锁匪区办法"，对超量购买食盐、举报不力者以"资匪通敌""甘心赤化"治罪。红白交界的乡村城镇，墙上到处贴着禁止与苏区通商的布告，设立食盐洋油公卖处，当地居民凭证购买，每人每月食盐三两至五两，洋油五人以下每户每月只能购买二两。且限制每半月购买一次，过期者不补，超购者以通匪论处。叫嚣不让"一粒米、一撮盐、一勺水"落入共产党手里。一时之间造成中央苏区食盐供应空前紧张，盐价暴涨。抓到私运盐和布匹西药等物资的人，轻者没收，剃眉毛、罚苦役，重者则以通匪罪论处，杀头示众。

运货是门学问

盐成了苏区举足轻重的货物。

所以,潘普昭新的使命很重要,秘密交易很重要,特殊生意很重要。就是要把苏区急需的物资,尤其是食盐想尽一切办法弄到,保证四百多万军民的供给。

生意要跟人做,重要的是把商品货什运进来,也要把里面的东西运出去。首先得有一条安全的通道。这条通道,是苏区的命脉,潘普昭和他的同志齐心协力小心经营。

潘普昭当然能如鱼得水,他在红的白的那都有身份,进出自由,关键的是他手头上掌握了重要的"货物"。苏维埃政府那有着很重要的东西,比如钨。那不是一般的东西,要让电灯亮,就得有钨丝。全世界最大的钨矿在中国,中国则在江西,江西嘛则在赣南,红军偏偏占了这块宝地。有了这,就有了和人做生意的主动权。那时候,红的白的在这最大的钨矿区交火,钨成了紧俏商品,在国际上价位飙升。就有人盯住了。

洪天禹跟潘普昭说:"兄弟,你得帮我个事。"

潘普昭说:"什么事?"

洪天禹说:"我知道是个难事,但大哥希望你能帮我。"

"你说你说!"

洪天禹说到钨,潘普昭知道他迟早会说到这事情。他说,大哥说什么是什么,我想办法去弄。

潘普昭当然能有办法,关键是他能弄到足够的"货源",并有条件将东西运出去,奇货可居,他轻易就赚了大笔大笔的钱。

在潘普昭手里,生意做得可真叫风生水起。

很快,潘普昭除了榨油坊,又开了家杂货铺和一家染坊一家漆坊。有人看不懂,杂货铺到处都是,染坊漆坊这一带也不少。有几家勉强撑了都难做下去,你个后生真就有通天的本领?生意能做下去?

其实都很有讲究。其实都是醉翁之意不在酒。比如榨油坊,谁也没有想到它是专门用来运送钨砂而建的。谁都不会把油和钨砂联系到一起。

钨砂从山里运到船山不是难事,那都是苏维埃的地盘。但从船山再运去白区,就有点那个了。当然,一般情况也没什么大不了的事,沿途的关卡潘普昭全给疏通了。但上头看到匪区一直封而不死,就疑心有内鬼,行营调查科的人就会派便衣暗查,这不得不防呀。万一叫他们抓住把柄,这条供应渠道就毁了,洪天禹也会被人弄掉,那红军苦心经营的许多东西都会毁于一旦。洪天禹他们来之前,驻守那条防线的同僚就因为这才被设防的,前车之鉴,大家不得不小心。所以,运货是门学问。

大家挖空心思想万无一失的办法,想来想去,想出了个办法。茶子碾碎了榨油,那些碎粒儿看去和钨砂无异。要是将钨砂掺于其中,压成枯饼,神仙也看不出来的。那样,就可以大量的往外运送钨砂,万无一失。而且很容易从枯饼里取回钨砂,很简单,只要放火上烧就可以,别的成了炭,而砂原封不动。

染坊呢?当然跟布有关。米面铺子跟粮食相关。而杂货铺则为的是日用百货。

而漆坊就更有讲究了。去那里的伙计不是随便谁都能去,过身体关过技能关过智力关过忠诚关过政审关……经过了保卫局所有的考验。但最终过不了漆疮这一关,也进不了潘普昭的漆坊做"伙计",因为生漆"咬人"。

"咬人"是乡间的说法,乡间也说前世要是淹死的人,来世就有种报应,就要被生漆"咬"。其实不是咬人,医学上的说法是过敏。但事怪,有人过敏,沾了,就起疹子起疱,奇痒,还痛,奇痒难当,你就会不自觉抓搔,就引发严重后果,起疮化脓。就是不抓搔,严重的生漆过敏也会引起水肿,一般的是裸露在外的皮肤沾了生漆的树汁,就肿痛。有的人不仅沾了要受罪,就是站在漆树的风口或者从漆坊前过身,都有被"咬"的。当然,被咬的多是头脸,那地方无遮无掩,第二天那脑壳就肿得像只水桶,眼成了一条细线。你就不能出门,出了门人见了,见个怪物样笑你。

生漆有这么个特性,它"咬"人,生了漆疮痛苦不堪。所以,不管是谁都不敢轻易靠近。谁都不是神仙,娘肚子里就知道自己不怕生漆,就是三僚的那些半仙,他们能掐生算死,但他们也算不准这一点。不仅算不准,就是他们中的一些人也常常被生漆"咬"。

所以,惹不起还躲不起吗?离生漆远远的,这是大家的共识。

红军里的高人在事情之初就想到了这一点。红军的那条秘密交通线,如果运送重要的东西,用什么最最安全?他们想到生漆。山里产漆,每年漆坊都会向外运送生漆。每家漆坊都有条专门的船用来送漆。别的什么船总是走哪都有伢在岸边跟了跑,船靠码头,小贩呀什么的就会拥上船来,卖烟的售酒的贩糍粑米糕的……还有为窑子里窑姐拉皮条的,当然还有那些伢,他们总是围了那条船儿转，像苍蝇逐臭，直到那船重新启锚远去，他们才呼着喊着离去。可你换了运漆的船试试，什么人都躲得远远的。

哨卡上那些白军士兵也一样，遇有白区里的稽查船巡逻艇也一样，他们也怕生漆疮，对于生漆，他们几近谈虎色变闻风丧胆。所以，一般也就远远的例行公事。

所以，上头要潘普昭经营好这家漆坊。

潘掌柜

潘普昭在外的身份现在叫潘掌柜，成了个远近闻名的生意人。

并不是钱的事，人有名并不在于你钱多钱少。比如生意人，有人闷声不响发了财，怕招事惹事，人低调，不张扬，衣着俭朴，不置田置地，不豪宅深院，做人做事，小心谨慎。船山不少这样的掌柜。比如做棉布生意的文任强，开了家老店，祖辈上就做布生意，隔三岔五的总要遇到盗或抢的事。有人说，文掌柜，你家的船总是招贼人的呀？！文任强说，人倒霉，盐缸里也生蛆。人家说，也没见有人这么倒霉的哟。文任强说，我就这么倒霉。人家说，是不是不要经营棉布了，做点别的转转运。文掌柜说，我家三代都做这棉布，我改行能做什么？辱祖没宗啊。祖宗在地下也会啐我。人家说，也是怪，那你怎么这么背时？没人像你这么背时。他说，哦哦，都是命。我家祖坟不好吧？就是这个命。其实不是命，文掌柜根本不背时而是走运，他时来运转。江左的红的跟他做生意，江右的白的也跟他做生意。

他说："兵荒马乱的，生意不好做呀。"这事想起来在理，两军对垒，兵戎相见，生意似乎不那么好做。其实，事实并不是那么回事。两军以水为界，画地以据，两边的贸易不能正常，货物不能互通。物价就失常，物以稀为贵嘛，两边都奇货可居。就有精明的商贩，周旋于两边，捣腾货物，也趁乱哄抬物价。你想就是，这么捣来捣去，他们就捣出钱财了。但不能声张，本来这种事就是私下里的偷摸勾当，要不怎么叫走私？所以，他们弄出很多的"事端"，常常被抢。

其实，那些事有些蹊跷。抢一次也就碰鬼，两次三次，你就真是"倒霉"，破了财生意打了水漂，可怎么一而再再而三重蹈覆辙？那时候，有个词叫"抢货"，文任强文掌柜的船队常常被抢，不是白的抢就是红的抢，大多是来路不明的人抢。有人就说了，文掌柜，你说你走老运，怎么还老往枪口上撞？文任强说，你在赌桌上坐了，输一把接了来，我见你连输十几把还来，为什么？那人说，我不是想扳回本嘛。文任强说，那就是了，我也想扳回本的嘛，我就不信扳不回来。那人连连点头，说那是那是。

其实扳个鬼本，文任强早赚得钵满盆溢了。抢货是一场"阴谋"，那么多的重要物资要运往"匪区"当然是掉脑袋的事，红的与对岸的守军有交易，但对岸也不能明火执仗了公开干那些勾当，睁只眼闭只眼也不行。老蒋对收编的队伍，在最初就掺了"沙子"，也就是说派有调查科的人潜伏其间。那是南京方面的耳目，当然不能让他们知道。所以，三方会有个约定，像文任强这样的商人与红区做交易。大的买卖或重要的货物，由双方预先商量好，将货运到途中约定的地点时，红军方面预先埋伏好的人员，立即对天鸣枪，造成"抢货"场面，商人便假装弃货而逃。对岸的守军也装模作样朝天开几枪作为应付。红军相关人员,将货物迅速运到目的地。这样,像文任强这样的商人走私,可免除"济匪通共"的罪名。不仅船山的文掌柜,就是赣州"胜记布庄"的老字号大店,也玩这种"抢货"买卖,只要将三方的好处都明确,为什么不弄?"胜记布庄"一次曾将三百匹布,用船运到新庙附近,红军方面采办处派出的接货人员鸣枪以示,船工急匆匆将船撑过河来,而押货的人则奔往赣州,谎称布给"抢"了。

潘普昭做生意不必这么麻烦,在河的北面白的那儿,他是洪天禹的红人,虽然副官他辞了,但还是洪天禹的教书先生。在河的南岸,他是红的保卫局重要人物。他要的"货",自然会格外安排。

潘普昭对一些货物不放心,常常自己亲自护送。比如前不久上头说有批重要的"货"要交易,后来他知道是一些纸张和油墨。上头说,这生意很重要,命令潘普昭亲自负责,就是说他得亲自又走一回那条通道。

这些日子来,他已经对那条通道很熟悉,那是赣南苏区与外界联系最常用也最为安全的一条通道。

首长和一些重要人物也是经由那条"秘密"通道由上海到汕头,然后到一个叫大浦的地方,由专门的护送人员从白区进入红区的。去年,上海地下党出了大事情,叛徒出卖了整个上海局,大量的重要干部需要转移,这条通道起了至关重要的作用。所以,那条通道不仅走"货",重要的是走人,凡是有重要的人物要进入苏区,苏区的人要去内地执行任务或者去苏俄开重要会议,都是由此进出。

潘普昭有了重大任务。那天,他得经由这秘密通道去完成一项特殊任务。进一批货,其实是到汕头接货,货是香港进的,他知道,凡那地方进的货都很重要,比如珍稀药品相关机械柴油汽油什么的。有人说,那军火呢,应该是最最重要的吧?当然,枪支弹药等军火是很重要,但似乎并不难得到。隔不了多久,一河之隔对峙久了,红的白的也会交一场火。还有就是南京方面来了人,钦差大臣主要的工作是督战,你就不能再那么"相安无事"的了。当然,这么场战斗红的白的都事先约好,伤亡大可不必,但热闹却是要热闹。不仅热闹,还得趁这机会做场生意。这主意肯定是红的一方高手出的,我们演一场戏吧。高手现在做了导演,导演作了阐述,也就是部署。他说,督战的大员,不会去前线,就是他想去,也想法不能让他去。哎哎!枪子不长眼睛,你是重要的人物,不能有什么三长两短。然后就夸张渲染,把战场说成地狱。人嘛,尤其是坐到一定位置上的人,都怕死。当然,还真有不怕死的,身先士卒,亲临前线。但既然你不怕死,往往就很"容易"为国殉身。当然,子弹和炸弹难说是从何处来的,反正你莫名其妙的就死了。不过,敌人并不笨,他们有飞机,飞机除了丢炸弹,常常用作侦察,还有一种作用是督战。你在下面打仗,飞机在上头看着。高手说,这也没什么。两边堆了柴草,飞机来时就点烟,烟焰腾天,遮天蔽日的他飞机有什么用,眼就瞎了。但眼瞎了耳还在,就是要他耳在,就要他听嘛。两边的喊杀声冲锋号声枪声炮声不能少。不仅不能少,要更夸张渲染。不是有洋油筒吗?不是有炮仗吗?在林子里挂上铁筒,铁筒里放鞭炮,那和枪声有什么两样?……这就是他们想出的办法,一场"激烈战斗"呀,你总得损兵折将吧,你总得耗枪火吧。鬼哟,那些枪和子弹会有人偷偷运到红的那一边,带回钨砂或者别的值钱的什么。

但别的什么不能这么"交易"，油墨和纸张就更不可能的了。

油墨，当然不是一般的油墨，不是印报纸传单的那种油墨。纸张也不是普通的纸张，不是印报纸传单的那种纸。油墨和纸张是用来印制钞票的。苏维埃中央银行要发行纸钞，但没印币纸，也没专用的油墨。这些货不说广州，就是上海也很难弄，只有从香港进货。香港的地下党几经周折，冒着生命危险把货弄到手，就只等了想法子运到苏区来。

潘普昭开了漆坊榨油坊，也开了杂货铺和一家染坊一家米面铺子。这都得有人手，那些伙计，当然都是从红军中挑出的人。

首长说："普昭同志，只有你的身份较为合适。"

潘普昭当然知道除了自己，别无选择。他可以利用他在军队里的身份，他亦军亦商，身份特殊。而且不管中央军还是粤军，各级军官里暗里走私的不在少数，潘普昭为洪天禹经营这条"财路"，就一直精心打造作了足够的铺垫，其实也是用钱铺路，结交了不少"友军"的朋友。秘密通道有专门的护送队护送，一般是由店里的"伙计"去押货。但这批货物特殊，潘普昭觉得自己亲自走一趟才万无一失。

所谓得民心者得天下

潘普昭手下有十几个"伙计"，都是从保卫局重要部门精心挑选来的。

伙计中，潘普昭较喜欢闻勤勇。那时，刚盘了家榨油坊，要住外运"枯饼",其实可以说是"砂饼",要借助那条秘密通道。上头就从执行队里抽了几个精干的后生给潘普昭,闻勤勇就在其中。

起先闻勤勇还不愿意,跟上司说我做得不好吗给我这处分?上司说这哪是处分这是表彰,你干得出色才抽调你去船山。

闻勤勇去了船山,看见潘普昭,他又多了失望和怨言。闻勤勇找到他上司。他说,你叫我跟那白脸子后生做手下。上司说,你们不要看不起人家,人家是去过苏联的。提起苏联闻勤勇就不吭声了。那时候中华苏维埃里谁都把苏俄当成了圣地,而那个大胡子列宁就像上帝。你想就是,从革命圣地苏联来的哪怕是跳蚤你也得侧目,何况是个活人?去那种地方打个来回,人就不一般了。所以,闻勤勇不再说什么。

闻勤勇和队伍里的很多后生一样,出身作田人家。虽说世代作田,但自己没半寸地,祖祖辈辈都给人做长工。红军来了,红军说天下不公。作田人说有什么不公?多少年都这样。红军说,就是,几千年都不公,多少年这样就不能再这样了,要改天换地。作田人说,真能把天改了把地换了?红军说,工农团结起来奋起抗争天都要向人民低头。作田人还是疑惑。东家势力大呀。红军说,别说你们东家,县长你们叫什么?作田人说那叫青天大老爷呀!红军说,明天你们去县城吧。真有人去了,就看见县太爷被人戴了纸糊的高帽,剃了阴阳头,脸上糊污臭烂泥被一根长绳绑了牵了游街。红军说改了天了吧。作田人连连点头,青天都掀了喔。红军说,那就换地。作田人都入了农会,跟了红军打土豪分田地。把东家家里的地契翻出来一把火烧了。那地就不再是东家的了,是农会的,农会将地分给作田人。不仅地,还有东家的祖屋财产……真就换地了，作田人人人有了地，还分了东家的宅院。再也不是上无片瓦下无针扎之地的了。

红军说，你们还想天改回去地换回去吗？

作田人说，不想！谁想？

红军说，有人想换回去，就是反动派和土豪劣绅。

作田人说，哦哦……那怎么办呢？

红军说，还能怎么办？武装保卫苏维埃，武装保卫红色成果，武装保卫我们工农的天工农的地。

很快，作田人都在红军的鼓动下武装起来了，虽然最初可能手里握着的是把大刀或者是长矛甚至可能是菜刀锄头……最威风的当然是手握了把鸟铳。有人就笑了，说，那是什么武装嘛，乌合之众。红军就说，他们手里握着的那些铁家伙能打死人不？说乌合之众的那人就点了头，当然能打死人，可能打死人就是武器？那石头木棍什么的也能打死人。红军说，那石头木棍什么的也是武器，大家齐心协力用来打击敌人保卫自己就是武装。

作田人就把自己武装起来了，他们也成了红军中的一部分。他们开始手里握着的是大刀或者是长矛甚至是菜刀石头，但很快他们就握了枪，长枪短枪甚至是机关枪。炮很少，但也有那么几门，当然只是少部分人掌炮。

后来他们知道，手里握什么并不重要，重要的是人心所向。什么是人心？就是大多数人所想所求。天下还是穷人多，天下的人都想吃饱穿暖，就是吃饱穿暖了，他们还想更好。凭什么一个村子里只那么一两个人成富豪？为什么作田人不能成富豪？要人人都成富豪，天下就太平了。有人觉得那有些渺茫，这怎么可能，人人都富豪了那哪去找穷人？红军说我们就是要消灭剥削，消灭穷人。红军说出那四个字：共产主义。红军说，我们要实现共产主义，共产主义社会中没有穷人，人人都是富豪，财产是社会的，人人都是社会的，人人拥有家家共用。

人心所向是很可怕的。尤其在中国，你要能做到人心所向，你就得了民心。

所谓得民心者得天下。

那时共产党还没得天下，但他们知道了这个道理，他们对未来信心满满，不仅满满，而且觉得那一切触手可及。他们鼓动宣传，把个赣南苏区搞得热火朝天。那些后生就都争先恐后入了队伍，他们很快也和当初带他们入伙的人一样，对未来信心满满，不仅满满，而且觉得那一切触手可及。他们对美好的未来充满了热望，觉得就是抛头颅洒热血牺牲性命也在所不辞。

不知道如果他们活下来，他们的儿孙会不会问到一个问题，那要是你没等到工农得天下的那天死了呢那个什么主义跟你丝毫没关系呀。也许他们会回答，怎么没关系呀，天下是我打下来的，就是死了，也值！重于泰山。人死如灯灭，死了死了，一切皆了，泰山有什么用，共产主义有什么用？儿孙一定会这么问。但他们依然会慷慨激昂地答。

闻勤勇就是那些后生中的一员。

他种田是把好手，没想到在队伍上打仗也是把好手。他枪法很准，枪法准当然和他每年冬天去山里打猎有关。东家每年冬天要补身体，要吃野味，就叫闻勤勇去打猎，丢一杆铳给他。说这个冬天你得给我弄十只麂子来东家有重赏。闻勤勇也不是要东家那重赏，他只是喜欢那杆铳。那铁家伙握手上,跟握锄把犁把完全不一样,铁握手里,和东家说话好像硬气许多,他很久弄不清那莫名其妙的感觉。但他喜欢铳,就练就了一手好枪法。没想到好多年后在队伍上有了用场,上头很欣赏他的枪法,送到红军学校学文化,可没多久,执行队到那挑人,把他挑走了。

潘普昭很快和闻勤勇成了朋友,他喜欢闻勤勇是有原因的。枪法不是根本,好枪法在船山也不常用,智勇双全当然好,但在船山,最主要的还是别的。

闻勤勇到船山不几天,潘普昭和闻勤勇一起去执行一项任务。他们要运一批砂出去,到白区换批银洋进来。总不能以货易货,有时候苏区需要些金银和银洋。苏维埃银行要加印纸钞,你就得有金银得有银洋。闻勤勇弄不明白其中道理,但必须执行这任务。

人想明白了就好

他们去送货,回来时就揣了大批的金银和银洋。回来的路上,闻勤勇总显出惶惶。

潘普昭看看,觉得闻勤勇有点怪异,说:"你怎么了,不舒服?"

闻勤勇说:"没什么,我好好的。"

再走走,看见闻勤勇额头上汗珠下来了。潘普昭不放心了,他过去摸了摸闻勤勇的额头又抓了对方的手号了好一阵子脉。说:"倒是没什么异样,我看你是累的,你晚上早点休息吧。"

到晚饭后,闻勤勇突然跟潘普昭说是不是出去走走?潘普昭瞪大了眼看了对方,说,你还有这闲情逸致? 闻勤勇指了指河边的一处山说我想去那顶上看看风景那地方我去过,看山下的风景就像仙境。潘普昭哦了一声,说实在,那座峰倚流而立,是很独特,他走过这条通道几回,注意到那独特,但从来没攀爬过。

"可是天要黑了。"潘普昭有些担心。

"天黑就天黑……有时候我们专门还拣了天黑爬高走险,这么个矮峰算个什么?"说着,就快步如飞往那边走。潘普昭喊了几句没喊住,只好在其后跟了。

他们到的是隶属永定的一个什么地方,那里风光不错,河到那拐个弯又拐个弯,拐出许多曲折来。两岸是拥了翠竹和树木的。竹是凤凰竹,客家叫水竹。树多樟木和柞树,千年百年地长了,大树在堤下盘根错节,将石堤固定了。树冠摊开一大团的绿,高高在上,摊出十几米半径的绿荫,那树荫就两岸往河心倾覆,河狭窄处,整个就被遮藏彻底,看去,船在一暗绿的隧道里前行。枝叶稀疏处,有一些阳光被什么撕扯了,像被撒在那地方,暧昧的在拱涌的水面上漂浮。站在半坡上看,那条绿色沿了河的走向盘旋了。再往高处走走,就走到岩顶了。山多是那种石头山,丹霞地貌就这种特色,整座山多少亿年前就是一块红石头。然后经多少亿年的风化,石头渐风化成沙土,就长了树长了草。春天茂盛,秋天枯竭,然后枯叶败草凋零成泥,岩缝和崖脚就积了土,又更多的草木生长。周而复始,石头就被绿色掩映了,就成了有生气的山了。沿了危崖高攀,能到山顶。这种功夫,闻勤勇和潘普昭当然具备,但天近黄昏,潘普昭有些担心。人可以上去,但下来时天黑,那就会有麻烦。

两个人三下两下就攀爬到了峰顶,果真,那看到的景致就完全不一样。那轮红红日头,已经沉入大大小小的石峰缝隙间,河岸的树木和竹林间漫涌了雾岚,石峰脚下河湾的旮旯处,三两户人家檐角隐现,有炊烟飘拂,弥散在树梢,然后和河岸的雾岚融在了一起。

闻勤勇说话了,他在那喘了一会儿气。他们攀爬得太快了些,使了些力气,就喘气。待进气出气皆平和了些,闻勤勇憋了一天的话,从他嘴里跳了出来。

"哦哦,我轻松了些我放松了……"

"什么?!"

"那么多的钱。那么大把的金银……你看过你以前看过?"

潘普昭愣了一下,他突然明白闻勤勇今天的反常了。他没病,他也不是累,他是因为那些人带进苏区的金银,心上起雾了,雾漫了他,他看不清想不清了。潘普昭说:"我没看过,但看过没看过有什么? 那又不是我的也不是你的,那是苏维埃的。"

"我明白我明白。"闻勤勇说,"可是不管是谁的,不看没什么,看了,就觉得天天在手边,心里就会痒痒的……"

"你个闻勤勇哟你个鬼哟!你莫不是对这些金银动歪歪念头了吧?!"

"潘掌柜你不要骂人。"闻勤勇他们这帮"伙计"全管潘普昭叫掌柜,这是纪律规定了的,不仅是称呼,而且行为举止,也得有别。队伍上是人人平等,军官和士兵都互叫同志,但做秘密工作不行,在白区,各人扮演的角色不一样,先前的那些称呼必须彻底改掉,甚至不能有"口误"。先前的那种平等,从此后也得尊卑有别。掌柜就是掌柜,伙计就是伙计,不能有半点含糊。不能叫兄弟,互相间不能叫小名和外号的了,更不能叫同志。只能按船山那些铺子作坊里的惯常叫法么么叫。这一切,来船山前必须经过严格的训练和测试。

"你个闻勤勇你动那念头,我不仅要骂你,你真敢动那些东西,我会毙了你!"

闻勤勇笑着:"我就找你说事嘛,我说的就是这事,我要真动,我跟你说?"

"也是哈!……你个鬼东西……"

"哎哎,我说潘掌柜……你实话说,你第一次见到这么多的钱怎么想?"

潘普昭被问住了,实话说,他当然不能说;说谎,他觉得他话说出来一定很那个。他咳着,说:"天晚了,风太凉。"那时候正是深秋,日头一落山,山里的天气就透出刺骨的凉来,风一吹,脸额上像有针扎。

"你怎么想的嘛?"闻勤勇认真地说。

潘普昭很久没说话,他看着山下的那些风景已经变成糊影,那时候涌过来的不是雾岚是暮色,先是淡黑的吧,然后渐浓。说实在,两个人根本没注意暮色是怎么涌到身边来的,天说黑就黑了。天一黑,潘普昭对闻勤勇给自己提出的问题觉得踏实了些。

"也是见钱眼开,也是心里怦怦跳……"潘普昭说。

"哦哦!动没动过念头?"

"说在心里没动过念头那是假……我活那么久,哪见过那么多的钱的嘛?也是想,这些钱要是我潘普昭的就好。"

"哦！我们回吧。"

"你又怎么了？"

闻勤勇说："我放松了呀彻底放松了呀……我说回，我睡得着觉了，我吃得下饭了，原来人人都有这想法这念头的呀……"

两个人开始往崖坡下走，那是回去的路，要搁别人，那有点难，不是难，肯定做不到，要得到明天天亮了再回去，但对于这两个人，不是难事。他们经过这方面的专门训练，有时候，非常特殊的任务，几乎不能白天行动的，一般都在黑暗里行走，没有这套本事不行。

"我是动了那念头，走一路心上就一路起骚动，就像水里的空心干葫芦嘛……我不想骚动的，可它就是起，一阵阵冒出来……"

"我也那么冒过……那是先前的事了……"潘普昭说。

"我就想了，你跟了队伍出生入死的不也就为了过宝贵日子吗？要出人头地做体面人的吗？有钱就有一切，有钱一切都是你的……念头就在心上蠢蠢地动。"

潘普昭在黑暗里笑了一下，"像水里有空心干葫芦……"

"那是……按下去了不经意它又起来，按下去又起来……你小心了呀，下边是陡崖……"

闻勤勇说："你这么一说我就踏实了，怪了，我没按它自己下去了。"

他们回到了住处，谈兴依然很浓。

闻勤勇说："掌柜的……我还想跟你说会儿话。"

"说说，我也肚里满满的什么，不吐不快。"

"弄点酒菜？"

"弄点就弄点,不能喝多。"

"就一点。"

他们要了一小壶酒,热了。没菜,找出一点生花生,还有干梅菜萝卜干什么的,就了喝酒,边说着话。

"后来我想,人为财死鸟为食亡,人不能老惦了钱财是吧?何况你贪占了你是昧良心谋不义之财,我就想,人不能这样……"

潘普昭没说话,他喝着酒。

闻勤勇说:"我还想,红军来了,给我们穷人的就只是田地和房子?我想呀想呀,不对嘛,给了很多,不只是田产钱财,不仅是过好日子的期盼,是给你像像样样做人的权利。"

"红军在墙上写: 从前做牛马,如今要做人。"潘普昭说。

"人活不是用钱财来说事的哟,你体面,是你在做人而不是做牛马。人活一世还不就为了你像个人样活了?……人想明白了就好,就透彻轻松了……"闻勤勇说。

潘普昭说:"那是,想明白就好。"

第七章

潘耕晨很快就又跳出那些问号勾勾

渣子终于像是憋出病来了,船快要到岸的时候,他老往厕所跑。开始他还没觉得有什么,提了裤子才出来,突然就又往回走,走走,觉得似乎忘带了什么,返身蹲到涂天让身边。涂天让正在舱窗边看书,渣子抢过他的书,撕下两页。

涂天让说:"你撕我书!好好的你撕我书!?"

渣子跑进厕所,很快地把门反锁了。

涂天让敲着门,说:"渣子,你不能这样,你把我书撕了做揩屁股纸?!"

里面是哗啦的一阵响。

涂天让哭了起来,"说你不能这样渣子,我帮你拿了手纸,你打开门,我拿手纸给你。"

门还是没开。

涂天让说:"撕书揩屎要遭雷打的,生个儿子没屁眼……"

这回门开了,一只手把涂天让的那几张草纸抢了去,把个纸团扔了出来。

涂天让一边抹泪一边把那两张纸展平,嘴里嘟哝了,不知道是骂人还是倾诉。

渣子进出那逼仄的厕所四个来回,总算觉得肚子舒服了一点点,但还是咕噜地响,眉头皱了。

几个男人不慌不忙,说:"渣子,你怎么了?!"

渣子说:"我也不知道,好好的老要屙屎。"

就是那一刻船到了岸,渣子没再喋喋不休问这是什么地方,他浑身绵软无力。秦宏驰笑笑的,"没事没事,船靠岸了,我们给你请郎中。"

还真的很快叫了郎中来,号脉,也看了好一会儿舌苔。老先生摇了摇头说,看来是受了风寒,我开几服药先吃吃吧。

潘耕晨很快就又跳出那些问号勾勾,先是想弄清楚这到个什么地方。他想问问那几个男人,但他想他问不出名堂。

他说他要买点东西,就走进一家铺子。他跟掌柜说话,可对方的话他一句也听不懂。

张宏力跟那男人嘀咕了一声,对方从货架上拿出一盒火柴。

潘耕晨很吃惊,他说:"你怎么会说他们的话?"

张宏力说:"我要说我就是这地方的人,你信不信?"他当然不是这地方人,为了执行队的特殊任务,他和秦宏驰下力气学了客家和闽南等地方言。

涂天让很响地哦了一声,"我知道了!"

他说:"我们到你老家来种棉花!"

张宏力还是那么笑笑，说："先吃饭，然后好好睡一觉。"

潘耕晨说："种个棉花还弄得这么神秘？到底是不是的嘛？"

张宏力笑笑，不说是也不说不是。

潘耕晨说："难道你们要把我们送到月球上去种棉花吗？"

"到了你们自然就知道了，现在大家先吃点东西，然后睡觉。"

"大白天的，你叫我们睡觉？"

张宏力还是笑笑的，"睡觉都拿钱，一分一厘也不少，你不干？天下有这样的好事？"

想想也是，连了几天的海上颠簸，人也疲了累了。

好事是好事，可偏偏这种好事就让我们摊了。天上有掉馅饼的好事吗？潘耕晨那么想，他想，都走到这了，继续走下去有什么呢？

他四顾看了看，风景倒是很漂亮。一条大河，那肯定是流向海的，他们没看见出海口。那时候，接他们的人来了，不是一个两个，是十几个人，还抬来副轿子。你渣子享福了，竟然坐上了轿子？潘耕晨在心里嘀咕了一声。路是石板路，浓荫遮蔽，看不出通往哪里，只知道一直沿了江边走。

初春的天气，南方充满了湿漉，石板路的缝隙间和农家老墙的角落，漫涌了泛绿的青苔，还有岸两边那些挤绽出的新枝，绿出一大片的张扬。他们走了约一个时辰，走到一家竹木店。那些房屋和别的屋舍没什么两样，但临江而建，江里泊了些木排竹排。不用说，这屋里的人做的是竹木生意。

张宏力说："到了。"

潘耕晨停住了步子，他吸着鼻子。他发现不止他一个人这样，涂天让也那么吸着鼻子。其实他们不必吸鼻子，扑鼻而来的那种香味很特殊。

涂天让说，是狗肉，炖的狗肉。

潘耕晨说，你狗鼻子吧，肉在锅里炖着，你不揭盖就知道什么肉吗？

涂天让点了点头，不信打赌？一定是狗肉。

他们把厨间柴灶的大锅揭开，空空的，在那找了一遭也没找到。

张宏力说，不要找了。他指了指院内老墙角一堆正冒烟的锯末。哎哎，那不是吗？

潘耕晨撇了下嘴。鬼信你。他嘀咕道。结果，不信他也得信了，眼见为实。张宏力真去那拨弄了几下，从焦黑的灰烬里拨弄出一团东西，是个酒坛。坛口封了厚厚一团泥。敲碎那些干裂的泥团，一股香味就蹿了出来。

"吃吃！船上没吃好，今天大家放开了吃。"秦宏驰说。

"吃完好好睡一觉！"他说。

他们没想太多，到这了就顾不得那么多了，忘乎所以。渣子没这口福，他只能喝药，他就睡在隔壁的小屋里，听到这边的响动，当然也闻到那股香气。隔墙的对话传了过来。

"从没见过用坛子炖肉的。"那是潘耕晨的声音。

有人说："这是乡间的一种炖法哟，用锯末或瘪谷子用慢火不能用明火，就那么沤燃了，炖两天两夜……"

"哇！两天两夜？！"张宏力高声说。

"这么炖制出来的狗肉味道不一样……"

"是哟是哟,味道不一样,真的很香,进口绵软。"张宏力说。

躺着的男人就忍不住了,他起来,走到大家身边。有人把他拦住了:"哎呀,狗肉发哟,你一口都沾不得。"

渣子说:"我就尝一口。"

"一口都不行,你不要命了呀!"

渣子到底还是夹了一块肉到嘴里,他说啊啊是喔是喔真的很香进口绵软……

但他没能继续,有人端了一碗黑黑的汤汁,那是药。渣子看了看,眉头皱了一下。秦宏驰跟他说:"喝了吧,不出三天,你就能大口吃肉,大碗喝酒的了。"

渣子把那药喝了,头更沉重起来,眼前迷离黏糊。另外两个种棉高手吃着喝着也都头重脚轻眼前黏糊起来,他们一歪身,也倒在那林木掩映的老屋子里的木床上沉睡过去。

他们走了水路走山路

涂天让觉得坐在了一匹高头大马上,马是白马,马颠呀颠的就跳越了高山。他说马呀,这是要带我去哪?马不吭声也不嘶鸣,就跳着奔着。涂天让感觉到那不停息的颠簸。然后他想伸头看下,周边漫卷的都是白絮,就觉得那马腾跃到了高空,云和马融到了一起。他看见那些云朵一片片从眼前掠过,细看,不是云朵是棉花。他想,阿哈,棉田真的在天上,他朝四面大声地喊:真的在天上咃!但是不是那马被他的喊叫惊吓了,他被掀下马背,直直地往下坠去……

睁开眼,涂天让觉得一千根针扎他眼睛,当然不是针,是太阳。

有片刻,他还沉浸在刚刚那个梦里,现在他坐了起来,揉着眼睛。然后就看见篾棚外的两只赤脚,再就是站在木排前撑篙的那个陌生男人;看见岸边疾走的树和山影;看见了水,水花从木排的缝隙间跳起;看见角落里酣睡的两个同伴,当然,眼镜客和那个姓秦的男人都在,看见涂天让醒来,笑笑地朝这边张望。他四下看看,揩去额头上的汗,他被那个梦吓得不轻,额上身上都湿湿的。

他听到眼镜客跟他说:"涂老师,你看你一头一脸的汗……"

"我们这是去哪?"

他抛过一条毛巾,"你擦擦你先擦擦。"

涂天让抹着汗。

潘耕晨被他们的说话声吵醒了,他也那么探头探脑地看了好一会儿,然后一脸的疑惑看着眼镜客和秦宏驰。"这是到了哪嘛?"他问。

张宏力说:"你问我,我问谁去?……他们说快到了。"

"他们是谁?"

"到地方你们就知道了"

"你们老是笑,你们怪怪的……"他突然拍了拍脑门,"呀!"他大叫了一声,"我知道了,你们在酒里下了药,才喝多少酒哟,我能醉成这样?!"

那几个撑排的终于忍不住了,他们厉声喝道:"不要说话!找死呀!?"

涂天让又亢奋起来,他觉得越神秘越是让他不能自已。那几个男人拉着一张脸,但这无碍于他,他说,"你们为什么要在酒里下药嘛,让我错过看风景。"

有人说:"很快就要到了,你听他们的话,那地方风景更漂亮。"

他们走了很长一截水路,然后在一处僻静地方上了岸。一行人抬头看了看,岸边古木阴森,一看就知道是荒僻地方。

潘耕晨又是一脸的疑惑茫然,东张西望了那么好一会儿。其实那些风景确实不同于别处,那些山最早可能就是一块巨大的石头,一大堆的石头在那罗列,可是多少年过去了,一些地方就风化了,一些地方绽开了裂缝,就积了灰土积了落叶枯草,千年万年就成了泥土长了些松杉和其它杂木。就有了山形,后来就成了一座座的山。有崖有涧。崖有百丈,但断崖绝壁,像有人用刀齐齐地削劈出来的,齐斩斩地平。涂天让欣喜万分,往几个角度跑了看风景。每一处都不一般。那些山,山体向阳多为石壁,寸草不生,皆泛铁锈微红。背阴地方则长有青苔和草木,草皆不高,树均矮树。正是清明前后时节,石缝里有映山红,像一堆一堆的火,在嫩绿中燃。杞子花黄,茶树花白,大片大片的青翠和微红岩壁点缀了那些斑斓。山下有溪河,河谷深切,山不高,也就千把米样子,但陡峻而危垂,崖顶有水,就从那顶端垂直泄下,白白的一条瀑,不是一条,放眼望去,崖壁上好多条。飞流急下,重重地跌入潭里,发出震耳欲聋声响。

他们就那么看着,他们也那么听着。

那几个男人说:"别看了,还有一上午的山路要走哩,省点力气吧。"

涂天让说:"只一上午了,那好哟。"

潘耕晨则说:"看看有什么,看看也不花力气的呀!"

那个男人还是面无表情那么说:"看山走死马,这话你该听说过了。"

潘耕晨还立在那四下张望,但队伍没管他,那些人开始往林子深处跋涉。总不能呆在这荒凉陌生地方吧,他们只有跟了那些人走,穿林过涧。

潘耕晨又嘴里细碎嘀咕了好一阵子。

涂天让说:"挺好挺好非常好的呀,风景很不错的。"

没有人理会他们,一行人在那条细小的山路上走。他们喘着气,他们走得有些艰难。

潘耕晨说:"这么个荒野地方能种棉花?你们想让我们在石头山上种棉花?我听过有岩茶岩松,没听说过岩棉……"

没人理会他,他边颠颠地跟在大家后面,一边叨叨了嘀咕:"你们听说过难道听说过?"

但很快他就噤了声,那条路实在太难走。那哪叫路?你说不是路,那依稀有一条路的影子;说是路吧,什么人到这种人迹罕至的地方来?

很快,那些人的脸就灿烂起来。他们穿过了那条隐蔽且艰难的山路。后来潘耕晨知道,他们这是进入红区了,就是官兵说的"匪区"。那些护送他的人,看到进入了他们的地盘,心上石头落地了,脸也就松弛。危险没了,安全了。他们倒不是担心自己的性命,这条路他们不知道走了多少回。常常险情擦身而过,一条命是拴在裤腰带上。

很多同志都在这遇了情况,不是因为敌人偷袭,就是从险崖上掉了下去,或是被暴雨山洪冲走了,还有被狼群咬死被毒蛇毒死的,当然也有累出了病,死在这条路上的。这条路串了不少的坟,埋在这路两边的,都是队伍里忠诚和精干的同志。

他们走了水路走山路,到了个新地方。

到哪不是种棉花?

涂天让兴奋起来,他嚷嚷了。"哦喔哦喔……"涂天让那么嚷了叫了。

那时候查恒有已经醒了,他从轿子里探出头,揉了几下眼睛四下愣愣看了一通又揉了几下眼那么看着涂天让,"这是到了什么地方?"

潘耕晨说:"还能到什么地方,他们说到了要到的地方呀。"

"什么?!"

潘耕晨说:"就是种棉花的地方。"

是吗?查恒有蹲了起来,"噢噢!总算到了,我做了个梦就到了呀?!"

涂天让说:"渣子,你是病了,你昏睡了好多天。我们翻山越岭,累得像鬼一样,你却坐轿让人抬了来的。"

"我不信我不信!"

"你看你还不信?!"涂天让指了那几个光膀子男人,"人家肩膀都磨掉两层皮。"

查恒有说:"我身体从来铁打的样,平常感冒发烧也没有的呀?"

"看你说的,人吃五谷,谁能没病?"

后来他们还是扯到棉花。

"弄半天带我们到这地方来种棉花?!"

"当然当然!"

"这到底是什么地方?

男人们笑说:"当然是好地方!"

真实的答案是晚宴时那个叫首长的男人告诉他们的。

太阳落山的时候,他们被带进那家祠堂。那儿早摆好了八仙桌,桌上满满的一桌菜。他们说,首长一定要亲自请你们吃顿饭。

潘耕晨说:"你们说的首长一定就是东家了?"

众人又哄一下笑起来。

"哦荷哦荷,也可以这么说吧。反正他是这一带的头儿,什么事他说了算。"

他们呼他们的头不叫大哥也不叫长官,叫首长。

首长是个白脸,很标致的一张脸。眉是眉,脸是脸,鼻子嘴巴全长在该长的地方。笑起来很和蔼。一个白脸书生,这么个人要出现在上海滩或者出现在大学里或者出现在县城的小学校里,涂天让都觉得很正常,但出现在这么个地方,让他十分惊诧。

那白脸被人称做首长的人说:"欢迎欢迎喔!欢迎你们到我们这里来!"他一口江浙口音,话语很诚恳,端起那口碗,说:"本地产的水酒,大家干一杯!"

潘耕晨涌上莫名的感动,涂天让则是因为新奇和神秘亢奋,而查恒有怕是饿极，也管不了那么多。从担架上刚醒来，身体绵软，肚腹空空。酒好菜香，口就无遮无拦地狼吞虎咽了起来。三碗五碗水酒下肚，查恒有喉咙就又痒痒的了，那些问号又成了些白色蚯蚓，在肚腹里不安分。

忍忍，查恒有终于忍不住了。

"我看你像个头儿。"他对那个中年男人说。

"我看你像我们东家。"他说。

白脸男人笑了，"我们是个集体，工农都是一家，大家都是东家。"

"我们是来种棉花的。"查恒有一脸的严肃，他想解开心底那个谜。

"当然当然，你们三个是我们精心物色的种棉高手，千里迢迢费九牛二虎之力把你们弄来，不种棉花又做什么？"

"那现在可以告诉我们这是什么地方了吧？"

他们叫首长的那个男人说："可以可以当然可以。"随后他说出了一个地名。他说，"你们现在在中华苏维埃的地盘上，这是红色首都瑞金。"

查恒有猛地站了起来，他把手里的碗摔在了地上，那碗酒也成了水花，溅到大家的脚上鞋上。他吼道："骗子！你们一帮骗子！"

有人闯进祠堂，要过来按住查恒有，但被首长制止了。首长依然笑笑的，处乱不惊，好像什么事也没发生过。

"你说说，你说说，你怎么被骗了？"那男人说。

"我们是来种棉花的。"

"对呀，我们也请的是种棉高手，难道不是？"

"我们不到这种地方种棉花……"查恒有说着，朝另外两个同伴看了一眼，"你们说是吧？"

"这是什么地方？！"涂天让有点大惑不解地看着查恒有。

潘耕晨则说："渣子，看你说的，到哪不是种棉花？"

首长笑得拍了一下掌，"说得好！你说说这是什么地方？到哪不是种棉花？"

查恒有说："这是匪区，这里到处杀人放火，这里闹共产共妻水深火热人间地狱……"

首长哈哈笑了起来，"先生看来常看报纸，南京方面的文人把我们这描绘得那么可怕……你真的信那些话吗？……跟查先生实话说，我们请你们三人来对棉花种植给予指导，至于政治，你们可以不介入。还有，我们有过协议，如果你不满意，我们可以送你回去，绝不强迫……"

"坐下坐下。"那男人说。

"就当我们请你来做回客，酒还是要喝饭还是要吃的嘛。"白脸男人说。

查恒有坐了下来，他点了点头。他想，坐下就坐下，你们还能把我怎么样？来这地方走走也算是长了回见识吧。

"你先呆几天吧？看一看，想一想，再作决定。"那个白脸男人说。

酒足饭饱，主人说要带他们四处看看。潘耕晨和涂天让欣然同意，但查恒有说不去。潘耕晨说："渣子，你不是权当游玩走一趟的吗？怎么窝在屋里不动弹？"

查恒有说:"我身子还胀痛,你们玩吧。"

其实他身体已无碍,他不想在匪区走,他怕他们给他洗脑。他曾经读过相关的消息,说"赤匪"擅长洗脑,报上说得玄乎其玄,说他们会蛊术妖术,不能让他们近身,近身了妖言惑众,就让你换了脑换了心。他把自己关在那间小屋子里,他哪也不想去,他等着他们把他送回上海。

他跟他们说:"你们把我从哪带来的就把我送回哪。"

他们说:"完全可以!"

但一直没什么动静,门口蹲着个人,他知道那是他们布置看守他的人。那还是个孩子,是个伢,看去,也就十二三岁样子,一脸的稚气。伢开始还在屋里的,男伢说:"我来陪先生玩的,先生我们玩西瓜棋。"手里捏了几颗卵石,在地上画了个棋盘。查恒有想,我知道他们派你来守了我的,怕我逃跑。他想,这有什么守的?我在这地方两眼一抹黑,人是在昏睡中由你们抬了来的,就是自己走了来,一会儿水路一会儿崖路一会儿密林一会儿石道,就是神仙也难走出去的吧?我不会跑,傻子才跑。我知道就是跑,也找不到回去的路。再说,我一跑,我就是毁约了。我不跑。

他跟男伢说:"去把那两群鸡赶远点,叫声吵得人死。"

男伢出去赶鸡,查恒有反身就把门拴死了。男伢回来推门,门推不开,就敲,生死不开。男伢一声不吭,脸阴了嘴嘟着,蹲在门边的地上。

他在那等了,中午,那伢儿说:"先生吃饭了。"查恒有不动弹。男伢端了饭菜来,敲门,门不开。男伢只好端到那小窗边把饭菜放在窗台上,但查恒有还是不动。他想,我就是想回去,你们要送我回去。晚饭时候，那伢又端了饭菜来，依然不吃，窗台上就齐齐地摆着几只碗，惹几只苍蝇绕了飞。

黄昏时另两个伙伴回了，看见那些碗盘一地。说："哎哎！你弄什么哟？！弄得这像庙里的神龛。"

那伢说："给他端饭，他不开门，也不吃！"

"我不想给他们开门，我也不想吃。"

潘耕晨说："我们回来了，你得开门，你总不能关我们在外面。我们得睡觉的吧？"

查恒有打开门。

潘耕晨涂天让两个却很亢奋。他们谈说着一天的见闻，他们说你不出去看看亏大了渣子哟！

查恒有不理会他们，不理会两人也不在乎，自说自话。

他们说：莲田里小荷拱泥，山坡上春花落蕊，山脚处的竹林里有啪啦的响声，那是笋在拔节，春天里南方的山泛满了绿。

潘耕晨说："我是从没看过。在河南，春天也泛绿，但是一抹平平展展的绿，是大气壮观，但没层次。不像这地方，连田也是梯田，一节一节的，那田里的禾长出嫩绿，像一方方大小不一的绿帕从山脚往山腰铺着，绿得张扬不说，还……"

涂天让接了："浓淡相宜绿肥红瘦……"

"还是你有词。"

涂天让说："开眼界不说，还尝美味。"

他们就说到吃。

"不就是空心菜吗？居然用上擂钵？那菜怎么就和炒的不一样？还有泥鳅竹笋和杞子花……就是山珍呀。海味没有，但山珍到处是……"

"还有石蛙，我头一回见过。"

他们说还有很多美味。查恒有听不下去了，他狠跺了一下脚，他们说的那些话让他肚子有了反应。本来就饿了两餐，两个人一说好吃的，嘴里就生津了，肚里叽咕了起来。也不再讲究什么了，抓过窗台上的一只碗就扒拉起来。那伢说："哎哎！他吃饭了喔！"

潘耕晨淡淡地抛过一句："他饿了自然要吃，他总不能把自己饿死！"

查恒有却朝那伢汹汹地吼了一声："哎哎！你大惊小怪个什么？！你们什么时候送我回去！"

男伢摇了摇头，说："首长有吩咐的，叫我服侍你……其它，我就不知道了。"

涂天让还一副嘻哈开心的样子，他说："你别难为这伢了。"

就这么捱了三天，那白脸男人来了。

查恒有说："我没什么想的，我就是想回去！"

白脸男人说："我知道，我是来送你的。"

涂天让和潘耕晨也来送查恒有，毕竟一道经历了这么曲折的路程，潘耕晨说："渣子，一路保重哈，人各有志，不可强求。我还是那句话，都是种棉花，到哪种不是种？"

涂天让说的是另一番话："说好了我们三个比试一把的，你一走，就我们俩了……"

大家把查恒有送到村口，有人往他手里塞了几块银洋。

"你们给过我盘缠了，这钱？！"

白脸男人说："这是你一个月的工钱，我们按合约执行。"

查恒有说:"我也没出一分力,这钱我不能收。"

白脸说:"我们得讲信用!"

查恒有说:"讲信用就把我送回上海。"

那些银洋,查恒有生死不收,人却朝大家摆摆手,头也不回往来路走去,那几个护送的后生一前一后走着。

第八章

杨怀亮总能将一些事说得八九不离十

洪天禹那些日子眉开眼笑,心情好得不得了。他请杨怀亮上门喝茶,总要请杨怀亮为自己或周边的什么人掐算掐算。别的人的事洪天禹不知道这个算命的说得准不准,但关于自己和潘普昭,杨怀亮总能将一些事说得八九不离十。

洪天禹觉得遇到个神人,真就把杨怀亮视作神明。他常常请杨怀亮来家里,奉为座上宾。杨怀亮也不谦让,把自己真弄得神秘兮兮的,总要把那些"套路"演示给这个洪长官看。其实就是装神弄鬼的一套玄乎东西。算命看八字观风水这套,得用心理学一套。你不能让对方太理智。人一理智,难免就会对你的话有疑惑,就会提问,就会怀疑,至少不是那么百分之百的相信。所以,算命的先生,总要点了香,弄些纸符,还有一些别的什么神器,有时还有竹刀木剑,还弄些鸡血,衣着怪异,披头散发,总之总要弄出一种神秘恐怖氛围来。那时,周边的人就被弄得心上起毛毛,脑壳里充斥了神秘，就有些糊影在眼前晃悠，还有真就两眼见了有鬼，耳听了有异声的，这不奇怪。

你不信你就看看那些半仙也好道士也好谁不弄出种神秘玄奥来？说穿了，半仙们多是造鬼然后自己捉鬼。

但大多数人当然不信这种说法。

书童崔工利尤其好奇，他也把那个杨大仙佩服得五体投地。人影儿还在巷口晃荡，就大了声音喊："哎哎，神仙来了神仙来了！"

只有杨怀亮和潘普昭知道到底怎么回事情。对一些"买卖"，甚至对一些"事情"，他两个都知根知底。比如，潘普昭要深入"匪区"的纵深，就是到那些"赤匪"掌握的钨矿去做"买卖"，"险象环生"……每次成行前，洪天禹总要请杨怀亮来掐算。

洪天禹当然有自己的目的。洪天禹让潘普昭去江的那边进一批重要货物，不是一般的东西，是砂。对岸是"匪区"，潘先生深入虎穴，危机重重，人不会出什么事吧？这是洪天禹最关心的事。但要得到红军手里的重要"货什"，得满足对方开出的价。其实钱也不是个事，细算算账，只要自己能盈利，就可以做。这桩生意也不是一天两天，细水长流也财源滚滚的嘛。可对方不要钱，对方提出以货易货。要一般的货，那当然没什么关系。可他们要的是违禁物品。一般的违禁物品也没什么，偷运一点粮食呀布匹呀火油呀什么的日常用品也没什么。可人家要的不是一般的东西，比如军火，比如药品和盐。对方说我们的砂只换这些，别的免谈。这就有点那个了，但你有什么办法呢？人家这是奇货可居。当然，洪天禹掐了船山这一带的咽喉，别的人也无法和红军做砂的交易。但确实条条大路通罗马，哪不能有路？此处行不通，红军不会找别的路？就是远些险些,那也是路,只不过走得艰难些,他们到底能把那些"宝贝"运出去,那我到嘴的鸭子就飞了。

潘普昭说:"长官,不能让到嘴的鸭子飞了,这生意不做,让别人做了,飞走的不是一只鸭子,是一群,一大群。"

洪天禹说:"谁舍得让鸭子飞走呢?可这是掉脑袋的事,上峰知道了我就没命的了。"

潘普昭说:"上峰知道了,也没洪长官的事。"

洪天禹说:"此话怎讲?!"

潘普昭凑近洪天禹身边说了一通话,大意是由自己出面,在船山弄几家铺子,诸事由自己操办,洪长官你不要沾身,睁只眼闭只眼就是,钱我潘某人不会贪占,出了什么事,我潘某人担当没长官的什么事。另外,我不能再做你的副官了,弃武从商,这样,名正言顺,当然,我还能做你的教书先生……

"这生意怎么做不得?"潘普昭说。

"可普昭你走在刀口上哟。"

"不入虎穴焉得虎子?……为长官的事,小弟我两肋插刀肝脑涂地。"

洪天禹土匪出身的人,就爱听这种话。"普昭兄弟有情有义,大哥我不会忘了你。"

但做第一桩买卖,洪天禹还是放心不下,跟崔工利说:"你去把三僚四公请过来!"说曹操曹操就到,书童崔工利才跑出巷口,就看见杨怀亮朝这边走来。

洪天禹说:"三僚四公真就掐算到了我今天会找你?"

杨怀亮说:"缘分缘分……"

洪天禹说:"三僚四公,你来了好,你喝茶抽烟,你茶烟用过了神清气朗了你帮我测测事。"

杨怀亮很响地应道:"有什么事,你说你说。"

洪天禹就把事情说了,"我们普昭要去那边搞一船货。"

"那可是重要东西喔!"洪天禹说,"那要失手了,不得了的喔!"

杨怀亮笑笑,"我想不出洪长官那还有什么不得了的事,天塌一下你也撑得住。再说一单生意成不成也不是什么大事。"

"不是货的事,是人命关天的事。"

杨怀亮说:"哦哦,我来掐算下。"

然后他就真弄了些"手段",把那堆黄表纸烧了,然后又把头发弄得披头散发不说,还跳手跳脚在屋里院里来来去去乱发飞扬,白眼翻了,嘴角还起一抹泡沫。然后一身的大汗淋漓,口喘了粗气,说:"没什么邪秽。"然后他就扳了指头在那闭目呢喃,到后说:"放心放心,东南方向福运,西北方向贵人相佐,水路陆路皆你洪长官财路。大路朝天,只管数钱……"

洪天禹就眉开眼笑的了。他说:"我也不知道普昭这后生要做什么买卖,他说是大买卖,……这年头,生意越大,风险越高,我不得不为我兄弟想……"

后来,真就像杨怀亮掐算的那样,平安无事。

没有人想到杨怀亮这样的人也能和那群人融到一起

能有什么事?什么都是河那边的相关人员安排妥当的,天衣无缝。事先杨怀亮也多少知道这"生意"万无一失，才能掐算得如此准确。

没有人想到杨怀亮这样的人也能和那群人融到一起。

杨怀亮祖祖辈辈都做看风水的手艺，他们那个叫三僚的地方，整个村子都靠这手艺养家糊口，说穿了那应该叫学问不叫手艺。但客家人把一切养家糊口的技艺都叫手艺，做篾的打铁的唱戏的说书的阉鸡阉猪的染布的制烟酿酒……手艺五花八门。有的是自家祖传一门手艺，世代延续。有的则整村人都从事一门行当，家家都从事一门手艺。比如造纸比如做烟花爆竹什么的，整个村子家家户户都有作坊。有的也不必有作坊，就一门手艺走村串户。比如挑鸡阉猪，你不能有也不必有作坊。村子像被玉皇抛出的一把石子，在水岸山凹平川峰巅角角落落里星罗棋布。那些村子家家户户都养鸡养猪，家家都有挑鸡阉猪的生意可做。阉猪匠，一把小刀，一只特制的勺，还有一根细细绳儿装备就齐了。还有算命测八字看风水的风水先生。好听点叫"堪舆"，揣着的只有一只罗盘。也有什么也不带的，赤条条身无分文走南闯北，一年半载的回家，不说腰缠万贯，但揣着的银两也足让家人喜上眉梢，一年的开销没什么问题，吃香喝辣。

三僚村属兴国，处在三县交界处，往西是兴国，往北是宁都，往南则是于都。虽说它在兴国的地界，但去三县的县城，宁都最近，其次是于都，离兴国县城最远。所以，进城他们多去宁都和于都。

三僚就是这么个地方，每家每户都从事算命看风水。远看近观，那地方的风水也不错。远看，屋宇田陌走向，状如太极。有古庙两座，池塘七口，均按风水讲究布局，方位走向，各有寓意其间。就是屋后的坟山，也修筑得十分在意。自宋以来，那些坟茔沿山排列集聚，已经有千多年历史，是历朝历代三僚风水大师技艺的集中展示。

三僚远近闻名，据说中国风水之文化发祥于此地。这说法不无道理。风水学有杨曾廖赖四大祖师，其中前三位都是出自三僚，第四人赖布衣虽不是地道的三僚人，但也是从三僚继承衣钵。此外许多历史名人如文天祥、海瑞也和三僚搭上干系。

杨怀亮家的始祖叫杨救贫，名益，字叔茂，又字筠松，民间称他为"救贫仙人"，所以皆称之杨救贫。杨怀亮是杨救贫的四十一代孙，自幼跟父亲学风水，读先祖杨救贫著述，深有心得，所以，他的"功夫"了得，在三僚威望名声排列第四，因此人称三僚四公。

杨家先祖杨救贫唐代窦州人，少时聪慧，读《易经》，多有心得，后官至金紫光禄大夫，在京城掌灵台地理事。黄巢破京城，杨救贫断发入昆仑山，后辗转来到赣南，隐居兴国三僚村，靠给人看风水谋生，闲时就著书立说，著有《疑龙经》、《撼龙经》、《葬法倒杖》等风水经典著作。也收徒授业，将朝廷御用的风水术散播民间，大行于世。那一年朝廷要建赣州城，找人看风水，挑了好几处地方皆不理想。请出杨救贫，杨救贫选定了赣州城址，直到如今，谁都说那确是块风水宝地。

红军三次攻打赣州，一直未能攻克，还损失了些人马。队伍里有人对杨怀亮说："听说赣州城是你先祖给看的风水。"

他说："没错。"

那人说:"你看你看,你们杨家帮了白军的忙哟,你看你们家先祖帮白军挑了个如此好的地方。"

杨怀亮说:"那是一千多年前的事了,那时哪有白军红军的,只能说那帮家伙鬼,好地方叫他们占着了。"

有人说:"听说你家先祖算命灵验,出口就成真。"

他得意了:"要不然怎么三僚家家户户靠这本事吃饭?"

杨怀亮一兴奋,就说起他先祖的一段故事。

他说,我说个故事你们听。你们信不信呢,不信没关系,不管你们信不信,这故事三僚谁都知道。不仅三僚,方圆百里内谁都知道。

人家说,你说你说。听者很亢奋,除了偶尔有戏班子来,他们多只是聊天做娱乐。队伍上不让轻易喝酒,何况不那么容易弄到酒。没有灯油,天黑下来大家面对的就是一团漆黑。所以,常常在漆黑里聚了一起谈天说地。

杨怀亮就说了他们杨家先祖的那个故事。

杨怀亮说,我们家先祖的邻居李大顶到四十岁还没有儿子,请我家先祖杨救贫给看相。我家先祖给他测了八字,还看了他面相,说"儿子不儿子,事不大。是你到霜降前后,有大难临头,恐命难保"。

杨怀亮说,我家先祖的话向来灵验,李大顶不敢怠慢,急忙到赣州去盘了店收了货款。他想,大难临头,钱财得守住。回来时逢大雨,河水猛涨,不能行船,只得暂时住在客栈内。

杨怀亮说,到晚上时,天空放晴,李大顶想我活不长了,不如多走走看看,就到河边散步。有一女人什么事想不开,从堤岸上跳入河里。李大顶马上呼叫渔船,说:"谁能救起这个人,我出二十两银子。"船夫纷纷去救,终于把少妇救了起来。他便把二十两银子给了船夫。问那女人为什么要寻短见,女人答:"我丈夫外出做工,我在家中养了一头猪,准备用来偿还田租。昨天把猪卖了,不料收的钱全是假银子。既怕丈夫回来责骂我,再加上家中贫困,就不想活了,因此便投河自寻短见。"李大顶非常同情,问他一头猪值多少钱后,便给了她双倍的钱。

杨怀亮说,女人回家时,在路上遇到丈夫,便哭着把这件事告诉了他。丈夫非常怀疑。觉得是自家老婆偷了人,找出这个借口支应。说我倒要看看这个恩人。夫妻俩一起到旅店去找李大顶。到客栈时,李大顶已经关门睡觉了。丈夫叫妻子敲门。里面问:谁呀?外面答:"我是今天投河的那个女人,特来致谢。"李大顶厉声说:"你是个女人,我是个孤身的外乡人,晚上怎么能随便见面呢?快快回去!如果一定要来,明天早晨与你丈夫一同来。"

杨怀亮说,丈夫的疑惑一下子便消除了,诚恳地说:"我们夫妇都在这里。"李大顶便披上衣服起来。当他刚刚走出房门时,只听房中"轰"地一声。一看,原来店房的后墙因久雨而倒塌,床铺已被压得粉碎。他这时如果不起床,肯定要被压死。这对夫妻感叹不已,道谢后便离去了。

杨怀亮说,李大顶心想,什么救贫什么神仙,全是蒙人的,说我有难,分明是有福嘛。我家先祖在街子上见着李大顶,说:"你满脸阴德相,一定是做了有大阴德的事情。不仅免除了灾难,而且将获得不可限量的福报。"后来李大顶果然一连生了十一个儿子,其中有两人登第。李大顶一直活到九十八岁才去世。

杨怀亮说，这就是我家先祖的故事。

大家哦哦，又连喷了好几声，感慨唏嘘。

大难不死

那一年，地方上突然来了一支军队，后来有人说那是赤匪。再后来，朝廷就派兵进剿了，两支军队在上坎周边打来打去。

杨怀亮去上坎走生意。

上坎粤军驻扎，师长姓裘名为。隔河是"匪区"。那些天裘为师长初来乍到，没把红军放在眼里，下马伊始，就要给红军来点厉害的。当然，各路统领都曾这么想这么做。裘为是黄埔高才生，带的又是有"铁军"之称的精锐之师，更有理由这么想这么做。

他把队伍部署了，开火前，有人建议他请神算算一算。这里有个叫三僚的地方，家家都出神仙。

裘为当然不信这个。但觉得事情有点意思，一村上百户人家全是算命高手？竟然还有这种地方？他想，算算也行。我倒要看看，探知一二。

他们当然要找高手，那一天一公二公都被人请了去赣州漳州什么的，还有一个被请去了省城。三僚只有四公在，他们偏偏找到杨怀亮。

杨怀亮没当回事，只觉得我自己碰到桩好生意。这么一队官兵，当然有钱。他们是来剿匪的，枪是好枪，炮也是好炮，兵强马壮。对付那么一支衣衫不整，破枪烂刀的败匪，那还不是水到渠成马到成功的事情？

他依然那么弄事情，他没把事情当回事。

那是几年前的事，那时候红军刚到赣南落脚，谁都不知道这支队伍的底细，看去衣装杂乱装备简陋，哪是政府军的对手？杨怀亮是个算命先生，但他根本算不准这些人的来路或者将来，只是觉得一些散兵游勇，人家官兵动动指头也能完胜的了。这么想，杨怀亮就有失慎重了，说话随意起来。当然是说官府的兵马摧枯拉朽风卷残云……

他说，快刀割秋草，刀过草没……

他说，足踏蝼蚁嘛，粉身碎骨……

他说，利刀剖竹，顺势而下……

他说，万事大大吉，出师必捷……

他还说……

其实裘为自己就是这么想的，算命先生的话句句字字都是他爱听的。他叫人给了杨怀亮一笔赏钱，留了这算命先生跟自己喝酒。那时候，他把队伍作了部署，根本没把对手放在眼里。他跟他手下说，你们放胆进攻，秋风扫落叶。他叫人置了酒菜，这个阳春三月天气，他要在春色中边喝酒观景边等捷报。

但他想错了，杨怀亮也算错了。酒是喝了，景也观了，但捷报没等来，等来的是坏消息。出师不利。他的一个团叫人全歼，连团长也战死沙场。其余的人马算是腿长跑得快，损兵折将。

裘师长怒火中烧，他把杯子狠狠摔在地上，杯子碎成了无数瓷片。

杨怀亮刚刚还是座上宾，但一眨眼成了阶下囚。裘为叫人把他绑了。

姓裘的师长笑着："你说快刀割秋草，刀过草没……是你说的吧"

杨怀亮说："是我说的。"

"我看是快刀割头，刀过头没。"

杨怀亮想，没就没吧，我看我是劫数到了，只是我没算准自己的命。杨怀亮想，也是命，年前他去走生意，本来杨怀亮不会去的，痔疮犯得厉害，挪不动步子，躺在床上都三日了。可那家人心急火燎的。那家人也算是杨怀亮的远房亲戚，家里老倌子过了，做白喜事，要杨怀亮过去找块坟地。

杨怀亮说你找别家吧，我挪不动脚。

孝子孝孙说，三僚四公哎，你大恩大德……我们家老倌子只信得过你。你不去找别人，夜里他要归屋掐捏子孙。

那家人抬来轿子。

轿子走出五里路，杨怀亮家祖屋后面山上一块大石滚下来，不偏不倚砸在祖屋上，屋倒房塌，一家老小埋在砖石里没活下一个。杨怀亮成孤零零一个人。

杨怀亮想，我都孤零零一个人了，我还怕死？我一条命捡来的，我更不怕了。

姓裘的师长说："你说足踏蝼蚁嘛，粉身碎骨……是你说的吧？"

杨怀亮说："是我说的。"

"我不要你粉身碎骨，我要你碎尸万段。"

杨怀亮想，人死灯灭，粉身碎骨也好，碎尸万段也好，我命中注定了。

姓裘的师长说："利刀剖竹，顺势而下……也是你说的吧？"

杨怀亮说："是我说的。"

"我看不是剖竹是剖肚，我倒要剖开你肚子看看你什么花花肠子。"

杨怀亮想，秀才碰到兵，有理说不清，该怎么你怎么了吧。

姓裘的师长说："你说万事大大吉，出师必捷……也是你说的吧？"

杨怀亮说："我是那么说的。"

"吉人自有天相，让我看看你的脸。"

裘师长捏了杨怀亮的下巴对视了好一会儿，然后笑了笑。"我看不出你有什么特别的，那就是没有天相喽。没天相你就不是吉人，你就活该倒霉。好了，明天埋葬我那些兄弟，我拿你祭他们吧……你在下面好好陪我那些可怜的弟兄……"

杨怀亮想，死了死了吧，人死灯灭，要是神仙能救下我，我做牛做马地侍奉他。我发誓再也不算命看风水了。

但是，姓裘的师长说错了，杨怀亮确有吉相，不然当晚红军怎么攻进了村子？那时候裘为和他的部下怎么也没想到，红军竟然敢主动进攻，打了他个措手不及。

红军攻下了村子，他们在猪栏里把五花大绑的杨怀亮救了出来。杨怀亮没想到会被这些拿破枪烂刀的一群散兵游勇救了。他千恩万谢，红军说不必谢，红军本来就是穷人的队伍。红军说你回家吧。

杨怀亮跟红军说:"我没家了我一条命是捡来的。"

那个戴副眼镜的红军说:"我们再晚一步你就没命了你确实捡了一条命。"

杨怀亮说:"这是第二回了。"他跟对方说了祖屋被大石砸毁的事。

对方说:"哦哦,大难不死,必有后福,你还两回不死,后福无穷。留得青山在,不怕没柴烧。你身体好得很,年龄也合适,能东山再起。"

杨怀亮说:"东山再起之前,我想弄清很多事。"

戴眼镜的红军笑了,说:"据说你也是半个神仙,在三僚排名第四,叫三僚四公,算命了得……你就没算过自己的命吗?你有什么事情不明白的吗?"

"郎中都医不好自己的病,算命的看不清自己的路。好多事情其实神仙也算不到。比如说你们怎么就把官兵给打败了呢?"

眼镜红军笑了,"我们为什么不能打败他们?"

"他们枪好人多,兵强马壮。你们衣衫不整,形同草寇。而且敌众尔寡……"

"兵强马壮人多势众就一定能有胜算?"

"嗬嗬!"杨怀亮笑着,"兵强马壮,人多势众嘛……当然有胜算呀。"

眼镜红军说:"天时、地利、人和才是论兵之道,才是胜负之关键。得民心者得天下,从古至今没有人能否认这道理。"

杨怀亮摇着头。

"怎么?!你不信?"

杨怀亮不是不信,这个眼镜客谈吐不俗,几近出口成章,不是一般人物,这在乡间应该是个秀才乡贤的了,在城里也至少是个教书先生或者衙门里吃公家饭的人,就是做生意也应该是个账户先生什么的……怎么的就和一帮草寇在一起?他觉得这支队伍太神秘了,他跟那个眼镜红军说:"你们要人不?"

眼镜红军说:"我们正在扩红。"

"扩红?!"

"就是扩大红军队伍,就是招兵买马……"

"我不走了,我留在你们这入你们的伙吧,不知道你们要不要我?"

眼镜红军说:"任何人都可以参加到我们中来,你当然可以成为我们中的一员。可你的身份很特别,所以,我们要请示上级。"

杨怀亮想,我只是好奇,你以为我真入你们的伙?这一回是打胜仗,可一次也许瞎猫碰死老鼠,就真能说明什么吗?像这么支乌合之众能得天下,洪秀全都占了南京,天下就要握在手里了,不是也没得到的吗?我只是想跟你们住几天,看看你们到底弄个什么事情,我好奇嘛。我反正死过两回的人了,命是捡回来的,更何况第二次,这条命是你们给的。我想跟着你们看看,弄个水落石出。

杨怀亮就是这么入的队伍,他开初只是好奇,反正没有家了,跟着这些人混混。

但他没想到自己会被感动。

没有人认为杨怀亮对这支队伍会有二心

杨怀亮是三僚村出来的,从事祖宗流传下来的祖业,算命看风水,这种职业,一般是子承父业,父亲是儿子的师傅,儿子是父亲的徒弟。为父的很严肃,而这种职业也需要那种冷酷。你见过算命看风水一脸的嘻嘻哈哈吗?没有吧。算命看风水,人涉阴阳两界,要与人和鬼神打交道,心存敬畏的哟,你笑不起来。当然,实际上,算命看风水,要让人心服口服,要让人信你认你。

所以,杨怀亮真心入伙,你得让他口服心服。

确像那个红军连长所说,杨怀亮的身份特殊,这事得向上级请示。

一个算命的想要入红军,这事还真就摆上了有关部门的议事日程,大家开了个会。

大家七嘴八舌,他们觉得这事有点新鲜也有点意外。一个算命的,怎么会想到要加入红军?一个红军的连长,竟然还真的把这事当真了,把问题踢球样踢到这个会上,让大家讨论一个算命先生入队伍的事。

有人说:"革命队伍要纯洁,半仙神汉道士这类人,一直是地主富农家的座上宾,与土豪劣绅同穿一条裤子……"

有人说:"不错,我们那的富家本身就是个看相算命的,他帮人看相赚来钱……不对是骗来了钱,购田置屋……"

"红军是穷人的队伍,算命看相的有吃也有穿,不算是穷人吧?"

"红军不信鬼神,他个算命的入队伍能干什么?你看他们那样子,都精瘦精瘦一个,能扛枪打仗?"

"再说谁也算不准他心里想个什么,万一是白军的探子呢?"

也有人说出不同看法。

"三僚村都是算命的,哪来富人穷人之分,难道整个村子都不能入红军了?难道他们都成了土豪劣绅了?"

有人也说:"像三僚四公这种人,在农民中还是有很大影响的,能争取他们和工农同心同德,我看没有什么不可以。"

意见难以统一,大家就看首长的了。他们等着首长发话,他们觉得首长也会这么认为的。但首长却说:"没有什么不可以,队伍里不是也有地主家庭出身的同志吗?"

大家看着首长。

"改造人比改造世界还重要,红军中为什么有指导员教导员有政治委员?就是要做人的思想工作政治工作,如果像杨怀亮这样身份的人我们也能改造成无产阶级革命战士,那我们的革命事业就更发达兴旺无往而不胜……"

大家听明白了首长的话,首长是说杨怀亮可以成为一个代表,红军重要的不仅只是攻城略地,而是取民心人心。能攻下人,攻城略地迟早的事。

杨怀亮进了红军队伍,他不知道他成了一个重要的"城池",他只想他算命失手差点丢了性命,他想要弄清这支队伍为什么能这么。他甚至问过那些红军"长官",他说他想弄明白一些事,为什么红军的事他算不准?他们跟他说,过不多久你就会明白的。那些日子,他们送他去了一个地方,他们说你问为什么其实道理很简单,你在这里读些书听大家说说道理就明白了。

那些天,他就埋头于那些书本。还有那些人,总有事没事在他身边晃荡了,总是有人跟他说话,说的话也似乎有那么点刻意。起初听时有些陌生疏远,但听听,就听进去了一些。

后来,他像换了一个人。有些事是不知不觉的。文绉绉的有个词叫潜移默化。杨怀亮就是被潜移默化了。

从某一天起,杨怀亮的脸上,准确地说是眼里,洋溢了一种异样的光。他的谈吐举止也有所改变,有人说,这不一定代表一个算命的就脱胎换骨了。

杨怀亮没脱胎换骨,是这么的一群人往他脑壳里塞进了许多新东西。让他脑子里换了个神。用首长的话说是有了信仰。首长还暗中安排了几次考验,没有人认为杨怀亮对这支队伍会有二心,他已经成为组织的一员。

杨怀亮甚至被安排到了一个重要而特殊的部门,保卫局执行队。保卫局需要一个杨怀亮这样的人,他依然从事了他的算命看相手艺,走街串巷,登堂入室……似乎红的白的无论哪方的地盘他都能去,他特殊身份亦不容易惹人怀疑。

好多年后首长问他:"杨怀亮同志,你当初没算准自己会走上这么一条人生的路吧?"

他说:"也不是这样的,那一回,我给自己跌了个卦,卦相是:乾六爻皆盈滴。九五,飞龙在天,利见大人。《象》曰:'飞龙在天',大人造也……你看真就遇到了你们哟,飞龙在天……你说是不是?"

首长笑了笑,说:"就算是吧……"

第九章

士兵就该想这事

书童崔工利不太爱读书,但他是书童,所以必须陪了洪长官读书。

因此,他不喜欢读书,但还得有模有样地读,有板有眼咿呀地吟。手里捏着一卷书,眼睛盯在书页上,但那些字如蝌蚪,总在那小小的一方纸上游,没有一个能游进他的眼里。

潘普昭当然做个教书先生绝对称职,其实,他先前做的就是教书先生这行当。现在教这么两个特殊的学生,他更是驾轻就熟。只是觉得两个学生身份确实有点那个。一个土匪出身,是个长官,行武之人,一定要弄出个"文武双全"的样子。不过,不管什么人,读书总是没坏处。另一个是长官的"书童",其实就是勤务兵。这么个少年,正是读书好年纪,按理应该坐在学堂里苦读的。

但事情有点那个,潘普昭刚到洪天禹的身边来时,就觉得这个男人和他的书童有点特别。

书童崔工利不那么看,他把洪天禹当偶像。他心思不在读书上,他老向人问同一句话:哎哎,怎么不见交火?大家手里的枪是烧火棍吗?!

崔工利跟他的长官洪天禹说:"叔……洪叔……怎么不见交火呀?"

洪天禹只咳,不回答他的话。

崔工利找他哥崔工胜,他说:"哥,你手里的枪都要成烧火棍了?"

他哥瞪大眼睛看他,"成烧火棍成烧火棍了嘛,你操心个什么?"

崔工利想跟他哥说养兵千日用兵一时那句话,他先前也曾跟他哥说过,得到的是一记耳光。他想他要再说那句话的话,他哥那只巴掌会风一样掠过来在他脸上开花。他没跟他哥说出那话,但他跟吕大每说了。

"养兵千日用兵一时……"他说。

吕司务长笑了,"用呀,谁说没在用?"

"哪用了嘛?哪交火了嘛?"

"哦!非得交火才算用?你看大家守着这条防线,你看大家不是都在忙,也没看有人闲了……"

崔工利说:"是没人闲了,玩牌九也是忙吗?喝酒逛窑子也是忙吗?还有人上山打猎,下河摸鱼……都是忙吗?"

吕司务抬起手张开巴掌,他没抡过去,他伸过去轻抚了一下崔工利的额头。

吕司务长说:"你看你这小脑壳里,装的都是些什么哟?"

"我说错了吗？"

"你不该想这事的……"

"我怎么就不该想这事了？我穿了这身衣服就是士兵了，士兵就该想这事。"

"洪长官都不操心，你操心个什么？"吕司务说。

崔工利没把心里所想说出来，他不是操心，他是急切。没有仗打，没有刀光剑影，哪来的英雄？崔工利满脑子都是将军梦，也许男孩都这样，好斗尚武，喜欢冲冲杀杀的事儿，喜欢冒险逞能。不知道天高地厚，更不知道忧愁滋味……

没人理会崔工利的话，并不代表没人理会他。大家觉得这娃儿小，就想带了他去船山玩。他们说，去船山赶集哟，那是个好地方。

崔工利常听吕司务和他哥崔工胜那些队伍上的弟兄说起船山，他们说那里的烟好酒好人更好，他没听出他们说的"人"有具体的含意，他注意到那些士兵说"人"字时脸上有隐晦的什么显现，有莫名的笑。崔工利弄不懂，他只觉得他们怪怪的。船山是个镇，当然有人呀，不仅有人，而且是有很多的人。镇子是个大镇，镇子上住了很多人。还不时有四面八方来的客商，他们随水而来。还有那些山里的农人，男女老少逢墟赶集而来，那天人就更多了，人山人海……

他弄不懂他们说"人"，不懂不懂吧，人并不是什么都要弄个水落石出。而且，他看出或者说感觉到，吕司务他哥他们那些队伍上的弟兄总是对他隐瞒了什么。隐瞒什么呢？他不知道，但隐隐感觉。

他只知道吕司务他哥他们那些队伍上的弟兄喜欢去船山，开始他没想去那地方,但吕司务他哥他们那些队伍上的弟兄对那地方说得多了,崔工利就上心了。

他跟他哥说:"你带我去船山。"

他哥说:"你去那地方干什么?"

他说:"你们去得我就去不得?"

他哥不理他了,绷了脸。他最怕他哥崔工胜绷脸,就不吭声了。

他不明白他哥为什么不愿意带他去。崔工利找到吕大每。

他说:"叔,我为什么不能去船山?"

吕大每说:"谁说你不能去船山了?"

崔工利说:"我哥他不带我去,为什么你们去得我去不得?"

吕大每笑了:"你哥是担心洪长官不给假吧,你是洪长官的书童,你得陪了洪长官。你没看洪长官他不去船山的吗?"

不说,崔工利还真没留意这事,吕大每一说,他真就注意到了。是的哟,没见洪长官去过船山的呀,而且,洪长官挑了那么个地方做团部,谁都大惑不解,那里离船山很远。吕大每说,人家长官,人家不会把指挥部放在防线上。这么说,大家就释然了。但远是远了点,可洪长官有马,路途不是个事儿。就是步行,走也就两三个钟点的事嘛。

洪长官为什么就不去船山呢?

崔工利搞不清楚,那些士兵也搞不清楚。

脱了军装你就真是个农人都像一个村子里乡里乡亲一样

船山地处两军防线的中间,一条河分走两路,然后圈出这么一块洲来，地形很特殊，两军对垒，这里成了缓冲地带。不仅成了缓冲地带，且成了红的白的贸易的集散地。不仅贸易，还夹杂了政治经济什么的，反正那是个复杂的地方。复杂的地方就有复杂的人。红的白的两方的人不说，还有调查科的人混迹其中。

洪天禹不去那种地方，就是因为那地方复杂。他担心中人冷枪，也怕被人掳了去，或者出别的什么状况……士兵和军官不一样，他们能去，但当官的不能去。擒贼擒王嘛，对方会有所图的。再者，船山鱼目混珠，什么样的人都有。调查科的人，红的和白的各路人马的密探，赣州守军中类似潘普昭这样的生意上的代理，你以为他们不和红的做生意，有钱他们什么都做。不只他们，就是调查科稽查处警备署……哪一个不是见钱眼开的家伙，他们为了钱会不择手段。

洪天禹土匪出身，土匪大多猛张飞型，有勇无谋，在诸多事情上判断会有误差，但土匪对自己的巢穴周边的危险，却有种本能，能敏感地嗅出不安全因素。先前为匪时有一回出山弄事情，和官兵纠缠了，误了回山的时辰。天黑了要找地方过夜，手下提到条深壑，那里僻静。洪天禹说不行不行。手下又想到附近半崖有个凹洞，说那地方绝对安全。洪天禹说不行不行。手下复又想，说不远有个老庙，荒废多年了，借宿一晚凑合。去那里过个夜吧，一早我们赶路。洪天禹说，不行不行！手下愕然，说老大你说什么地方合适。洪天禹说：往镇子里去，住客栈哟。手下更是大眼小眼的了，眼里都是问号勾勾。洪天禹叫手下稍稍打理了一下，把装束弄了弄，像一支运货的马队，分散了走去了镇里的那家客栈。下起暴雨，他们在雨天里喝酒，他们整个睡了一天一夜，养精蓄锐。第三天摸黑回了山里，毛发未损。

后来，他们知道了那天夜里发生的事。突然来了场大雨，水漫了那条壑。崖洞那晚有羊倌借宿赶去一群羊，引来了一群狼。老庙呢，被官兵盯上了，他们追到那废弃的古庙。

三处地方果然都危险。

有人啧啧了，说："大哥你神算哟。"

他说："没什么呀，我就觉得不对劲嘛。"

人家说："那怎么偏往镇子上去，那天镇子上就住了官兵的呀。"

洪天禹说："灯下黑嘛，他们觉得我洪某人不可能在他们眼皮子底下嘛。"

洪天禹觉得船山到处充满不安全因素，他不去那地方。

洪长官不去，但崔工胜他们去。

起初崔工胜他们只觉得浮桥那边的天地很特别，有赶集的农人从哨所过，他们说哎哎老表，给我捎点叶子来。

他们说的叶子是烟草。船山有上好的烤烟从各地运去。他们想抽抽那些烟。他们看着老表走过浮桥，那农人的黑粗布衫一直牵着他们的目光，直到隐入了浓荫之中。

但有些东西是浓荫掩遮不住的。比如声音，赶集的人声喧沸，大人喊小伢叫，河岸码头上女人叽喳，被杀的猪发出尖锐惨叫，笼里的鸡鸭鹅发出的叫声。什么地方，一条狗被人惹怒了，汹汹狂吠，又引起另几条的吠叫，然后是一群狗们在叫，从镇子的一头叫到另一头，此起彼伏。狗们消停下来，能听到水碓的吱呀声。这种声音，静夜里更是听得分明。船山周边有好几个碓房，从江里修了渠引水而过，水流下大小不一的水碓架在那。水哗哗流，推动了碓叶，碓动起来，发出吱呀的响声像唱歌。碓一动，带动了那杆杵槌，杵槌就在石臼里忙碌起来。把谷舂成了米，把干椒舂成了粉。那是米谷坊的碓。把茶籽花生什么舂成了料，那是榨油坊的碓。染坊生漆坊豆腐坊，还有别的什么作坊，凡要用动力也都配有碓。水属柔，一般人说女人是水做的骨肉。但水常流，常流就是勤快。江水像个勤快的女人，不分昼夜推动了那些碓，所以，不分昼夜也能听到碓的长歌短吟。

有时候河里的某条船或者排上有水手排客扯了嗓子唱山歌，岸边的某处就有女人和唱。多是嬉笑怒骂，唱词有流传的现成词句，也有乘兴现编的词儿。现编了出口成词，那一定是高手，水手中有这种高手，他们放排走船，常常顺流而行，就有了大把的时间，玩不成牌九，上不成窑子，当然更不能走街串门子，脑壳里就钻研唱词儿，天天研磨那些词，词就活了，存在他脑壳的某个角落。一挨近码头，水手就跃跃欲试，看岸阶上那些洗衣裳的光鲜女子，嘴里的歌就飞了出来。男女对唱也好像是赛歌，比智慧，就是嬉笑怒骂你更得出奇出新。所以那些文人说笔墨高手说嬉笑怒骂皆成文章。乡间男女山歌高手也有这种角色，嬉笑怒骂皆成唱词。就有一方终于支撑不住，路边就引发了笑声，原来不少人驻足观望哩。女的水没膝盖，用手兜一把水泼往那笑的伢，"笑你娘的脚呀？有什么笑的？"那伢不敢声张，怯怯地没入人流里隐去。惹了水手更不得了，水手会举了篙子扫过来，激起一大片的水花雨落下淋你个落汤鸡。

有赶集的也被勾来了兴致，就站在石头垒就的堤岸上也哼出那么几声。你哼哼了哼哼了，那不打紧，也不碍人家事。偏有人不自量力，扯大了叫喊喉咙唱出来，惹了众怒。唱的听的都不高兴了，拉下了脸，说："你的鸭公破锣嗓子吃饱了撑得难受你到猪圈里唱去，到这里唱让人三餐吃不下饭。"那人就哑了声，一脸的灰。

更有放肆的忘乎所以，不合时宜的来帮腔，比如说水手和女人有一方占了上风，被弄得一时对不上歌，或者歌唱得结巴。这时候有人就出现了，想逗下能，自作聪明地接上一句两句。常常马屁拍在了驴腿上，接下来的事情就很糟糕，不是泼水的事了，是水手和女人夹击。有旁观的准备好了稀泥。这多事的当然抵不住岸边和排上的两高手的歌，被对得哑了没词了。有人就兜头的一盆稀泥泼去，多事佬一头一脸的泥，惹一大片的笑。那人不恼不怒，咚一声跳进江里把头脸洗了个干净，在人哄笑声里湿淋淋的上岸。朝人憨憨地笑，那笑也湿淋淋的。

更吸引崔工胜他们的是唱戏。一些节日或者船上有人办红白喜事，都会请戏班子唱戏。当然那是天黑以后，万寿宫的戏台上就有新旧戏在演，鼓声锣声琴声，然后是角儿们的唱戏的声音，那些声音夹杂在雾岚中，在寂静的夜里掠过水面缓缓挤进他们的耳朵，让他们心头痒痒。痒痒了就有了许多的想象，他们在板床上翻来覆去的难以入眠。

老表真给他们捎了货来。他们请老表抽烟，然后说着船山的事情。他们听得津津有味，就有人提议去那走一趟。老表说，是呀是呀，你们自己去嘛那是个好地方。

他们不大敢去，他们知道那地方复杂。红的方面有人在那，调查科什么的也有人在那。他们担心要被红的害了或者调查科的人诬他们通共。

但有一天有人忍不住了。

"我天天睡不着。"

"想女人了？"

"想女人才睡得着哟，是船山……"

"噢噢……"

"你别噢，我知道你也睡不着，没人睡得好。"

"那怎么办哟。"

"你等得我等不得了……我要去船山看看。"

"没人拴住你的脚，长官们睁只眼闭只眼……"

第二天，那个士兵脱了军装，弄了一套农人的衣服穿了，混在赶集的男女里去了船山。回来时大包小包的不说，人就像换了个人，一脸的笑。

"你就像做新郎官一样。"

"那是！比新郎官还那个……"

然后就说船山的事，要比农人说得精彩十分。他新鲜嘛，看什么都能看到新鲜处，还有，这帮兄弟中也就我一个人去了那地方哟，我得炫耀下，我得让他们心里痒痒的。然后就侃侃而谈滔滔不绝。当然是添油加醋极尽渲染。说着说着，喊，拿酒来拿烟来，有人就真给他拿来。连喝了三碗，借了酒兴，那嘴更是张狂无度。

那天夜里，弟兄们个个都睡不着，只听得屋里床板响。

第二天，就又有人去了船山。先是一个两个去，然后多个，再然后，就成群结伙地去了。

他们发现，只要不穿军服，你就是口音不对，也没人管你。整天隔河而望，那些脸子都熟了，彼此都知道是什么人，但没人指出来，没人提那些事。到了船山，两拨人像两股水，流一起了，分不清彼此，也分不清敌我。红的白的混一堆，脱了军装你就真是个农人都像一个村子里乡里乡亲一样。他们后来互相的称谓也很有趣，红的在江左，白的在江右。他们就叫江左的兄弟和江右的兄弟。

后来，去船山就像进家门，他们无所顾忌了。

这骂仗举世无双

红的白的一河之隔，相向无战事，但也觉得无聊，总会有人惹出些事来。

比如不真刀真枪地打仗，但打嘴仗总可以的吧？

红的白的穿了军装两岸对峙，都喊话。最初还喊的是口号和标语，喊了喊了就骂娘了。双方对骂。骂得天翻地覆，骂得花样翻新，骂得狗血淋头。那个骂，可以抄录了传世，那些骂里不乏经典。你想就是，隔河而守，无聊而乏味。再说，没真枪实弹地打，但总不能悄无声息的吧？所以，不知道哪方发起的骂阵和骂战。既表达了战事，也发泄了无聊。

很好非常好。

似乎仇人相见，格外眼红。

骂战一拉开序幕就没完没了。开初两边骂得都很俗，也就乡间骂人常用的语言和句子，无非和男女的生殖器相关。这些词，无论南北，乡间流传都很丰富，比喻也很贴切，是经过无数人打磨过的精辟语言。只是对男女生殖器的叫法不一样，但比喻想象却是大同小异的，什么都能跟这两样东西联系上。民间的性文化和性启蒙，基本也是从这些骂人的话里开始的。红的白的大多都来自乡间，无论南方北方，他们从小耳闻目睹。但不能老是来来去去都是这些东西呀，开始听新鲜，听多了就觉得俗，再听就低下了。一觉得庸俗低下，自己喊出口骂出口也觉得有些那个了。

就换花样。

后来就含有各种动物，比如猪狗等禽畜。那也形象有趣，禽畜很多，大到牛马，小到老鼠；有家养的，也有野物；有天上飞的地上走的，还有洞里的泥里的水里的。比如各种鱼，泥鳅黄鳝，当然乌龟王八癞蛤蟆什么的用得最多……再后来就蛆虫什么的，蚊蝇臭虫跳蚤屎壳郎蟑螂知了。有时还扯上蝴蝶和蜂，就有人提醒，美死他们了，蝴蝶是好东西，蜂还带了刺，蜂蝶总是和花还有春天在一起的呀。但骂人的却真还能蝴蝶蜂呀什么的入手，骂出些花样来骂出些狠话难听话来。

骂的听的都不由自主哈哈大笑一场，骂得没人怒没人恼，骂的听的都十分开心。

这骂仗举世无双。

再再后来，把肚里那些骂人的话都翻找了一遍，实在找不出现成……就开始编，也不知道是从红的还是白的哪边开始的，突然有一天就出新鲜来了。首先是词儿用得出新，当然，主要是比喻。这要有点才气，要反应快，眼前突然显现的景物什么的，要能形象准确地编入骂人的话中。比如看见一条大船，就说：哎哎！是你家的运尸船吗？你家死了一屋人哟！这些骂词主要来自白的一方，那些士兵觉得这是一场娱乐，一开口就什么词都上了什么想象都有了，他们说好玩哟真好玩，他娘的比抽大烟喝酒还过瘾。

红的一方有纪律，不能这么骂。但不能这么骂他们想别的办法，红军中有能人高人嘛。他们也弄了些新鲜名堂，比如唱山歌。客家自古就兴唱山歌，尤其兴国，山歌远近闻名。红的方面擅长于宣传，他们把宣传看作是一场战役。他们要用宣传唤起民众，他们那么做了，也达到了目的。所以，每个村子都有歌子队，常常组织了唱歌。男的女的老的少的，比赛谁的嗓子好。他们鼓励红军唱歌，红军中有许多歌手，他们把口号编入歌中。在他们看来，把相关的骂人的话编入山歌中也不难。歌子也涉及对面骂人话里所表达的内容，但很含蓄。

有顺风的时候，红军还会放风筝。当然不是一般的风筝，风筝上画了漫画还写了标语。比如：河南的弟兄们，穷人不要打穷人。比如：拖了枪加入红军，红军官兵平等；从前做牛马，如今要做人等……

崔工胜他们当然不信这些，他们眼见为实。当然，很快他们就耳闻目睹了，也很快，他们也相信了那些话。

外号

对骂的内容还包括各自给对方取外号。

外号也叫绰号、诨号、诨名、混名或花名，是别人赠的名字。一般来说，好听的不多，多是戏谑丑化的，有善意恶意，但多不雅是事实。外号绰号自古就有，比如梁山好汉一百零八将，人人都有个外号。

隔河而望，皆一目了然，天气好的时候，各自的嘴脸都看得一清二梦。起初外号就以各自的长相而取。脸窄长的就叫"梭子脸",脸大那叫"屎盆脸"。也有叫"扣子",那是因为脸太小,对方说:"你个脸还没有女人档里的扣子大哟。""扣子"的外号就这么来的。脸大且平,还有些黑有些许雀斑,叫"黑芝麻饼";脸平,下颌尖尖,略微前伸,叫"铲子"。头大的叫"尿桶"头小的叫"尿壶"。头不大不小的就随便取一个东西来比喻,比如芋头番薯。当然也有用动物来说事的,比如猪鼻狗脑,獐头鼠目,兔唇牛耳……这都有些俗。但跳蚤脸,苍蝇眼,蛆的耳朵之类,就让人有无限的想象了。蛆的耳朵,谁看过蛆的耳朵?没人看过,但没人看过不等于蛆没耳朵,所以,就引人去挖空心思想。还有植物,都可以用于外号,尤其叶子,其形千奇百怪,世上没一片相同的,就是同一株树都没相同的,就不要说各种各样的植物了。树叶有树叶的说法,草叶有草叶的说法。新鲜叶子有新鲜叶子的说法,枯叶也有枯叶的说法。拿叶子来形容脸,还真很能出彩出效果。脸也是他们绰号外号最早的信报,那时候红的白的隔河工事里趴了,看到的多只是张脸。每天看,都看熟了。

也有以身材来取外号的,瘦的就叫"柴棍",再狠一点就说"尿勺把"。比如胖的叫"王寡妇家的猪",猪当然用来形容胖人很普遍,但加上"王寡妇"三字就不一样了。王寡妇是船山的名人,丈夫过世多年未嫁,和镇上很多男人不干不净的,风流妩媚的一个娘们。也有叫对方叫马桶漆桶酒坛醋坛的,那多半是矮胖之人。

有的人外号还不止一个,有好几个上十个的。今天叫你这个,明天就改换了,反正图新鲜。外号很平等,每个人基本有一个,都不是很好听的那种,叫一声,会引发一阵阵的笑。喊外号也成了两方守军的娱乐之一。又成了一场竞赛，比谁的想象丰富，比谁的外号叫得贴切离奇。有时一个人喊，有时是大家齐声喊。喊出精彩的，对方竟然也应和，跟了喊。起初不知道喊的是谁，对面的就会扭头互相看脸。看了看了看出其中的一个，就揪了出来，也跟了喊那外号。喊喊，就真改不了口了，从戏谑到认可。人再叫那位的真名不得应声，叫外号哎哎的应得响亮。

崔工胜也有个外号叫"鸭嘎嘎"，当然是红的那边的人喊出来的。他喊对面那个人"唢呐"，意思是人家长着一张大嘴。人家也抓住了崔工胜的嘴说事，叫他"鸭嘎嘎"，你说嘴就说嘴呀说什么嘎嘎？

崔工胜的嘴有点扁。嘴有点扁叫"鸭嘴"也说得过去，他们不那么叫，偏要叫"鸭嘎嘎"。鸭子嘎嘎那么叫，声音全是由那张扁嘴里发出的。看去，就看到那张扁嘴了，不看，听到人说嘎嘎两字，就联想到一张鸭嘴。红的那些士兵真损的哟，你叫鸭嘴不好吗偏加个嘎嘎，那么一喊，两岸就起一大片的哄笑。

也有很难归纳出特点的人，说脸嘛，不长也不短不方也不圆；说身材吧，不高也不矮不瘦也不胖；说人眉眼吧，不怪也不异，不俊也不丑；说声音吧，不高也不低，不细也不粗……就是有那么些人你怎么办？外号不好取，捉不准人物特点，取了没人认可响应。但不能没有外号的吧？虽说隔了一条河，虽说各事其主有白的红的之说，但其实都来自乡间，都做着同样的农事，虽有南北东西，但都是炎黄子孙，有的同根同源几百年前就是一家人；有的就同一祠堂，同门同宗算是远亲近邻；更有的是同一屋檐下长大，是亲兄弟，一个哥一个弟，只是信仰观念各异，就兵刀相对。但脱了军装放下刀枪大多士兵不就是同一家人同一帮同一伙的大家都是兄弟的吗?

所以,不要漏了一个弟兄呀。外号似乎成了一种特殊的荣誉,没有外号的甚至急了起来,好像置于一个群体之外被人孤立了。他们左顾右盼的不能安分。

他们取外号成了件难事情。

但不能没有,再难也得让人家有的嘛。于是,就都挖空心思,想得出得想,想不出也得想,直至每个人都有个外号。

有一天,红的那边有人对白的某人喊:"哎哎!你就叫了哥王吧!"

白的那个人说:"为什么叫了哥王?"

红的白的中都有人异口同声说:"了哥王不是哥也不是王,是一味中药。"

被人叫"了哥王"的男人,笑了,他说:"好,好!不是哥也不是王没关系,是味药也不错的嘛……好好……"

这人就有了外号叫"了哥王"。

双方都有在药房里当过徒弟,或者是在老家跟人学过点中草药的,也有人在乡间从家人和族里人那得知一星半点中医常识,就都叫了嚷了,"好好!这主意好!"就都嚷嚷出些好听别致的中药名儿来。

这主意好就好在,随意性强,那些中药名可以随便安放在那些男人身上做外号。

虽然读来听来很难懂也有些莫名其妙,但人们都记下叫开了。

"大马勃大马勃!"江这边的喊。

江那边的几个就答:"喊谁呢?! 喊谁呀?"

"喊的就是你嘛这,还能喊谁?!"

对方就摸了自己的脖子。

那边的就笑了:"是勃起的勃,你摸脖子做什么?你家脖子会勃起?"

笑声像惊扰了的马蜂,忽一下起来了,遮天蔽日。

很快大家都有了外号,一个不少。虽然有些外号听来怪怪,但怪有怪的味道,人家一叫就引一大片的笑声。

"当归身!"

"哎哎!"有人应道。

"虫百腊!"

"哎哎!"

"吕宋果!"

"哎哎哎!"

回回来丢了棒山崩子肉豆末……人们那么喊。

哎!哎!哎!哎!……应声顿起。但当归身虫百腊吕宋果回回来丢了棒山崩子肉豆末……这些到底是什么个样样?没人深究,只那么叫,纯粹成了符号。

还有的外号简直就是一个家族,外人听来好像来自同一祠堂。比如,白氏就有:白芥子白附子白兔根白茅根白屈菜白茯苓白药子白首乌……木氏就有:木槿花木笔花木贼花木藤蓼木鳖子木姜子木患子……石氏就有:石决明石龙芮石钻子石菖蒲石椒草石楠叶石榴子……水呢,就有:水安息水花生水车前水龙骨水牛角水半夏水扬梅水蜈蚣水蔓菁……

自从有了外号，那些骂人的话双方都少了，这有些奇怪。有时双方对山歌，对的却是平和温婉的内容，有时还唱出几句豫剧采茶戏什么的，虽然互相听不懂唱词，但调子是能听出些名堂的，好听。那时候，江两岸就寂静了许多，只有歌者在唱。

第十章

这一天船山就真成了一条大船

　　船山三日一小集，五日一大墟，逢年过节那更不必说。这些热闹喧嚣的日子，就是乡间约定的交易之日，其实不仅只做交易，也是人们集会交流甚至娱乐的好时候。

　　这一天船山就真成了一条大船，有人从几百里路的南昌甚至更远的九江等地赶来这地方。那是些舟船和排，大大小小的舟排从上游下游往船山拢来，码头周边的乡镇就更不必说了，红区的白区的，都从水路陆路赶往这只"船"。那贡江两岸的两条路两座桥，来来去去的都是人，挑担的推车的，背篓的提篮的，老的少的，都从四面八方往江水环绕的这么个地方走来。

　　两军对垒，红的白的在山那边或者河的另一端总有战事发生，大的或者小的。但总归是生死战，有时河里会漂来一些尸体，当然和战争相关，因为浮殍是穿了军装的，身上也有枪眼或者刀口。水还有风，都会时不时送来战争的痕迹，时刻提醒着人们。比如声音，风把枪炮声隔山送到这里。

按说这船山也算是是非之地，也该是处在兵荒马乱的时光，可偏偏有这么片安宁之地存在。双方没有商议，更没有什么谈判，就自然而然的有了不成文的"规矩"，约定俗成。红的白的，只要脱了军服，穿了百姓的衣服就是百姓，就是这地方人称的老表。老表嘛当然是表亲，表亲也是亲嘛，也是一家人嘛。

反正事情有点怪，是不是船山这个地方很神奇？好多年前，三僚就有人在这看风水。一千年来吧，风水先生换了一茬又一茬，但每个风水先生的结论是一样的，好地方呀，四面环水，有水就有财路。船头向北，破浪破北。

有人就问了，破浪那是，破北有什么讲究？

风水先生说了，北就是两人相背，其实就是背字。破背就是破背时运的嘛。还有啦，两人相背，互为依靠。

有人就奇了，红的白的，还依靠？！

风水先生说，水过滩平，也有化敌为友的时候嘛……你看世上人打来打去，敌为友，友为敌，什么时候分明过？

有人说，红的白的生死对头，能化敌为友的吗？

风水先生笑而不答。过了一些时候，突然说，天下都分分合合，所谓三十年河东三十年河西，那是说的什么呢？

众人皆不能答。

风水先生说，天下都如此，何况芸芸众生？阴阳所至的嘛，你看八卦图哟，就是显轮回的嘛。

有人还要问，但有人却不高兴了，让师傅看，吵什么吵？！

风水先生接了看船山，又看出新的名堂。

那哪是条船嘛，金元宝一个嘛。风水先生说。

有人问，怎么就金元宝了？

风水先生说，元宝什么形状？像船不？

人就说两头翘中间一个蓬，对呀！像！像极！

风水先生说，那就是了！还有说道，就说到那些石头，就说到那些树，说到镇尾的那些沙滩……每样东西都能说出个名堂，当然是好话。还说到这地方生财，金元宝嘛。也说人丁兴旺什么的。废话，有财就有人来往的嘛，人往财路走，水往低处流。有人说：是人往高处走。风水先生说：高处是哪？那人说：加官晋爵呀！

人们茅塞顿开，说，对呀对呀！人往高处走就升官嘛，升官为个什么？发财嘛。

三寸不烂之舌呀。但那些风水先生嘴再厉害的人，也没预见到后来发生的这些事。谁会想到两军对垒，就把船山当成了缓冲地带。谁会想到那些士兵能自由的往这地方去，当然，得脱掉那身军服。

这里没红的白的黑的蓝的

打那天起，只要有歇息的时候，崔工胜几个就要去船山。他们开始还小心翼翼，有些瞻前顾后那么。后来就自如了无所顾忌，好像在老家河南那些街墟上走。

走走，那天就有人叫了他一声，他很响地"哎！"着。几个同行的兄弟发现，班长"哎"得有点不对劲哟。喊他们班长的那几个没叫他们班长的名，班长的名叫王起顺，叫的是那个外号"豆豉"。那是江左红的那些人叫出来的,说班长王起顺眼睛小,只有豆豉粒样大,眼睛就是两粒豆豉,就有了这么个绰号。

看去,就看见那两张脸了。确实是红的那边的人,崔工胜没心理准备,竟然起了个瑟缩。他想,同来的几个弟兄肯定也一样紧张。他甚至习惯性地找枪,枪当然不在身边。他手脚不自然。

对方又喊:"哎哎,那不是蒜儿吗?"

"蒜儿"是红的那一方给胡得志的外号,他鼻子长得不好,是个蒜鼻,就被对方揪住了。胡得志竟然应声,说:"是我!"

对方又叫出另两个兄弟的外号,叫得很亲切,然后是两张笑脸。"厕石哎!……丝瓜瓢儿哎……"

这两个外号不知是谁先喊出来的,起得更别致,既滑稽又意味深长。"厕石"是说二排长肖根了,肖根了那人脸黑。脸黑你就说锅底呀熏腊猪头呀什么的,形容脸黑的多了去了,水浒中李逵脸黑,所以叫黑旋风。你叫黑瓜黑石头黑铜镜黑什么的也好呀,偏偏叫厕石。这外号听了让人起联想,立刻似乎闻到一股恶臭。你以为你垒茅厕的石头?不是,是指茅坑粪池里的石头。人说茅坑里石头又臭又硬,却不说又黑又臭。不信你弄一块上来看看?黑得像泼了墨。还有"丝瓜瓢",是说李须满。李须满脸长,脸长你叫丝瓜没错,丝瓜细条嘛。偏要叫丝瓜瓢。那就不一样了,那就意味深长的了。是说脸不仅长,而且还一脸的皱纹,就丝瓜加囊字了。丝瓜还好看点,丝瓜瓢多难看?

崔工胜轻松了下来,自己没带枪,对方看去也是赤手空拳,且自己一方有四人,人家就两人,你怕个什么呢?就往对方脸上看,看见的是两张善意的笑脸,心上石头烟消云散。他认出了两人,说:"那不是唢呐嘴和螳螂吗?"

两个人点着头。

红的那两个人,一个人嘴大,喉咙也大,崔工胜就叫出了"唢呐"这外号,很贴切哟。叫"螳螂"的那是手臂细长,所以叫"螳螂"。现在看去,那人不仅手臂细长脚也细长,就细长的一个人,平时都趴在工事里,身高身矮还真看不出。这么一看,就真是螳螂哟。

红的白的狭路相逢都异口同声说出那么一句:"你们怎么到这里来了?!"

红的先回答:"这地方我们常来的呀,这有什么稀奇的?!……鸭嘎嘎,你们怎么来这地方?"

白的几个愣了,还是崔工胜先说话:"哦哦……"他哦了几声,然后说,"我们没想到能来这地方……有人来过没什么事,我们今天说来看看……"

对方还是笑,崔工胜不明白对方笑什么。

"这有什么好笑的?"

"唢呐"说:"是没什么好笑的呀,可也没什么奇怪的吧?"

"什么?!"

对方说:"这里不属于红也不属于白,不是谁都能来的吗?"

崔工胜几个想想,也是哈。但又一想,也不对呀,就是谁都能来,可红的就是红的,白的就是白的。红白分明嘛,敌对的两方,不是仇人相见分外眼红的吗?

"红白分明的呀……"崔工胜失口把这么一句脱口而出。

"螳螂"笑笑:"仇人相见分外眼红……"

"是呀是呀！"崔工胜说，"你怎么知道我们心里想的是这句，你又不是我肚里的蛔虫。"

"谁是我们的仇人？只有帝国主义和反动派。工农是一家人，我们都是作田人，为什么成为仇人？"

崔工胜说："说是那么说，可我们吃了人家的粮，各为其主各谋其政……"

"唢呐"笑笑，说："鸭嘎嘎耶，这地方不红不白，我们也没穿军装没带枪带刀，现在大家都是百姓一个，扯那些做什么？"

他们说："不扯不扯！就是扯那些干什么？"

红的两个说："请你们喝茶。"

崔工胜看了看那三位弟兄，那三位也看着他，他们都不想拿主意，他们都想有人出面决定这事。没人，他们摇了摇头。

"那去那边戏台坐坐？"

他们还是摇了摇头。

"唢呐"和"螳螂"很客气，始终是一张笑脸，掏出烟袋儿，客家男人每人一只烟袋一根烟杆。烟多是自家种的土烟，这一带明清时开始种烟，很多人种烟贩烟发了财。农人会弄几棵烟苗种地头，就长到齐腰高，根深叶茂。就那么几棵的烟叶够抽一年。烟杆说穿就是一节小竹蔸，穿了孔就能当烟具。红的两个人笑笑的递上那两样东西，白的四个没一个人接。

他们还是摇头。

回来的路上，崔工胜跟他的那几个弟兄们说："人家没恶意。"

那几个人也说："是呀，是呀，没恶意的……"

崔工胜说："可我们拒绝人家了？"

那几个说:"是呀是呀,拒绝了……为什么不?身上没那身黄皮子没带枪就红的白的不分了吗?"

他们确有些疑惑,他们是那么想的。兵戈相向的两支队伍里的人,说坐就坐到一起了?能称兄道弟的了?虽说那身黄皮子剥了没携枪带刀,就真的红白不分了吗?怎么也说不过去的嘛。

崔工胜他们小心翼翼,总觉得那笑脸后面有阴谋,他们很警惕,觉得不慎重不行。但他们一有空闲,还是往那地方去。只是他们有意躲避了红的那些人,他们想,那些笑脸和热情有些麻烦哟,不如不看见的好。

但那天他们在船山却看见吕大每了。

吕大每经常去船山,这事不稀奇,他是司务长嘛,管着队伍上的后勤,所以吕大每经常要去船山采办一些货物。他当然也不穿军服,他和普通百姓一样,和那些生意人或者赶集的农人猎户什么的做买卖。开初他也是小心翼翼,还小打小闹么,和任何人都和气地笑,作揖递烟套近乎,生怕人家看出他是在给白的军队采办货物。但来来往往得多了,就发现船山这地方有点特别,别处都刀光剑影剑拔弩张的,惟此地却是不论红白。吕大每胆子就大起来,隔三岔五的往船山去肆无忌惮。

吕大每为了能便于出入船山,竟然用心学客家话。他在这方面有天赋,只要用心,很快就能流利,惟妙惟肖。

往船山去,和人说话,没人听得出他是外地佬。他很得意,就常常冒充周边某个祠堂里的人。人家听了都掩嘴笑。他说你们笑什么?对方说,你学句鸟叫就真鸟了吗?吕大每说,你们能听出破绽?对方说,听不出,是看出的。吕大每自己上下看了看,说,没什么不一样的呀？人家还是笑，说你那味道就不像我们这地方人。吕大每明白了，他想他们说的是举止做派。人家说，你管它是哪地方人呢？你是朋友就成呀！吕大每说，是呀是呀……我当然把你们当朋友。

吕大每在船山进进出出，人都笑脸迎笑脸送的，有时候他走过那道浮桥，站在船山江岸的那块大石头上浮想联翩。这就是辛弃疾笔下那条贡江？"郁孤台下清江水"说的就是这条江吧，不过据说这江流到赣州就和章江合二而一了，就算是合二而一，这水也在其中的哟。"中间多少行人泪"，谁的泪？谁是行人？在世上走一遭的都是行人的吧？"西北望长安，可怜无数山。青山遮不住，毕竟东流去。"那个古人也发这种幽思？是不是也感慨世人的争斗和天下的不能太平？吕大每是读过私塾的，在洪天禹的山寨里他是最有文化的人，当初洪天禹跟他说你是我的诸葛亮哟，吕大每总是摇头。但其实他却常常有感慨，每过了浮桥站在江边那块大石头上，感慨不由自主就从心里涌上来。

为什么要打打杀杀的呢？他想。

天下要像船山这样多好。没兵戈战火，没仇没恨，没白的红的或别的什么……天下太平，人皆我友，我皆人朋。笑脸来笑脸去，笑脸就像路边的花，迎风开放。他想。

章江贡江，两条江流了淌了，流到最后，还不是汇流归一？还不是成了一条赣江的吗？红的白的两相争斗，难说什么时候又走到一起称兄道弟的哩。他想。

但想归想，也就像江边的风，吹吹也就从耳边过了。是我们百姓平民想的事？天下分分合合，不要说这么大国家，就是平常普通人家分分合合也要起纠纷，亲兄弟也有脸红脖子粗时候，动刀动枪的事不是没有？这么大个国家，这么众多的人，能心想到一处？心想不到一处就物以类聚人以群分。人以群分就结党，就有了派系。一言不合，恶语相向。由争吵辱骂动口而至动手，两人斗至多人群殴，由赤手空拳至动刀动枪。然后就拉军队互相开仗，胜者王侯败者寇。打清朝被人掀翻了，群龙无首，那些虎狼就出笼了。算起来，每个省都有一支队伍的吧。就不断地有交火，抢地盘。没完没了的了，还不知打到什么时候。

他站在那块石头上，起先是诗情画意，心情也颇佳，但想到这么些乱七八糟的事，心上就起了层灰。我一介草民，我管得了那许多？我活我的，快活地活了就好。

他又见好几个伙计了。"伙计"不单指店铺作坊里做活的工人或者店员，客家话里指要好的朋友。客家话里只要话投机人投缘合得来玩得好，都叫"伙计"。已婚男女间也有话投机人投缘合得来玩得好的呀。那是，那也叫"伙计"。别的地方叫相好叫情人叫野老公野老婆什么的，但客家人称"伙计"，男相好称"伙计公"，女相好称"伙计婆"，骂人野种称"伙计仔"或"伙计崽"。

那天，吕大每和他的几个"伙计"站在街子上抽烟。一根烟杆，往烟锅里塞一大撮子烟丝，几个男人站在街子上，旁若无人，一人抽一口。烟杆在几个男人手里传递了，递递，就递到吕大每手里了，他微闭了眼，吸进一大口才舒坦了，听得有人在身后喊他的名字。

吕大每回过头，看见是崔工胜他们。

他说："你看你们那么喊？！哎哎！我有名有姓的呀，你们哎哎?!……你看你们好像碰到鬼一样。"

崔工胜他们还大眼睛那么了好一会儿,才缓过来,不知道说个什么,只"哦哦"了。

吕大每把那根烟杆递给崔工胜,"你们也抽一口,这叶子好!"

崔工胜想接,但被"唢呐"截了过去,"这几个也是好伙计的哟,我得给他们换一锅烟丝。"

崔工胜跟吕大每说:"哎哎!"他想喊他吕司务的,但还是叫出个"哎哎",他想在这地方叫司务长不合适。

"你看你又哎哎!"

"你和螳螂唢呐认识?!"

"什么?!"这回大眼睛的是吕大每。

崔工胜他们这才想起,吕大每是司务长,没在壕沟里呆过,更没和红的那么对骂,他不知道外号的事。原来司务长一直把那些人当普通乡民。他扯了扯吕大每衣角,指了指那个巷角说:"我跟你说个事……"

吕大每说:"有什么事你这里说就是,他们都是我好伙计,没外人的……"但还是跟了崔工胜走到那个角落。

"跟你说吧……"

"说,你说……"

"唢呐和螳螂是我们给他们取的绰号……他们是红的那边的人……"

"噢!你就要跟我说这个?!"

"就是就是!"

"那就不要说了,我都知道,我早知道……"

"你早知道？！"

"是呀！是早知道呀！"

"早知道你还……？！"

"还怎么？！"

"他们是我们的生死对头……"

"可现在是在船山……再说人家把你当死对头了吗？"

"船山不一样吗？"

"当然不一样，你没觉得？"

"觉得是觉得了……可是怎么就不一样了？"

"我也说不出，反正船山不一样，船山有船山的规矩，这里没红的白的黑的蓝的……"

"这规矩谁定的？"

"没人定，也没人定得了，就是定了你没人听也是空的……你管它呢……有这么个去处不是挺好？"

"是挺好……"

"这里有好去处，到处是笑脸，买卖公平，东西也多，有馆子窑子玩牌九地方什么玩的去处一应俱全……"

后来他们回到那几个男人跟前。

吕大每说："这几个是我好朋友。"他跟崔工胜几个说，"他叫张保贵，这个叫何祖强……"

崔工胜笑了起来

"你笑什么？！"

崔工胜说："我们认识，我们老朋友了。"

"老伙计。"对方说。

"对对早就是老伙计了……唢呐螳螂,你说是不是?"

"你叫他唢呐?……你叫祖强螳螂?"

"那是!他们叫我鸭嘎嘎……"

"鸭嘎嘎……"吕大每叫了一声,大笑了起来,他笑得有点支不住身子,捂了肚子,他说,"啊哈哈……笑死我了都要笑死我了……"站起时,他就不住地抹眼睛,眼睛笑出大把的泪。好不容易他平静下来,说:"我们去戏台那边坐坐。"

船山有好几处戏台

那边有个戏台,看去有些子年代了。

船山地方不大,但戏台却多。周边客家城镇,戏台都很多。不仅多,且风格多样,异彩纷呈。分很多种有很多讲究。分祠堂台、万年台、庙宇台、会馆台、家庭台五种。演什么戏,在什么地方演,多有讲究。正月里族人祭祖当然在祠堂,因此祠堂里有戏台叫祠堂台;有祭神呢,那就在庙堂,因此庙堂里有戏台叫庙宇台;商家聚会多也请戏班子,所以会馆里也搭建有戏台叫会馆台;有些富豪在家里也筑戏台那自然叫家庭台了。最豪华的一般是万年台,万年台就是地方上最大的戏台,也是当地的公共场所,无论老幼贫富都能去。

船山有好几处戏台,崔工胜他们那天去的是座万年台。这座戏台背山面水,这里面有讲究。崔工胜当然不知道。南北的文化总是有那么些差异,地域不同,很多方面都不同,何况这里是客家。

这处戏台面水,是为了河神能看戏。每到过年过节,尤其是庙会，总要请戏班子来，有时一下请几个，唱对台戏，就都来这地方亮功夫。反正怎么热闹怎么来。

船山每年固定的有四次庙会，为菩萨唱戏酬神。船山有自己的戏班，但请的外地的戏班多，当然是有名角的班子。庙会嘛，重在一个"会"字。大家在这你方唱罢我登场，热闹得很。船山庙会情况大致如下，先是社公戏，社公是土地神，镇上人谁都要敬的，你在这方土地上活命你敢不敬？正月时候，男女老少就会为社公保佑他们一年中平安无事风调雨顺而为神唱戏，唱戏时间一般为十几天，最多可达一个多月，这要看镇上人筹集的资金多寡。

然后是福主戏，福主是村庄的坊神。船山各祠堂敬的神各有不同，就是说坊神不一样，敬的时间也不一样。福主戏当然在祠堂台里唱。福主戏时间长短也取决于化缘情况，一般可以达到十天。

再者是真君戏，是为敬许真君而演。晋人许逊，民间称其为许真君，又称福主菩萨，深受赣地民间敬仰崇拜，尤其商人。自古以来，全省各地均建有万寿宫，不仅省内，就是全国，也有万寿宫，那多是江西商人捐款建，作为江西人的会馆。真君戏多在万寿宫戏台里唱，所以那地方称为会馆台。每年八月唱真君戏，八月是旱季，唱真君戏有求水神保佑下雨的意思。水主财，商人们尤其看重水。另外就是华佗戏了，船山镇供奉药神华佗，每年四月，为华佗唱戏还愿，感谢他保佑镇里乡民身体健康。

此外，船山还有一些地方神明，如关帝、老官、三太子等，每年在固定时间会为他们举行庙会。在人看来，船山不仅三日一集五日一墟，而且隔三岔五的有唱戏。

红的白的这些年不断有交火，但船山的庙会和墟集并不受战火影响，人该来照来，戏该唱照唱。

戏台边有座馆子，那儿的厨子烧一手地道的宁都菜……这一带的客家菜颇有名声，以宁都菜为代表。吕大每每次来，都会到那儿点几道菜，喝一大碗客家自酿的土酒。这一回，他说请大家喝酒所以带众人来到那地方。

一碗酒下肚，崔工胜几个终于没了拘束，就笑上堆笑，和周边的人都亲热得没了边。外号当然还挂在嘴上，但后面多了伙计两字。唢呐伙计，螳螂伙计，扣子伙计，丝瓜瓢伙计……但叫到鸭嘎嘎伙计时，大家还是哈哈暴笑了一回。

那个肥胖的掌柜出来看了他们好一会儿，说："小心别喝醉了喔！"

有人看了看那掌柜，朝他招着手："来来……过来，阿坛……"

掌柜说："我姓段……我不信谭……"

那人还固执地叫："哎哎！阿坛伙计……再来一坛子酒。"

掌柜的依然固执："说了我姓段……不姓谭！"

众人就又一阵放肆大笑，笑得天翻地覆。那段姓掌柜一脸的疑惑，他弄不明白什么事能让那些男人笑成这样，"也没喝多少酒的呀？"他嘀咕了，"阿坛就阿坛啰。"

后来，那馆子里的胖掌柜也有了个外号叫"阿坛"，江左红的江右白的都那么叫。

第十一章

九佬十八匠

崔工胜每次从船山回，总要给他弟崔工利带糖果点心。船山的点心小吃各式各样，到墟集或者庙会，那些点心和糖果就都被主人亮了出来，让那些细伢垂涎欲滴。

船山墟集不仅只是贸易，亦不仅只是走亲访友温故识新，也不是在偏僻地方呆得闷了，得找个地方大家一起热闹。船山的每一次墟集，更像一次博览会。商贩们货品琳琅满目不说，山里的山珍应有尽有。客家人难得有向外村和外地人展示才能的机会，借了墟集的好时机让外人看看他们的手艺和收获。手艺嘛，林林总总，客家也是典型的农耕一族，就是与外界完全隔绝，他们也能活下来。不仅活下来，且能活得很好活得很自在，是因为他们从来能用一双手，打制出他们日常生活所需要的一切。尽管有些器具原始落后，但他们对付生活足够。自给自足。他们也知足者常乐，对自己的手艺精益求精，讲究名声品牌。

船山的墟集或者庙会，当然就成了展示比拼的场所。墟集日，木的竹的藤的铁的铜的锡的……柜台上街沿边整齐地摆放。制作精美工艺上乘的，自然得人赏识，就出手快，价也给得高；到散集时候还摆放着的，自惭形秽，回去也拿出卧薪尝胆的决心，提高技艺，待有朝一日再拼高低。谁笑到最后，谁笑得最好。

船山几乎集中了所有的手艺人，那些手艺自古来就有，代代传承，精益求精。

崔工胜他们对船山的手艺人有过好奇。有一些日子他们专注于此。这些行当，和老家河南的差不多，也就是通常所说九佬十八匠。在船山，手艺人多，这九佬十八匠在船山都能找到。九佬有剃头佬、剔脚佬、结猪佬、补锅佬、洗磨佬、渡船佬、杀猪佬、打渔佬、打铳佬。十八匠呢，金匠、银匠、铜匠、铁匠、锡匠、石匠、木匠、篾匠、画匠、雕匠、弹匠、染匠、皮匠、酒匠、瓦匠、窑匠、榨匠、攦匠。

其实手艺人也不止这么多。那天崔工胜就问，那做厨子的做郎中的挖药的打猎的做纸的制冥器的做豆腐做粉丝做点心米果的呢？那就不是手艺了吗？

人家大眼睛看了他，不知道怎么回答。是呀，做厨子的做郎中的挖药的打猎的做纸的制冥器的做豆腐做粉丝做点心米果的还有别的靠本事技术养家糊口的就不是手艺人了吗？他们没细想过这事，现在崔工胜一提出就认真想了。

想了很久，他们才说：当然是手艺人呀，凭手艺吃饭的都叫手艺人嘛。

崔工胜说，那怎么不把人家列在九佬十八匠中去呢？

是呀是呀，为什么没被列进去呢？他们又那么苦思冥想，但这回没想出名堂。他们都摇了头，说，这鬼知道喔，是哟，怎么不把人家列在九佬十八匠中去呢？人家有的也不比那些列进去了的手艺人手艺和影响差嘛，而且他们中有的还是世代做着一样的营生，有的是祖传的绝技。

在船山就有这种手艺人，比如做糖果糕点的丰宜号，那铺子就专做酥糖酥饼酥糕。每回你往那去，就那三个字，色香味。其实香应该放在第一，墟集的那天清早，你往船山的东街去，就能闻到一阵阵清香。那种香味很特别，芝麻桂花还有薄荷什么的，闻起来就让人那个。循了香味前行，那就是丰宜号。然后才是色，丰宜号铺子里整齐摆放的各种酥糖酥饼酥糕，谁经过那必驻足，尤其是细伢，钉子样立定在那一动不动，大人就会拿出一两个铜板让自家的伢解下馋。也有父母家人不在身边的，丰宜号的掌柜就会在酥糖酥饼酥糕什么的中间拈一砣两砣的给那馋涎欲滴的伢。

有人说，司马掌柜，你招了那些叫化伢饿痨鬼，要吃穷你。

丰宜的掌柜司马怀说，我们家几代都这样，也没见吃穷过。

人家眨巴了眼，想想，对呀，怎么不是哩？

司马家几代人都是做糕点糖果，从来是这么个做法，大方施舍，也没见生意上有什么清淡过，倒是越来越红火，建屋置田，是船山的大户之一了。人说，是善有善报。也有人说，他广施善心，名声在外，人都闻名而至，都进他的货他能生意不好？

崔工胜每次去船山都要去丰宜号，他喜欢闻那的气味，也喜欢看那些糕点的摆设，更重要的是，他要买些好吃的给他弟。

他每次跟他弟崔工利这么说："好吃吗？"

他弟说:"好吃好吃!"

他说:"那是个好地方,你要去了更好吃。"然后他就跟他弟描绘船山所见所闻。说得他弟心里痒痒的,想去那好地方看看。

擦枪

崔工利跟长官洪天禹说起这事,他想请一天假去那地方耳闻目睹。洪天禹侧过头眉头皱了一下,说:"你个娃儿去那地方干什么?"

长官洪天禹没准崔工利的假,崔工利后来发现长官洪天禹自己从不去那个叫船山的地方。为什么不去,他弄不明白。但长官不去,自己要去那地方的想法就有些非分了,他是长官的书童,他就是长官的影子,长官不去他当然不能去。

长官洪天禹没再说什么,起身往那边拱了下下巴。崔工利心领神会,他走过去取下挂在墙壁上那支匣子。

洪天禹一直喜好火器,也就是喜欢收集各类枪。当然,火器中包含有炮,也是他所喜欢,但他只弄了门迫击炮,别的炮搬不动,那些山炮他格外青睐,可他没办法。他只有收集枪。在他看来,枪炮是天下最好的东西。他有句口头禅经常挂嘴上,人说话不如枪说话炮说话。他有间存放枪支的屋子,里面摆满了枪。有洋的也有土的,那有几杆铳,有打鸟的也有打兽的土铳,有长铳也有短铳。有人说那几杆铳就算了吧,放在洋枪堆里扎眼。他说铳也是火器呀。其实他没把内心的真实想法与人说,他拉人进山时使的就是一杆铳。就是说起家时用的就是铳他怎么能把铳忘了呢?

那些枪都是从四面八方收集来的。也有别人送的，那些乡绅知道洪天禹嗜枪如命，都想了法子到处弄枪作为礼物送给他。送钱送物的洪天禹司空见惯也就点个头作个揖淡淡的一个谢。但送枪就不一样了，洪天禹眉开眼笑，无论长的短的，都要拿了在手里把玩好一会儿，然后说：好东西！谢谢了噢！

因此，书童崔工利的另一项工作是给长官洪天禹擦枪。开初他觉得做那事有点那个，枪干净得很嘛，干吗要擦？弄两手油乎乎的，有时还沾在脸上身上。但听洪天禹跟他讲枪，看长官洪天禹拆枪装枪，就看出兴致来了。觉得事情很玄乎神秘，就那几砣铁，拼装了就能成一支枪，就能射出子弹把活跳跳一个人的命给收了。他也喜欢上那些火器，有事没事他就想摆弄那些长枪短枪。

枪放在屋子里也难得沾上灰，崔工利擦枪总要找理由。"你看你看……"他跟洪长官说，"天落了几天雨哟，那些枪得擦下上上油，不然就锈了嘛。"

"擦嘛！"洪天禹说。

天要是不下雨，连了大晴天，崔工利一样有话说。

"我听到老鼠在那屋子里唱戏哟还打架嘛。"

洪天禹很淡定，说："那也没米谷，老鼠要在那疯让它们疯好了。那一屋子的枪，难道老鼠能咬铁？"

崔工利说："老鼠咬不了铁，但老鼠到处屙尿的嘛……"

洪天禹依然没当回事，说："屙尿让它屙就是。"

"你看你说就是……你以为呀？"

洪天禹又那么睁大眼看他的小书童，"哎哎……以为什么？！"

崔工利说："老鼠尿坏东西，铁沾了长锈生斑……"

洪天禹一听就急了:"擦枪!快去擦枪!"

崔工利就钻进那间屋子,他擦枪是假,但在里面玩枪是真。

洪天禹真就改变了崔工利

洪天禹喜好火器,潘普昭当然投其所好,保卫局也好边贸局也好,诸多的任务中一项重要任务就是想尽一切办法弄来枪支弹药。白军方面的封锁,于军火来说不言而喻,严密防查,滴水不漏。这给潘普昭他们带来很大困难,有不少同志因此而牺牲性命。长官喜欢枪,给洪长官弄枪也就成了个最好的借口。所以,潘普昭常常在洪天禹面前谈枪,有时带一本两本关于枪械的书来给一大一小两个学生讲枪。

崔工利也是从潘普昭的嘴里知道枪还有那么多的名堂。比如花机枪,潘普昭说那是莫辛纳甘;比如撸子,在他口里说是勃朗宁。还有什么曼利夏,卡尔卡诺,毛瑟什么的,其实不就是汉阳造老套筒?潘普昭说那可不是。他跟洪天禹崔工利说枪,说得头头是道。他说,知道不?什么汉阳造三八式、元年式、四年式、辽十三式、巩造98式和中正式,都是仿照外国的枪械制造的。什么苏俄的莫辛纳甘,奥匈的曼利夏,意大利卡尔卡诺什么什么的,照了人家的样子做的。还有我们说的枪牌撸子马牌撸子花口撸子其实说都是勃朗宁嘛,只是枪的型号有别……

说得洪天禹眼前天花乱坠,说得崔工利心里山摇地动。

洪天禹说:"你别尽是洋名儿一串一串,你就说枪吧。"

崔工利说:"是呀是呀,说枪……"

潘普昭就说枪,他见多识广,也博览群书,关于枪,他能说出很多洪天禹和崔工利没听说过的名堂。

洪天禹心花怒放,"你给我搞几支来看看。"

潘普昭于是就去了香港。

枪械一般是从香港进货,虽都是黑市买卖,但那地方各种新式武器都能找到,且还便宜。潘普昭珍惜这种机会,洪天禹要找某种枪,设在香港的苏区边贸局的同志迅速行动起来,他们不仅要尽快找到这批货,重要的是要找到红军所需的零配件。红军在苏区有兵工厂,但因条件所限,只能修理一般的枪械。对于一些关键零部件,还得想办法从别处弄,尤其是一些洋家伙,那更是物以稀为贵。潘普昭当然珍惜这种机会,以洪天禹的身份弄些紧俏的枪和重要零部件。

每回潘普昭取货回来,洪天禹总要在师部摆一桌酒席,把手下那几个重要军官请了一起喝酒。先是夸枪,说:"好枪好枪!"

潘普昭说:"洪长官,这是最新一款自来得了,当然好!"

洪天禹接了夸他的曾经的副官:"潘副官手眼通天,这不是一般的人能做到的哟。"

潘普昭笑,大家都笑。

洪天禹说:"别笑别笑!我还是要数落你潘副官的……"

潘普昭收起笑,大家都收起了笑,定定地看着洪天禹。

"你名堂多嘛……"

"我玩什么名堂了?长官,我怎么敢跟你玩名堂?!"

"你看你……叫盒子炮也行叫驳壳枪也行大不了你叫匣子枪叫二十响呀,你叫什么自来得?"

"噢噢，香港那边这么叫来着……叫盒子炮叫盒子炮……叫什么它都是条好枪。"

洪天禹说："大家喝大家喝，我忙点事去了。"他把崔工利扯了起来。大家知道他去什么地方，一提好枪，洪天禹坐不住了，他要试枪。

他们去了靶场。

洪天禹在镇子后面的山里找了个地，叫手下平整了，做了靶场。平常供士兵练习用，但一有新枪到手，洪天禹就扯了崔工利去那地方。他要试枪。崔工利往那把匣子枪里压子弹，压了很多颗，朝长官喊："还要不？还要不？"洪天禹说："压满压满！"崔工利就一直压满，是整整二十粒子弹。他压得指头生痛，放嘴里吸吮了。

那边。洪天禹已经打了一匣子子弹，枪口冒了青烟，他往枪口吹着气。崔工利听得枪声停歇，拔脚往那边跑，回来时扛了那只靶，数了那上面的枪眼。"二十枪，枪枪都在八环内。"洪天禹不吭声，也往匣子里压子弹，压好，把枪丢给崔工利。

那时候，崔工利就不是书童了，他绷了脸，模仿了洪天禹的样子。他想，好汉都应该是那么种样子，脸上得有威严。他不知道那东西叫杀气，在洪天禹，刀枪在手，那杀气就腾现脸上，人说杀气腾腾。洪天禹据说天生就这样，所以他能在众好汉里出人头地做了头目，现在又做了长官。他想，崔工利人小小，就当儿子待，老子英雄儿好汉。我带个传人。

所以，洪天禹有意无意都跟崔工利讲杀人的事。他说："大刀杀人最痛快。斩人者痛快，受死者也痛快。"

"怎么就痛快了？"

"一刀劈去切萝卜样，血飙出几丈远，人还笑笑的，魂飞魄散……矛就不一样了，矛和子弹戳一洞洞，戳到地方那痛快，一口凉气进去，一股热血出来人就没了。戳不到地方那就生不如死受尽苦痛。"

崔工利起初听到背脊处还透了凉气，手心汗津津的。听多了，觉得那些生生死死的事就跟儿戏一样。他信洪天禹那句话，生当做豪杰，死亦为鬼雄。死不算个什么，但要死得轰轰烈烈，不枉人在世一场。

人死灯灭，二十年后又是一条好汉。

洪天禹真就改变了崔工利，人虽小小，读书是正事，却还被洪天禹扯上"武"，他陪长官读书，也陪长官习武。每到洪天禹在靶场要试枪练枪，崔工利就忙上忙下。

有一回洪天禹跟他的书童说："你就不想玩玩枪？"

崔工利说："我帮你擦枪就把枪当玩耍东西了哩。"

洪天禹说："是说叫你试下打枪。"

崔工利第一次用枪就是拿的盒子炮。他想单手举，那枪有些沉。

洪天禹说："你两只手握呀！"

崔工利就两只手握紧。

"你瞄准靶心……"

崔工利睁大眼看着那边的靶，看成了一片糊影，他努力地扣着扳机，枪响前竟然紧闭了双眼，然后，他扣动了扳机。他没想到枪声那么响，他更没想到那枪竟然有那么大的后坐力，尽管他两只手握了，还是没抓住。那支盒子枪从他手里飞了出去，重重地掉在崔工利身后的石头上，在那砸出个小坑。

他以为长官要骂他，没有，长官捂了肚子蹲在那笑得天翻地覆昏天黑地。他觉得长官的笑像一只无形的巴掌，狠抽着他的脸，抽了一下又抽一下。他看见长官洪天禹站了起来，拾起地上那把匣子枪，在衣襟上揩了揩，又对了枪口吹几口气，说："这枪给你了！"

"给我！"

"嗯，给你！"

崔工利带了哭腔，"又没摔坏，那么摔下就能摔坏？"

"是没摔坏，摔坏了给你？"

崔工利小心地接过那支匣子枪，他说："谢过长官了。"

洪天禹丢下一句话："有一天，我要看见你那个坑是个洞洞出现在靶心上。"

那以后，崔工利一天除了日常的事务外，基本就两件事，一是读书，二是练枪。读书，读得进读不进是另一回事，但却有模有样地在读了。其实崔工利读书天资很好，潘普昭教什么几乎都进了耳里，从耳里走到了心里，就烙在心上的那块大石头上了。但每每崔工利读书什么的都得心应手时，洪天禹脸色就不好看。渐渐，崔工利明白其原因，明白原因后，在读书上就再不那么上劲了，看书里把那些字当成蝇虫，任了在眼前飞。洪天禹毕竟爱面子，一个娃儿，读书都比你强，你个长官在人前没脸子啦。

崔工利学枪就完全不一样了，他尽心尽力。练枪他拜了两个老师，一是洪天禹，长官枪法了得！二是潘普昭。潘普昭也有一手好枪法，起先大家都不知道。有一天洪天禹扯着潘普昭进山打猎。闲着没事时洪天禹会起打猎的兴致，所以隔三岔五洪天禹就要带了几个进山一趟。这一带的山里有野猪麂子豪猪豺狗……那是冬天，下雪后的第三天雪要融不融时候。洪天禹说，我们打猎去弄点好吃的去！

赣南就是冬天也难得下雪，下了雪也就三两天就融了。雪困了山里的兽，饿了几天，融雪时候就出来觅食。这时候是最好的打猎时机。

客家人猎兽的办法很多，多是安置机关，做各种的套套那些野物。他们管走兽飞禽都叫野物。用铁做铁夹，用木头和竹子做出许多的机关，总能套住野物。

但最难的却是做踩弹，其实就是制了硝掺了碎瓷片用浸了香猪油的布扎成一种炸弹。这种特制的炸弹对于饥饿的野物来说很见效。炸弹也就鸡蛋大小，但制作很讲究。先是选了上好的木炭，磨成粉末。赣南农户大多住土砖屋，放置尿桶的角落往往会长一层白毛，隔些日子就会成粉，掉下一层层的浮土。有人就看上这些末末了，小心地扫了，在自家屋檐下搭个土灶，土灶上支一口大锅。灶台边几口大缸，上边架着筛子，硝水就从那些土里滤到缸里了。然后，生火熬硝。有了硝，就有了点眉目，所谓"一硝二黄三木炭"，黄就是硫磺。这三样东西掺和一起再加碎瓷片，然后就是包扎的功夫了。一般人不敢做那事，这踩弹包扎太有讲究。不能包太紧，太紧了会在扎制时就爆炸。也不能包太松，太松了那野物咬嚼了不会爆炸一切都是空的。不紧也不松恰到好处。然后包裹了猪下水，有野物叼咬了，以为是块美食，咀嚼间那瓷片摩擦起了火星那东西就炸了。

洪天禹喜欢用枪。

他们说你中邪了

那个冬日,日头很好,洪天禹带了崔工利和潘普昭进山。

潘普昭开初对进山很淡漠,说:"忙呀,不得空。"

洪天禹说:"去呀去呀去散散心,事要忙忙到死也做不完。"

走走,洪天禹就示意大家肃静,那时候他们还没走进大山,似乎就有了情况。果然一团硕大黑糊的东西拱开灌木出现了。洪天禹举了枪瞄,然后就一声枪响。那只黑糊的东西轰然倒地。洪天禹就要跃起,被潘普昭扯住了,但他扯住一个,扯不住第二个。兴奋的还有崔工利,那伢已经跃出老远,朝那野猪狂奔而去。

跑跑,崔工利站住了,他抹了一下眼睛又抹一下眼睛。怎么回事?那"死"去的野猪竟然站了起来,鬃毛直立,眼里放出奇异的光亮,那双眼竟然还鼓出一股愤怒和仇恨。就那时,一声枪响,那只愤怒的野猪"嗷"地发出声嚎叫,轰然倒地。他们走了过去,潘普昭踢了踢那只死猪,说:"工利,你吓死我了。"

崔工利说:"我怎么吓着你了?"

"知道不,要不是一枪毙命,去见阎王爷的不是它是你。"

"我看了枪响它应声而倒的呀。"

"可他没死……"

"洪长官枪法不会走偏的……"

"你以为呀?!"

"我没以为,难道洪长官脱了靶?我没见他脱过靶……"

"那不可能……"

"就是呀,我看了它倒地的。"

"野猪那是假死……那货会假死,有人近它身,它会跃出丈多撞你咬你,遭它撞咬,一般都小命难保。"

"噢噢!?"

"你看你那么噢,你不相信?"

崔工利重重地点了头:"信,没说不信,我第一次听说……"

"打野猪最忌讳不能一枪毙命,打不到要害地方,野猪就成了疯猪,它冲了硝烟气味拼死扑来,比平常时候要凶猛百倍。你逃,不能跑直线,你得跑三角,野猪不善折身,那影响它速度……"

崔工利像听天书一样听潘普昭说野猪的事,越听越觉后怕,背脊处渗出汗,冷风一吹就起瑟缩。他走近那头倒毙的野猪,后怕被疑惑取代,越看越觉不对劲。他想,野猪身上好好的呀,没个弹孔。洪天禹也同样看出点什么,他说:"来!来!掀下!"野猪有近两百斤,掀起来颇费劲。那是个坡,崔工利砍了根棍,顺了坡那么一撬。野猪终于滚了几下,再看,还是没看出名堂。

洪天禹说:"看过死猪流泪的,没看过眼里流血……"才说着,突然明白过来,"你个潘青皮哟……"洪天禹那么喊了,他从不叫潘普昭的外号。他叫哎,这回竟然喊出了名字。"你神了喔!你瞒了我这么久?你竟然有这等好枪法?打了个眼对穿。"

潘普昭说:"真的吗?!真的呀!"他低头看了看,"呀!长官你运气好。"

"怎么说我运气好?!"

"这头野猪有年头了,是头老猪……"

"老猪怎么了?"

"老猪皮厚,老猪不能用盒子炮嘛……皮厚射不穿,你要不能一枪毙命,那就有大麻烦……要用步枪,那牢靠,要打野猪眼睛,张嘴你就打嘴,要一枪毙命。"

洪天禹笑笑的,"你狗日的真打了猪的眼睛,还打了个对穿。"

"瞎猫撞到死老鼠……也是长官运气好,一枪收了那野物的命……"

"我看你不仅能教文的,还能教武的,有时间你教工利打枪吧,省得他缠我。"

这一回,崔工利算领教了潘普昭的枪法,洪长官那么一说,崔工利缠了潘普昭收他做徒弟。潘普昭没事时就在靶场那放上几枪。其实也不是刻意做什么老师,只要潘参谋或者洪长官在,崔工利就有理由打枪。

崔工利也练就了一手好枪法,他常挎了洪长官给他的那把盒子炮。枪带有点长,盒子炮一直坠到腰背下方,走起路来,那枪匣子一晃一晃地拍打了屁股,惹人目光。

人说哎哎书童你屁股屁股。

他说,我屁股怎么了?

人说,那地方要打出老茧。

崔工利不再理会,也没把那枪带弄短,他似乎很享受那种拍打。急步,拍打趋急。跑呢,那就更是颠颠地拍了。

崔工利常常挎了那支盒子炮在街子上走来走去,有事没事就颠了小跑或碎步急行,惹那些目光追随他的屁股。他哥看了,说:"你个娃儿装什么疯喔!?挎支枪做摆设……"

崔工利我行我素，他才不管那么多。

但他最得意还是靶场。那回他哥崔工胜来看他，他对他哥说："你来两枪？"崔工利眼里有东西，他哥看出来了。崔工胜操起杆枪，一扬手开了两枪。靶心有两个洞洞。他弟崔工利也没抬头，他从他哥手上接过枪，一扬手，响了两枪。

崔工胜走到靶子旁边，看了看，愣了。四个枪眼，都挨在靶心地方。崔工胜很重地把靶子摔在地上。他心上又起了层雾，不知道是个什么滋味。

崔工利说："哥你看你？……"他给他哥递烟，塞了满满一烟锅儿烟丝，点了，小心地把那烟杆递了过去。崔工胜抽着烟，一直没说话。后来，烟散去，他心里那层雾一样的东西也随了烟散了去。

"嚯！什么时候练的？了不得了哟！"崔工胜说。

崔工利说："这没什么的呀，是个好兵就得有好枪法。"

崔工胜说："也是，养兵千日，终有用的时候用的地方。"他想他弟崔工利又要跟他叨叨那么一句话。养兵千日，用兵一时。他想，他先说出来的好。

崔工利没吭声，他信他哥的话，这么个枪法上好本事，终有用的时候和用的地方。没有仗打，也不能去船山那种好玩的地方，他就专心致志"养兵"。他读书用不了多少时间和精力，用他的话说，他每天只要抽一锅烟的工夫学那几页也就对付了。他得和洪长官"同步"，所以，不能在读书上抢了长官的风头。也因了这原因，他有大把时间，他不能随意离开洪长官身边。他有的是时间练枪法，他背了那支盒子炮，不时在靶场上打几枪，然后把枪口凑到嘴边。他没像洪长官那么往枪口吹几口，让那缕硝烟弥散。他闻那股味道，什么时候起，他喜欢上了那种味道。镇子上有红白喜事，人家放爆竹。点燃引线，伢们都远远地躲了，偏他不。噼啪的嚣响中，一大捧的烟腾起，人们看那团烟中隐约一个人影。再看，是个伢。不是别人，是那个小兵。有人近前，"长官伢，你没事吧？"当地人叫驻军的兵叫长官，这个小兵他们叫他长官伢。崔工利闭了眼，他没理会，他顾不得许多，他在品味那种气息，他全神贯注。他们拉他，他们说哎哎！但崔工利还是那么个样样。人们开始时还惊诧意外，说，这伢中了邪了？可后来看得多了，也就没当一回事了。有的人就是那么怪异，中邪了却无病无灾。

他哥说："你那么显摆你英武？"

他跟他哥说："你想错了。"

他哥说："他们说你中邪了。"

他跟他哥说："你这也信？"

"我不信，可我觉得事怪。"

"没什么怪的，我想闻那气味。"

"那气味有什么闻的？等有一日你上了前线，够你闻的了……"

崔工利不说话了，他想他说下去，他哥又得朝他抡巴掌。我要问什么时候有仗打，你又要说我胡扯乱谈。他想，养兵千日，用兵一时，还真要等到一千天吗？来这地方已经近两百天了，关于打仗，还要熬到什么时候？他知道内心的急切，他想当英雄。当英雄好汉没有战场怎么能行？自古来赵子龙关云长张飞武松杨六郎岳飞什么的，哪一个不是千军万马中冲杀出来的？

第十二章

种棉成了一场运动

　　首长百思不得其解,同样的作物,怎么能种水稻种莲子种烟草薯芋什么的,却不能种棉花?能种水稻种莲子种烟草薯芋什么的就有吃食,他们就有粮也有其它。但队伍上士兵得穿衣,他们需要大量的棉花织布。他们当然可以通过秘密渠道从白区弄来棉花和布匹,但量太大。南京方面对他们下了狠手,军事围剿外,经济封锁更甚。所谓三分军事,七分政治。这七分里就有经济封锁这手段。你几万人,还有几百万百姓总要吃喝拉撒吧?连火柴都禁,连一撮盐也不能进入匪区……布匹呢,那种东西招人眼目,不说苏维埃被封锁了,大量地购入棉花或者棉制品也不可能,只有自己种了棉织成布,那才叫自力更生丰衣足食。

　　这是他们几年后一直挂在嘴上说的话,写在田头墙头各处的标语。

　　好多年后,他们的队伍到了陕北,在那儿却能种棉花,不仅种棉,那地方还能养羊,能从羊身上取毛,织成衣物。那时候,军民齐心纺线线,虽然织机是古老的,但陕北根据地多少军民呀,那阵势不说。那些织机得多少"线线",那就是棉花呀。得多少棉花?但那是陕北,那地方适合种棉。那时候,官府也对边区实行封锁,但他们种棉养羊,织线纺布,确实穿衣不愁果腹无忧。

但赣南的情况确实不一样,首长始料不及。

首长从上海到赣南后,带了些纺织工人来。早年他在上海搞工运时,发展到组织里来的人,有不少是纱厂的工人。那些同志纺织技术没有丢,弄几架机器,就能织出上好的布匹。如果原料充足,就能解决穿衣的问题。

原料就是棉花,可是棉花呢?

首长想到种植。在他想象中,同样是田地,且都是很肥沃的土地,能种水稻种莲子种烟草薯芋什么的当然能种棉花,很多人都会那么想。所以,他有了个主意,破除敌人的封锁,除想办法打破交通封锁外,自力更生是一条路。

动员苏维埃的力量,向群众发出号召,提倡种棉花。首长在相关的会上说。

与会的决策者都来自各地,极少有当地的同志。有些就是纱厂出来的,他们热情很高。首长一说种棉,似乎就看到棉花一堆一堆的出现在眼前,手就痒痒了。

"好久没操练那手艺了,我还真痒痒了哩。"他们跟首长说。

"植棉种粮,丰衣足食……"他们说。

"粉碎国民党反动派土豪劣绅的封锁,粉碎白军的围剿赤化全中国!"他们说。

那个会开得沸腾如火,激情万状。有人推开门窗,门外窗外,正是晴空万里,天上的白云一坨一坨的,层层叠叠,像是棉团。他们仿佛看到一年以后,苏区的田里长出的棉花也像天上的白云一样。他们亢奋起来。

很快他们就针对种棉作动员,号召各乡苏维埃动员足够的劳力投入棉花种植。种棉成了一场运动。

乡苏的干部就进乡了,带了蓝衫队。蓝衫队是队伍上的剧团,都是些年轻俊男倩女。有大的军事行动之前,蓝衫队就给队伍上演戏,还有歌舞,用这种形式寓教于乐,街巷里就响起了锣声鼓声。那种响动,告诉大家蓝衫队来了,有戏看了。

蓝衫队里都是年轻人,都有一副好身段好嗓子,这不奇怪,都是挑出来的嘛,百里挑一。但蓝衫队里戴眼镜的那个白脸头儿,却是奇,不是本地人,是上海那地方来的,却对江西的戏了如指掌。这天他们去的是板凳乡。到了乡里,乡苏的干部很客气,说要请大家喝酒。蓝衫队的那个头儿把头摇成个拨浪鼓儿,说:那不成!那不成。说:就喝口茶吧。乡苏主席就出去,一会儿拎了个壶摆在白脸桌边。蓝衫队的那个头儿倒了喝一口,喝出那是酒。乡苏主席知道白脸就好这一口。给他弄了点来,蓝衫队的那个头儿就连喝了两碗。

他到哪先不唱戏,跟人说戏。加上那酒的作用,嘴更关不住。说,江西这地方,自古就以戏而闻名。先是写戏,所谓剧本,一剧之本。写戏有汤显祖,著"临川四梦":《牡丹亭》《邯郸记》《南柯记》《紫钗记》,汤显祖有东方的莎士比亚之誉喔。

有人问了:莎士比亚何许人哟?

蓝衫队的那个头儿说：说了你也不明白。

那男人就撅嘴了，那你还说？

但他还说，光写戏不成，得有人演。就有戏班子。有剧本得有班子演，戏班子在当时的江西多如牛毛。

他说，就有弋阳腔，饶河戏，后又有诸多剧种产生。数一数，你就吓一跳。有赣剧，东河戏，宜黄戏，九江青阳腔，吁河戏，西河戏，宁河戏，抚河戏，婺源徽剧，吉安戏，傩戏……因为戏，南宋至明，江西已是当时中国文化中心地区之一。到清，江西的戏里采茶戏为多。算算，有赣南采茶戏，南昌采茶戏，赣东采茶戏，九江采茶戏，武宁采茶戏，景德镇采茶戏，抚州采茶戏，吉安采茶戏，宁都采茶戏，高安采茶戏，瑞河采茶戏，袁河采茶戏，萍乡采茶戏，赣西采茶戏……

啧啧！听的人有了兴趣，这么个外地人，说起江西的戏如数家珍。了不得了不得，他们想。

蓝衫队的那个头儿亢奋了，他又倒了一碗酒喝了，抹抹嘴，更滔滔不绝起来。

他说，江西采茶戏，主要发源于咱们赣南哟，采茶戏与茶叶有关嘛。古时候，每逢谷雨季节，女人上山采茶，一边采茶一边唱山歌鼓劲，唱歌人不累。唱了唱了，就在各处流行起来了嘛，就被人称为采茶歌了嘛。再唱，就有人加了人物添了故事，唱唱就唱成了民间小戏了嘛……就有了最早的三角班。

人问：什么叫三角班呢？

蓝衫队的那个头儿说，最早的戏只有二旦一丑，或一生一旦一丑三人在台子上演，所以叫三角班嘛。

大家又啧啧了一通。还想听蓝衫队的那个头儿说关于戏的事。有人说,到唱戏时候了。

蓝衫队的那个头儿说,不说戏了,大家听戏去!

我们得请专家

戏在祠堂里演,祠堂大点的都有戏台。没有的会临时搭门板,就成了一方戏台。板凳乡祠堂里有戏台,戏就在那古戏台上演。

正是清明时节,小雨飘拂,祠堂前石板路缝隙里才萌生了些嫩草。那些脚,男人的女人的老人的伢们的,都从那踏过,然后进了祠堂。嫩草蔫缩了,成了些暗绿的浆水。但锣鼓响起了,没人想到其它,心思都在戏上。有人唱歌,听了听了,就听到扯到种棉。歌是为种棉写的,写歌的是《红星报》的主笔,队伍上的秀才。秀才熬了两个夜,拿出了这支歌。

不仅唱歌,苏维埃的人还提了石灰水到墙上刷字,有老者识字,逐字念了大家听,"植棉种粮,丰衣足食",又念另一条,"棉花是个宝,种了种了都种了!"

老者说:"这条一目了然,言简意赅。"

苏维埃的人说:"就是要一目了然,大家一看就明白……"

"可是……可是……"

"可是什么,老人家你说!"

老者嘴里却跳出一句:"种棉这事使不得的。"

苏维埃的人说:"此话怎讲,总得有理由的吧?说说,说说为什么使不得?"

老者说:"武夷山脉是条大龙哟,这一片是武夷的龙尾,龙身上长鳞不长毛的。"

苏维埃的人笑笑地说:"老人家,那是迷信哟。"一转身,脸却黑了,心里想,什么龙背龙尾的,种个棉花跟龙扯到了一起,愚昧哟。但他们了解到,自古来这地方确实很少有人种棉花,就是说,当地人真就信了龙尾不能长毛的说法。

愚昧那就得教育,宣传教育很重要。

还是那一套,运用宣传手段。他们就运用了一切可行的宣传手段。

比如编戏,先要破除迷信,直接就有戏叫《破除迷信》,叫《工农就是神》,还有《活菩萨》什么的。这是第一步,第二步直接就演种棉的。那戏名叫《选好种子种好棉》,戏演了还不够。还编书,书名叫《植棉经验说明》,还画漫画,画册名叫《种棉常识》。

宣传工作做到家了,那就是实际行动。事不宜迟,正是清明前后种棉的好时机,就组织农民种棉花,选了一个县作为推广。

首长说,先不要弄那么大片地,当地群众没有种棉的经验,先弄几块实验田,边种边学习,明年再作推广。

一切按部就班,不能说准备不充分,也不能说考虑不周全,更不能说决策有失误。棉苗发了芽,正常了生长。长长就成了形,绿成一片。谁看了谁心上都滴了蜜。那纱厂出身的男人,指定了负责植棉的工作,更是心花怒放,整天像一早开门拾到了金元宝,喜笑颜开。到棉花开花,就守在那数花,一朵两朵三朵,一株上有七朵八朵。从镇上过,见到那老者,"庆家老倌子哎!"他和那老者打招呼，拿出烟给人抽，说，"你看庆老倌你还说龙身上长鳞不长毛的……"

庆老倌说："我是那么说过……长毛了吗？"

"棉花开花了……"

"开了几朵？"

"七朵八朵……"

"也就七朵八朵……还不一定成桃，看就是……"

不信，还是天天往棉田跑。到秋里，棉株还是棉株，也算是有生气，可就真那么几个朵，稀稀疏疏的一些桃。到秋里收获时，摘了棉，稀疏的果实里绽出黄褐色的絮来。纱厂出身的那男人站在田埂上眼翻着白望天，心里恶狠狠一句：庆老倌你乌鸦嘴哟。

庆老倌当然不是乌鸦嘴，这里面肯定有原因。就把事情汇报到首长那，首长亲自来到棉田，他看到那么个样子，说了一句："我们得请专家！"

研究的结果，这不是个小事，动用了组织力量，在《申报》拟了个招聘告示。这事组织上很重视，费了很大的精力，也投入了财力物力人力。

找到了三个种棉高手。

首长指示，无论花多大的代价，一定要把他们弄到苏区来。

有人想拜二位为师

涂天让新鲜了几天，疯张了几天，好吃好喝好玩了几天，然后对周边的人说："我们得做正事了，不能把正事忘了。"

张宏力说:"什么正事?!"

"种棉花呀!"

有人竖起拇指,说:"又是个守信用做事业的人!"

其实一切都准备好了,人家要的就是他这积极性。人家说,后生放心,棉籽早已经入了土,一切皆备,只欠东风,正准备你们指点了点石成金哩。

说得涂天让跃跃欲试。

潘耕晨还没尽兴,他看什么都很新……这是南方,山山水水和河南老家的不一样。但来的路上他已经看了很多这类的山山水水,不觉得新鲜了。主要是客家的民俗,虽然客家人说祖辈都是从中原一带迁徙而来,然而语言风俗还有饮食等诸多方面与中原完全不一样。尤其是饮食,客家人千百年来在赣南闽西等客家居住地,利用当地食材,创造了很多的美食。这让潘耕晨欣喜不已。

渣子说他一张嘴好吃,"我从没看过你这么好吃的家伙。"查恒有对潘耕晨说。

"本来就是好吃嘛,美食……"

"你吃起来像牢里放出来的。"

"你那天更像,你不记得了?"

查恒有当然知道耕晨说的是哪一天,他昏沉了两天,粒米未进,那次醒来,狼吞虎咽了一场。"你饿两天你试试?!"查恒有说。

"反正你那天吃相不好。"潘耕晨笑笑的。

三个人经了这么一场事,年龄不一样,来自各方,但一些事上还是互相忍让。小有拌嘴,有时年纪最小的涂天让会出来打圆场。

"你看你们老说吃呀什么的,你们就没想想穿?"涂天让说。

两个人就愣了,穿也穿得不错的呀。天气正热时候,也穿不出什么名堂的。

"我是说人家请我们来干什么?……种棉花嘛,不是穿的事是什么?你看你们老说那张嘴……"

"我们得做正事了,不能把正事忘了。"涂天让这么说。

不过这句话他说了好多回,他说第一回时查恒有并不在场,他要回去,那时候他正在归途上。

第一次,涂天让是跟潘耕晨这么说的。

潘耕晨听了,他眨巴了下眼睛。他想他也不能落人后面,就说:"对对,我们是来种棉花的,田呢?棉田在哪?"

可他们没让两人立即去田里,首长说有个重要的事情还得办。涂天让和潘耕晨说还有什么重要的哩,种棉最重要。

首长说:"是和种棉有关哟。"

两人说:"你说你说!"

首长说:"有人想拜二位为师。"

涂天让摇着头说:"我还是个学生哩,我还没满师哩,还收徒弟?……"

首长笑了说:"我们经过认真考察,你学问大了……"

"我倒是乐意收,有谁愿意做我徒弟,有愿意做的我收了!"

潘耕晨摇着头:"没听说过种棉还要认师傅的,我从没认过师傅,跟了我爹种棉就是,跟跟你就学会了。"

首长笑了说:"跟跟就是跟师傅嘛。"

潘耕晨说:"那你们就跟了好了。"

涂天让说:"那人呢,你叫他们来哟跟我们去种棉花。"

白脸男人指了指秦宏驰和张宏力,说:"是他们两个哩。"

涂天让和潘耕晨都吃了一惊。

涂天让笑了说:"难怪你们一路上好吃好喝的服侍我们,原来是想跟我们学种棉。"

潘耕晨过去拍拍两人的肩:"兄弟,不早说呢?从上海跟我们到这地方就是为了学种棉?"

事后,潘耕晨对涂天让说:"我看这两个人身手来路都非同小可,真的就跟我们学种棉?"

秦宏驰张宏力也是整个计划中的一部分

其它人当然不知道,秦宏驰张宏力也是整个计划中的一部分。

苏区高层开了专门的会,讨论种棉的事。既然当地找不出在植棉技术上能有高明处的人,为什么不可以到全国去招呢?于是,首长决定在全国招聘种棉高手,提出这事进行讨论,听取大家意见。

有人说:"外来的人靠不住。"

首长说:"有什么顾虑吗?说说……"

提不同看法的同志说:"那些人思想觉悟不说,首先是冲了利益来的,没有好处,他们不会为革命事业出力。"

首长说:"那当然,我们要的是他们的技术,他们要的是合理的报酬,这没什么,这很正常。"

那个同志又说,"他们会有许多的条件,再说,苏区这么艰苦恶劣的环境,他们能坚持多久?这一切都很难说……"

首长说:"这些顾虑是有道理的,所以,我们的原则,重要的在于他们的技术……"

众人不解地看着首长,他们想,这还用说吗?当然要的是他们的技术。

首长说:"让我们自己的同志学艺,我看应该拜人家为师……不论用什么方式,我们要把人家的好技术学到手……"

众人终于明白了,首长就是首长,总比大家想得深想得远。虽然身处重重包围,生死难料,但依然放眼未来。

首长的讲话像做了一场报告。

"……战争中不能总想的是战争的问题,得想到夺取了天下怎么治理的事情……战争再艰苦,胜利的信心应该更充分,这是帝国主义的代理人反动派们的垂死挣扎……种棉也是科学技术之一种,衣食无忧则天下无忧……我们要放眼未来,要想到我们的将来,将来需要的不是战争人才,是和平,需要大量的生产和科研人才……你们脑子里不要老想着打仗,战争只是暂时的,和平才是长远。工农夺取天下的日子不会太久远了,我们需要建设,需要生产,需要技术……"

群情激奋起来,首长总是这样,无论他在什么地方,他总能让人群情激奋。

就挑出秦宏驰和张宏力,挑选他们当然有充分的理由。一来他们都是来自上海,去上海接种棉高手情况比其它同志熟;二来他们就是纱厂出来的人,对棉花有特殊的感情;三来,他们对革命极度忠诚,政治上很可靠;四呢,这两个同志不仅聪明能干性情尤其好,很快能和人打成一片交上朋友。

但，还是有些问题。问题来自秦宏驰和张宏力自身。

两个年轻人随了上海局的要人从上海转移到中央苏区，他们来到革命的中心，心怀热望。第一次听到分派给他们的任务竟然是这个，心里就有些那个了。在上海，做地下工作，虽然险象环生，在白色恐怖的笼罩中，人在明处，自己的人在暗处，敌人数倍数十倍于己，力量悬殊，少有真枪真刀搏杀的机会，多是地下斗争。他们只能从来自苏区的同志嘴里了解苏区的真实情况，他们向往根据地的生活和战斗。

他们想革命分工不同，他们战斗在敌人的心脏也是战斗的需要。地下工作也是革命必须的一部分。可到底形势起了变化，革命队伍里出现了叛徒，上海局遭遇空前的危险，一些重要人物被捕，地下联络点遭到破坏，首长等重要人物随时可能有生命危险。

于是，上海局整个大转移，相关机关全部转移到了江西中央苏区。

两个年轻人欣喜若狂，他们来到革命的前沿，他们觉得硝烟战火就在眼前了，他们能够有冲锋陷阵拼杀的机会了。

他们经由一条特殊的"通道"来到一个全新的地方。初来乍到，首长给他们演讲。首长说，你们是苏区的新鲜血液，你们成了年轻共和国急需的特类人才。你们是骨干精英久经考验的共产主义战士，你们将是组织者领导者。首长说，真正的工农一体的政权的体现在于你们，真正的改造小农经济思想的元素在于你们，革命精英和工农大众的融合也在于你们……

"发挥你们的能力和特长，为年轻的苏维埃共和国贡献自己的力量。"首长慷慨激昂那么高声说着。

他们热血沸腾激情澎湃，他们也高声喊道，英特纳雄耐尔一定要实现一定能够实现！他们准备了血染沙场抛尸恶战。

"不过身体是革命的本钱，你们初来乍到，一来休养生息；二来，先了解和适应一下地方的情况……"

但一等就是一个多月，"机会"迟迟不来。

他们失去了耐心，他们觉得休呀养的已经足够，他们不是来这度假；还有了解和适应，他们觉得时间足够了也绰绰有余，他们渴望战斗。

张宏力跟秦宏驰说："我们得找首长说说。"

他们记得那天的情形。首长刚开完一个会，正从祠堂里走出来，祠堂的石门槛有些高，首长甚至绊了一下，差点跌倒。那些天，苏区面临了许多的困境，敌人形成的军事和政治还有经济三重包围圈，确实给根据地带来麻烦。应对这些事情，首长已经不堪重负，他很快就憔悴下来，只有那把山羊胡子依旧。

两个年轻人立马打了退堂鼓。他们不约而同地想，这种时候来找首长实在不那么合适。他们互相看了一眼，腿软嘴软。

但他们没退路了，首长看见了他们。首长笑笑的，说："多日没见你们了，什么风把你们吹来了？"

张宏力说："还不是你呀首长……"

"我怎么了？"

"你说有重要任务……我们都等得身上长茧子了。"

首长笑笑着，拉过两个人的手，看了看两个人的巴掌，说："你们的表现我都听说了，和当地的农民兄弟打成一片，干农活重活，手心起老茧了。"

"你带我们来这地方，不是要我们种地的吧？"

"那难说……"首长笑着，"当然，目前不是，你们有重要的任务……"

"是的，我们知道，一直在等待。"

他们很快接到了任务。

张宏力和秦宏驰等另外十几个从上海转移来的年轻人，没被首长派去前线，却被首长留在了后方。首长分派他们去了瑞金周边的一些工厂。

他们说，怎么把我们放在这种地方？

首长说，还能是什么地方？

他们说，火热的斗争前线呀，前线需要我们。

首长说，这里难道不是前线？

他们说，这里只是生产前线。

首长笑了，敌人封锁，不生产就会饿死困死不战而败。古人说：兵马未动，粮草先行。生产有时比枪对枪刀对刀的战场拼杀还重要。我们的对手都明白这一点，所以他们提出：三分军事，七分政治。经济是政治的一部分，没有经济做保障，一切政治只能是口号和空谈。

充分利用你们的经验和组织能力，本着一切生产为了前线胜利的原则，发挥你们的热情和才智，组建共和国的工业生产线，粉碎敌人围剿的阴谋。

说工厂，实在太那个，只能算是一些作坊。这一切和上海的工业来比，简直落后了几个世纪。但首长说得对，因为落后，才需要引领和指导他们，需要更先进的思想。

初来乍到的首长心急如焚，在上海时大家对各苏区的情况多少有些担忧，中国的革命是国际共产主义的一部分，苏俄成功的经验为什么不能成为大家效仿的榜样？非得在山沟沟里与敌周旋消磨宝贵时间？山沟沟里真能出马列主义？

首长自己也是这么想的，苏区的各个方面，看起来都很欠缺。共产国际和上海局当初的无数次的指示并没有得到根本彻底的落实，可是这些人为什么不彻底执行？

首长觉得必须有所改变，他觉得他从上海带来的这批骨干能对这些现状有所改变。他有他的想法，他得在革命队伍里掺沙子。这些骨干，他们来自真正的工人阶级，是坚定的共产主义战士，他们必须改造现有的革命队伍成分。所以，这些年轻人使命重大，那些小作坊式的生产要完成工业化的进程，那些农民或者乡村传统手艺人要完成工人阶级队伍和彻底的无产阶级的身份的改变。

张宏力和秦宏驰等另外十几个上海来的青年没把那当一回事。首长说，任务艰巨，但他们觉得并没有什么。除了设备的奇缺和相关的技术可能阻碍他们的计划外，其余应该游刃有余。技术他们都拥有，设备也通过地下交通线蚂蚁搬家一样付出很大代价从白区弄了些来。他们亢奋了一些日子，但很快，他们就明白远不是那么回事。

首先是首长思想的改变。中央苏区的一切，一切都不是他所想象的那样。以大城市为中心，发动起义如同苏联那样一夜间改天换地的企图已经尝试过，广州南昌等地有过那种行动，但都失败了。这些年，农村根据地的游击战争持续进行，但一直没见有起色，离夺取政权更是遥遥无期，尤其苏区也日益萎缩，敌人围而不攻，灭我锐气，消我斗志。这种局面很危险，长期处于被动中，久拖未决，对于苏区是非常不利的，至少要改被动为主动。在他看来，显示红军的力量给予党的同志以斗志是当前所必须的。然后，他着手改组了军事指挥部门，解除了他认为不力的相关人的权力。

再然后，他通过军事顾问发起了几次反围剿攻势，甚至想攻取赣州城作为苏维埃共和国的首都，但启动三次攻势而未果，还损兵折将。

首长重新思考，他是个机智的人，也善于反省和总结，他的谦恭睿智和过人的精力让他具有别样的威信和影响力。

他很快和他的同志作出新的决策，想尽一切办法保住革命有生力量，保证生存，兵来将挡，水来土掩。你三分军事七分政治，那我们以其人之策治其人之身，亦把重心放在政治和经济上。

张宏力和秦宏驰还有那些上海来的年轻热血青年，被首长召集到了身边。

你们有了新的任务。首长说。

哦哦，我们绝对服从！他们说。

他们想，这一回一定与战场和前线有关，这一回一定是"好钢"用在刀刃上。

首长把他们派到保卫局执行队工作，负责护送那些重要人物和重要物资。还执行一些特殊的任务，比如处决叛徒和敌方重要人物。这些和他们当年在特科里红队做的工作相似。

这一回当然也是护送任务。

"你们回趟上海，但此次行动须万无一失。"

张宏力和秦宏驰去了上海，他们三过家门而不入。他们不能入,他们是秘密行动。他们虽然有些日子没见亲人,家里人也不知道他们的生死,他们很想去看看他们让他们也看看自己,但他们没那么做。

首长说的那句话,要万无一失。他们的性命事小,组织的使命事大。

于是两个人回了上海,把三个高手毛发无损地接到了赣南。

他们跟首长说:"首长,你交给我们的任务我们完成了。"

首长看着他们,说:"还没哩!"

"什么?!"

"只是完成了一部分,刚刚开始……"

"我们有点不明白……"

首长说:"那很好,你们来,我说与你们听。"

他们想错了,首长竟然谈到棉花,天!他们压根没想到那么一桩任务。他们刚刚发挥了特长,促进了苏区工业的发展。首长让他们去了执行队,才重操旧业,一切做得很顺手,却要让他们去学种棉。

首长说:"也不是新任务呀,一直就让你们抓生产。目前更重要的是农业生产,你们是苏区的骨干,对于农业,你们要好好学习。"

他们派去抓生产,农业他们当然不懂,工业虽有经验,但赣南属于客家,山区落后,当前敌人又严加封锁,有技术没设备,当然,原料的供应也成问题。巧妇难为无米之炊,可革命意志和激情让他们克服了重重困难,在很短的时间里做出了难以想象的事情。

但他们却被叫去了瑞金。

第十三章

他们殊途同归得出个同样的结论

他们被带到村前,那有一大片田。据说那田是首长亲自挑选的,那原来是一家土豪的好田,村子两年前遭了场天花,死了不少人。红军把土豪打了,但田却分不出去,充作了公田,正好用来种棉花。

涂天让一到了田里,人就变了种样子,成熟老道了很多。已经是五月,棉籽已经下地。种棉一般在清明前,所谓"清明前,好种棉;清明后,好种豆。"

涂天让一到棉田里就兴奋得像只疯鸭,东面看了又蹿到西边,南边蹲了很久,又往北边。说:"种棉要深耕,这地深耕了吗?"

有人说:"深两遍哩。"

问:"种子浸泡过了吗?"

答:"浸了,用烟枝煮水浸泡的哟。"

问:"为什么用烟枝煮水浸泡?"

答:"防虫呀!"

涂天让站起来拍了拍手里的土说:"哎哎!看来你们懂技术的呀,为什么还劳神费力地请我们来?"

有人说:"是呀,都按规矩种的,去年种了一大片,可收成不怎么样……该做的我们都做了,也没天灾什么的。"

涂天让就说:"棉花讲究,要隔年……"

那人说:"这些地,都是上好的禾田,没种过棉花。"

涂天让说:"这就怪了。"

对方愕然,不知道怪在哪里。

涂天让说:"这不对吧,清明下的种,到现在不会是这么个样样吧?"

潘耕晨说:"是哟是哟,不可能就这么个样样吧。看叶子和秆都不对的哟。"

他们殊途同归得出个同样的结论,这种苗到秋天结不出更多的棉桃来。

他们很正经地跟东家汇报。他们觉得对方是东家。他们说,我们得跟东家说清楚,这个苗情,不可能有好收获。

涂天让想去找首长,有些事必须说清楚,不是我们技术有缺憾,是客观原因不是主观因素。

他说要找那个姓周的,那几个后生就愣了,说:"首长很忙的。"

涂天让说:"来那天他不是出现了吗?"

那人说:"那是要迎接你们几个贵客,他说他得亲自请你们。"

涂天让说:"我得见下他。"

那人说:"那我请示下再说吧。"

涂天让说:"你跟他说,是关于棉田的,关于种棉花的。"

第二天,那人跟涂天让说:"你这后生还真神哈,首长怎么真就答应了你呢?"

首长说:"你有什么想法?"

涂天让说:"我得搞清楚为什么别地方能种棉花这里种了却歉收?"

第三天,白脸根据涂天让的提议开了个会。会上,有人把去年种棉的细节点点滴滴无一遗漏地说了。

涂天让说:"这么说事情很复杂。"

首长说:"你有什么打算?!"

涂天让说:"不是我有什么打算,是你们有什么打算?"

首长说:"你说说!我们想听听你的建议。"

涂天让说:"你真让我说?!"

首长点头。

涂天让说:"我得检测土壤,我得分析气候,还得做细致的科学考察和研究工作。"他有点学究气,说那句时还很严肃,谁听了谁都觉得这很不靠谱。

潘耕晨说:"眼镜哟,你真是书呆子的吗?种棉花你懂棉花就是了,你管它土什么的哩。只要肥土,能种别的作物,就不能种棉花的吗?"

"就是就是!"那几个后生也附和了说,但说完后觉得有什么地方吃不准,他们往首长那瞄。首长的脸轻松了,一个笑起来,又一个笑起来。首长说:"你们的话不对,不只是种棉花,种什么都要讲科学。"

但首长一直在认真地听着。

涂天让说:"我要仪器,我要弄清楚为什么这地方种不了棉花。"

"很好非常好……我们会满足你的要求。"首长说。

谁也没想到渣子会重新出现

潘耕晨又跟他外甥崔工胜写信了。

没人不让他说话,但他突然对写信来了兴趣。他当然跟周边的人有说有笑,可是有些话说出来,别人不大理解,总是用异样的眼光看他。

他说:"怪了怪了,怎么你们把棉花种成这样?"

人家用异样的目光看他:"种成怎么样了?"

"种成了个蔫苗萎棵……"

人家说:"我们没怎么呀,我们是不行才请你们来的嘛。"

人家说:"不错不错,蔫苗萎棵是蔫苗萎棵,就是想让它们不蔫苗萎棵才请你们来的嘛,你们说怎么办哟?"

潘耕晨摇了摇头:"只有等明年了。"

人家说:"我们哪地方出错了?"

潘耕晨依然摇摇头:"那谁知道?"

这回是涂天让用异样的目光看他,"这要弄清楚的呀,这能弄清楚的呀。你说谁知道,那人家请我们来干嘛?我们要知道,知道了要给人家说明白,知道了要采取措施……"

潘耕晨觉得没了面子，他想，你逞能你逞去，我就不信你真能弄清楚，还不得等明年清明前后再种过。只要经我手种了，保证没什么问题，我就不信同样是田就种不成棉花？他想，你个眼镜客你要出风头你出去，我回屋里呆了去。他走到村口，村口有棵老樟，枝杈怪模怪样的，偏有群八哥在那叫，听去叫声怪怪的，让潘耕晨不舒服。他拈起块泥团，重重地抛去。有人"哎哟！"了一声。八哥腾起，忽一下飞远，一些落叶飘飘坠地。他想，这八哥发出人声？看去，一个蓬头垢面的人捂着头蹲在那边的土墙下。

潘耕晨走了过去。

"你打着我头了。"

潘耕晨说："是吗？我看看……"他掰开那只手，看见头上那个包包，同时也认出那张脸，他喊了出来："渣子！？"

那蓬头垢面的男人说："是我……我是渣子……你真是耕晨吗？"

潘晨耕说："是我！我怎么不是潘耕晨？你看看，仔细看看，是我哟……你怎么弄成这个样子？！"

谁也没想到渣子会重新出现，而且是这么副样子。渣子说："我怎么又跑到这了呢？不是做梦吧？"

这话他说了好几回。他当然知道不是做梦，可鬼使神差的他就来到这地方。那时候，潘耕晨已经把渣子带回家。渣子的事一下子惊动了全村，涂天让也从田里跑了回来，看见潘耕晨正在给渣子剪发，那些细碎的发丝飞飘到了门边。潘晨耕一进门就扯了查恒有要给他剪那头蓬乱毛发，"我看你鬼样的，我看不得。"

查恒有说："我要是鬼我是成饿死鬼了，你弄些东西我填肚子，几天没正经落食了。"

潘耕晨看了看，确实是，渣子那眼睛都饿得放绿光。潘耕晨往灶间走了一转，那没有现成的吃食。他找到半篮艾粑粑，还是清明时老乡送的，不知怎么的挂梁上忘吃了，长了一层白毛，白不白绿不绿的，像一团团狗屎。"就这了，我看不能吃了。"

查恒有却一手抓了一个塞口里，忽一下下肚了。他那么塞了，一会儿半篮艾粑粑没了踪影。

然后，潘耕晨扯了他剪头。蓬头算是没了，但垢面还在。潘耕晨边剪了毛发边叨叨，"你都快变成了鬼哟！"

"我也不想这样的嘛，我想回家的嘛！"

"你想回家人家答应了送你回家，你怎么弄成这样嘛？"

"我想他们不会让我走的哟，我中途就悄悄地逃了……到处都是山呀，我也不敢乱走。不乱走也不成了，我就走，在林子里南北也分不清，我想我一条命喂狼了哟……"

"你没喂狼，你不是走回来了吗？你怎么找到村子的？"

"鬼使神差……天晓得……"查恒有说。

"你自己走回来的？"

"我胡乱走，我哪认得路？走走就走到这地方了。"

涂天让没开声，他一直等到几个男人把渣子带到井边，从井里拎一桶水往渣子兜头淋了下去。五月初的井水还有些凉意，渣子打一个寒战又打一个寒战，嘴里哟哟地叫唤，嘴唇就乌黑了。又拎一桶水一直拎了十几桶水把渣子里外洗了个干净，然后弄到里屋去换衣服。出来时，人就完全变样了，又是先前那个渣子了，只是瘦了许多。

他跟大家说了自己这十天的经历。

我信不过他们嘛，你想想，把我们从那么远骗到这地方来我哪信得过呢。有人就说了，谁骗你了，不是签了合同的吗？查恒有说我那时是那么想的呀，来时怕我逃，肯定往我饭里下了药嘛，我又拉又吐，昏睡了两天，然后趁了我人事不省把我弄到这地方来，我能相信他们吗？有人说，还真没人往你饭里下药，你是真的病了哟你看你那么说？查恒有说，我会那么想的嘛。所以，你们说送我回去，我一点都不相信。有人说，所以你就趁人不注意就逃了？是呀，我想我得脱身呀。有人说，你脱身了吗？查恒有苦了脸，都是命！他没说什么，就说了三个字。都是命。

下午，那个白脸首长来了，他专门为查恒有来的。

"我听说你的事了。"首长说。

查恒有说："对不起了！"

首长笑了，"此话何来？有什么对不起我们的？"

查恒有说："我自己逃走了哟，给你们添大麻烦。"

首长笑了："那是你多虑了，我们说话算话的，一定送你回去。你现在想回去也行，我们会认真负责地把你送到你想要到的地方。"

"都是命！"

"什么？！"

"我说都是命，一切命里注定。我不走了，走也没用！命定了的……"

"我们无产阶级不信那些，没有鬼神哟。"白脸首长笑着说。

查恒有说："你们不信我信的，我不信你们那个共产主义……

我是来种棉花的,就安心种棉花,是我毁了约,就该鬼神报应……我种棉花。"

他还不知道种棉花的事出了些情况,查恒有一点也不知道。

山里的谜太多了

有些事情到现在我们才弄清楚。**潘耕晨在给他外甥崔工胜的信里写道。**

原来他们是要请我们到这地方来种棉花,我说为什么在上海的郊区磨蹭了那么些日子,他们得保证安全。那时候红的白的正在交火,进入红的地盘不是太安全,他们就让我们在那滞留了近二十多天。这么一耽误,就耽误了棉花下种。你也知道,做什么事情得前前后后自己经手。就跟养儿子一样,有别人先干,你再接手的吗?种作物,接手别人的,总归是做不好。种棉也一样,不是你一开始就经手的,那就不一样,那怎么种得好呢?棉田里苗是长了,但苗蔫秆萎,一看就知道是个什么收成。

我说说这地方吧。我从来不知道在中国会有这么一块地方。那几个人带了我们走,走了水路走陆路。一路上神神秘秘的,走的都是偏僻地方,避了人走。大道不走,走的都是深山老林。渣子不老实,老缠了问这问那,不能安分,后来就病了。他们说没给渣子下药,我看是有那么回事。渣子不安分,渣子会不肯跟了他们走。他们说没给渣子下药,我看是给了,涂天让也觉得应该是下了药。

对了,渣子是个大哥,也是他们招的种棉高手,就是他们本地人。但渣子说他们那个县城是江西北部,这里是南部。一南一北隔着远了去了。渣子到底还是死活要回去，他们说我们负责送你回去。但渣子不相信他们，就中途私自跑了。但是他不识路，这一带都是山，而且山都不太高但却一模一样。不仅山，而且村子也像模子里倒出来的，看去都一个样。渣子虽然也是个江西人，但他生活的地方是赣北，那有个大湖，大多地方是平原和湖泊，对于赣南的山，他一点也不熟，进去后当然就如进了迷宫。

昨天才从林子里跑出来，你说事奇不？这么大个世界，渣子在林子里胡走浪走了近十天，竟然走回到出发的地方。转来转去，没离开一只巴掌。当然不是如来的巴掌了，如来佛的掌心逃不出去，但这地方你就是蒙了眼睛走你也走不回巴掌大的地方吧？

这里的人给渣子说，你要想回，我们说话算数，还是会把你送回去。但你一路上要听话，一切听从我们的安排。他们说，告诉你吧，你这次半路出逃，我们的同志找你，有人丢了命，我们叫牺牲了。渣子不说啥，渣子只说三个字，都是命。

我也信命，不是命，我怎么会来这地方？要蝗虫不来，要那天我不看那份报纸，就是看了报纸没留意那几行字，留意了那几行字没动什么心思……一切就不会发生。但鬼使神差到了这么个地方。渣子留下来了，他跟我说，他在林子里死过一回了，所以，命安排他留下来他认命了。

棉田里没有什么事，连涂天让都说那些棉回天无术了。我和渣子就闲下来，当然每天去棉田，但无所事事。渣子却带了我到处走。晚上就窝在屋子里跟我聊天，聊的都是好玩的事。涂天让不跟我们聊，这年轻人不知天高地厚，他整天埋头在棉田里，他好像要让那些棉花起死回生。

渣子说，他们说的那些我都没见呀？我说，渣子他们说什么呀？渣子说共产共妻呀，三头六臂呀，报上说的那些。我说，你个渣子哟，报上说的那些你还信？两仇人临街相骂，骂出来的话你还相信？你没仇人吗？仇人视你恨之入骨，人家还说你家祖宗长十个屁眼哩，你信？他到处游走，也没人管我们。我们看到那个苏维埃给人新鲜哟，农民都分了地，不像我们富前，富前地名就知道，是我们老家那一带最富的地方，但最富的地方不等于人人有田。富前就是崔平宏财主家富，他家田多，大多是租他家的田种麦子种棉花。可这里没地主了，地主被打倒了，农民分了地主的地。

　　那天，白脸男人来看我们，这男人是这群人的头，他们说他是很大的官，但从言谈上看不出，人很年轻，说话很和气。那些士兵和他平起平坐，没有什么上下之分。我说：长官，这么的没规没矩的吧？他说，你别叫长官，叫我名字吧。他说，什么没规没矩？我说，祠堂也有个辈分的吧？他笑笑说，祠堂里讲辈分没错，但革命队伍里大家人人平等。他很喜欢讲话，讲的都是些道理。比如他说世道不公才会有人造反，自古来就这么个理，才有陈胜吴广呀。我说，那你们就是陈胜吴广吧？我说陈胜吴广的义军中也有长官和士卒的区别的呀。他说，我们不是陈胜吴广，我们是共产党。我说共产党就是要把天下的财产都共有了吧？他说不能这么单从字面上理解。他说总有一天会实现共产主义。我说什么叫共产主义呀？他说那是一种很理想的社会，是我们大家的理想和追求的目标。他说相信在不久的将来能够实现。我说，我们怕是等不到那一天了吧？他说，可能会很漫长，但我们要坚信。我说，我看不到那一天我坚信有什么？他就笑笑，给我讲那些道理。实话说，他越扯我越糊涂越弄不明白。这个人能说会道,看得出是个读书人,读过很多书。

不管它了,我也不想弄明白。

只有涂天让想弄明白。他跟我说越是谜我越想弄明白。我说天下的谜太多了,你还明白得过来?这个年轻人说,天下的谜我解不过来,但我碰上的谜我得解。我说,你一生中得碰多少个谜的呀,你解得完?他说,解不完我也得解,不解我睡不着吃不香。我就问他个事,其实是故意难他。我说,蛇吃蛤蟆的,石鸡也是蛤蟆吧?涂天让是看过石鸡的,那天赶集,有人抓了几只石鸡在那,他就惊呼:呀!?这么大的蛤蟆呀?人家说是石鸡。他说为么叫鸡呀?人家说大石缝里的蛤蟆叫石鸡,田里的蛤蟆叫田鸡。他就把那当成谜了。为什么叫鸡呢?人家就笑了,它们叫起来像鸡呀,所以叫鸡。噢噢。那天他就噢着,像个娃儿。后来,我抛了那句话给他,我说,蛇吃蛤蟆的,石鸡也是蛤蟆的吧?他说呀。我说,可为什么蛇吃田鸡不吃石鸡的呢?我说,这是个谜吧,他点着头说,确是个谜。

你猜他做了个什么事?你想你想不出。他去街子上要了一吊烟,然后拎了那吊烟叶儿去了上西坑。那个抓石鸡的人就住在那,他把那吊好叶子塞给那个卖石鸡的。人家说,你跟我换石鸡呀?他说,不是不是,我只想搞清楚为什么蛇吃田鸡不吃石鸡呢?男人笑笑,你敢夜里跟我进趟山吗?涂天让说,这有什么不敢的?我说,那地方蛇多。涂天让说,这还能把个活人吓死?你不去我去!

我当然得去了,我不去不行了,我让这小子给将了一军,我不去我就是胆小鬼了,在人面前没脸子了。好在我去了,我就看见那一幕,也知道了为什么蛇吃田鸡不吃石鸡。那天下午我们进了山,走了艰难的一段路程,把骨头也走软了。那是处石头峰。这地方到处都见得着这种巨大石头。但一条溪子沿了石头流的去处并不多。有水就有竹,竹子长得青翠,就长成一条青绿的隧道。没有路,踏水而行。五月天气,山里的水有点清凉,石头也滑,这地方什么都绿,连石头也是绿的,石面上裹一层青苔。人往那翠绿深洞里走,好像走不到头。日头欲落不落时候,光线更是昏暗。走走,卖石鸡的那男人举了下手,示意我们停下步子,不要出声。他听了听,朝那方向指了指。大家大气不敢出,轻手轻脚跟了卖石鸡的挪步。然后就隐身在一块大石头后面。卖石鸡的探头往那边看,我们也跟了那么看。一只石鸡蹲趴在溪边绿石上。涂天让兴奋起来,蠢蠢欲动。卖石鸡的把他按住了。天越发昏暗了,四下里很寂静。石鸡突然"咕呱,咕呱"叫了两声,声音在寂静里显得很响。卖石鸡的又做了个动作,大家知道会有新情况。看去,从悬崖峭壁的石洞里,滑出一条酒盅粗的……哇!那是条毒蛇!他们管那蛇叫"五步倒",人畜被咬,走不到五步就会死。也叫"烙铁头",那是因为那蛇头呈三角,像烙铁。那蛇向石蛙悄悄游去,我心一下子绷紧紧,不是说蛇吃田鸡不吃石鸡的吗?我想涂天让那时心里也这么想哩。正想了,再看时,却听得咕呱一声,那石鸡竟然猛地扑向那条蛇,它把蛇头抱住了。后来,卖石鸡的告诉我们,石鸡抱住的不是蛇头,它是掐蛇的七寸。它鼓气,胸前就起了一团肉砣砣,一把铁钳,把蛇的七寸卡住。又有了响动,看去,从溪边水草丛中跳出一群石鸡,它们都抱紧蛇,鼓起肉砣砣,紧紧箍牢蛇的身子。看去,蛇成了一根绳,拴了十几只石鸡。不久,那蛇就软下去了,死了,那些石鸡才散去。

涂天让终于解开了那谜。他说,真没想到哈!我也说真是想不到哟。卖石鸡的很得意,他说想不到的事还很多。他说既然来了,你们就看看我是怎么抓石鸡的吧。涂天让说,不是到洞里抓就是在水里石头缝里抓吗?卖石鸡的就笑了笑,那笑脸又挤出个谜来。

天黑下来,但山里人总归有办法。我说呢,卖石鸡的一路捡柴火,不是一般的柴,是那些枯死的松树。要的是树根和树杈,那叫松明。后来我知道他用来做火把。天黑下来,卖石鸡的把火把点了。他叫我帮他举了。自己从怀里掏根粗草绳来。卖石鸡的捏了粗草绳一头,将绳抛在溪水里,来回抖动,那绳就像一条蛇了。"蛇"在溪水里游荡。一会儿,一只石鸡"扑通"一声跳进溪水中,用两只粗壮前肢紧紧抱住草绳,并发出"咕呱,咕呱"的叫声,很快,就有一群石鸡从溪边的水草丛中崖壁的石洞里蹿出,跳入水中,也用前肢和肉突紧紧地抱住草绳。卖石鸡的提起草绳,就提起了一串石鸡。

涂天让很兴奋,他跟卖石鸡的男人成了朋友,他说要请人家喝酒,果然他认真请人下了一回馆子。涂天让说师傅,你一天解了两个谜。我跟他说,山里的谜太多了。涂天让说,再多我碰上了我也要解。我说你我都碰上个最大的谜。涂天让说,什么?!我说这些人和他们的主义呀,在我就弄不清,你弄得清?涂天让说我也弄不清,弄不清就是谜嘛。你解这个谜哟。那天,他歪了头看了我好一会儿,说,你说得对,我得解这个谜。

然后,他都往翁家老屋子那边跑。翁家老屋是土豪翁边全的房子,红军来后充了公,红军里几个重要人物都住在那。平常那都有哨兵。涂天让开始还被哨兵拦住,但首长说,这是我们请来的专家,他可以随便进出这个屋院。他就这么个人。

我们为什么留了下来?道理其实很简单。

我不回你们心里很清楚,那是因为没家了。两把火呀,先是战乱,后是蝗虫。这两场火把我们家灭了,没家了。家破人没亡。人没亡得找活路呀,你们当兵吃粮,我就远走他乡种棉花。虽然现在无棉可种,可呆在这有吃有喝的还拿薪饷,我为什么不呆在这?没家了回去还不如这哩。

眼镜客是因为守信用还因为倔?两样都有。他不相信这地方种不了棉花,他跟我说种不了总归有道理的,他要找出那个原由来。他说在学校里学的就是解决问题的道理,科学家整天在实验室里做着的事是什么?也是在破解自然科学中的谜。如果解决了,就是发明家科学家。他满脑子想搞发明。我说要是熬了几十年都没解决呢?他说,我真就笨的吗?我说你一点也不笨。我说你一点也不笨的。他说不笨就能研究出名堂的。我说不笨但就是研究不出什么名堂来一辈子不就完了吗?他眨巴着眼想了很久,说,我从没想过这问题,就真没研究出名堂,有个结论也好给后人一些启迪。

你看这眼镜客哟,书呆子一个。

渣子不一样,渣子开始不想留,他想走,真就走了。人家说礼送出境,他偏不信。跟人到半道就自己暗里溜跑了,但走不出去,在深山老林里转了十几天,差点把命给丢了。人家派人到那片山里找,还损失了两个后生。回来后他羞了愧了,说不走了不走了,他要洗心革面。其实谁都知道,我他和眼镜客三人,对这些人和这些人做的事都不了解也不理解。洗心革面的话是假话,他一是好奇,二是自尊心使然。好奇就想知道谜底,要留下来看个一清二楚;自尊心是因为两个后生。人家为了他丢了性命,他不好意思说走就走。不管是因了什么,渣子也留了下来。

我们三个人留下来的目的不一样,但有一点是相同的,就是大家都在等待一个结果,好像有点冒险,毕竟这里被官府叫做匪区,与匪为伴就是与虎狼为伴。但想想,也看不出什么危险的呀,大家对我们很热情很友善。我无家可归,想想,命也算不得个什么,听天由命的吧。说是匪,我们不与匪为伍就是,人家雇我们来,你能怎么样?

第十四章

要进一批重要的货

潘普昭他们接到任务，要进一批重要的货。

"货"是花了很大周折也花了不小的代价从香港弄到手的。上头给潘普昭的货单是红纸写的。货单也分颜色，红纸写的就是一等重要物品，黄纸次之，而普通纸那就是一般的货物了。上头跟潘普昭说，必须万无一失。

潘普昭挑了闻勤勇和另一个漆坊的后生，他们运了一船漆。当然醉翁之意不在酒。他们不在乎这船漆能赚个什么，重要的是他们要用漆桶装"货"回来。

船到了大浦三河镇，就往岸上卸货。收货的当然也是自己人，上头派人在大浦三河镇也开有几家店和作坊，作为地下交通站。其中也有一间漆店，从赣南来的漆，当然是给三河的这家漆店。漆店就在水边，从那上了码头，漆店的伙计就收了漆，往漆桶里装东西。东西用油纸包了，裹了一层又一层，鼓鼓囊囊，形颇怪异。闻勤勇就好奇了,他捏了捏油纸包,心里纳闷,但没开口问。他们有纪律。他想,什么呢?想了半天,猜不出来。货也运过几十趟了,没运过这种东西。

他没问,问也没用,没人会告诉他。

他们一路小心翼翼,还好没事。

船不能耽搁,"货"上了船立即启航。船逆水而行,雇有几个拉纤的,其实也是执行队的弟兄,他们水路拉纤,旱路扛货,遇有紧急情况就应变突发的险情。

闻勤勇却起了红肿,也算是突发情况。觉得浑身痒起来,搔,搔到哪红肿到哪。

"我怎么了,我起漆疮了?我怎么会起漆疮?!"闻勤勇说。

潘普昭也大眼小眼地上上下下看了闻勤勇好一会儿,说:"是呀!怪了怪了?!你怎么会起漆疮的嘛?"

潘普昭带了闻勤勇去了济民药铺。三河镇的那个老郎中看了又看,还观舌苔抓脉,说:"你这不是漆疮的吧?"

"不是漆疮又是什么呢?"

郎中说:"你莫不是吃坏了什么?"

闻勤勇想了很久,一拍脑袋说:"对对!我昨船上两顿喝粥,饿极,到三河镇见人河里捕虾,就都买下了。晚上吃的是虾宴。"

"没听说过虾宴。"

"就是一桌都是虾呀。有煎虾煮虾蒸虾烤虾醉虾炒虾……虾有几十种做法呢。"

"我知道虾有几十种做法,也有几十种吃法,结果把你吃成这样了。"

"吃虾能吃成这样？！"

郎中说："何止这样，吃虾还有吃死人的哩。那东西发，有人就不能吃，吃点点就红肿皮痒，严重了还会昏死。"

潘普昭对闻勤勇说："你这样了，你留下歇两天吧。"

闻勤勇说："不行不行！这也不算个病，就让这耽误事？我就是脸肿手脚肿嘛，也不痛就是痒痒。我又不会拖累你们，就这么点事我能拖累了你们？一条船不能缺根桨的哟。"

没想到不仅没拖累，却还帮上忙。到夕人时，白军的巡逻艇在江面上游弋，潘普昭紧张起来。船老大说："他们也就例行公事，再说我们一条漆船，他能怎么的？我看他们也就沿了船打几个转例行下公事走人。"

那条巡逻艇就靠上来了，一个大胡子带了两个水兵往这头探头探脑。船老大朝那边的甲板上抛了一包东西，那个大胡子捡了。但还是命令巡逻艇靠近了漆船，大胡子带了两个士兵跳上甲板。

船老大说："这回长官如此费心费力？"

大胡子说："莫老大呀上头督察哟，南昌行营来了人。"

船老大说："来人来人好了，我们本分做生意管它来什么人，来关公雷公托塔天王也不关我事我怕个什么？"

大胡子说："老莫哟你不怕我怕哟……听说近来那边的人要弄重要东西过去，上头才派员下来督察的。"

潘普昭和闻勤勇心里有点紧张，但脸上不显山露水，闻勤勇想往舱里去，可来不及了，那两个士兵横在了他的中间。

船老大嘀嘀地笑着，"闻勤勇呀你别到舱篷里去闷着哈，那舱里气味沾了你会更惨。"

潘普昭说:"哪哩哪哩,他们说冻疮见风长,你那身漆疮受了风不得了的哟。"

船老大莫世聪说:"我走的桥比你走的路多,吃的盐比你吃的米多……你说该听哪个的呢?"

潘普昭说:"你是盐撑大的呀?过什么桥喔?你小小年纪就做水手了,你都水上漂,有我路走得多?更不要说桥的事了。"

大胡子没听他们嘴仗,全当了耳边风。他脸绷了。我才不吃你们那一套呢,他似乎那么想。一脚踢开了舱门,示意两个士兵进去搜查。很快,士兵从里面拿出两团油乎乎的东西。潘普昭和闻勤勇心猛一下收紧,他们互相对视了一下,眼歪向了另一处。那有一根桨还有只锚,都摆在具体的位置上,这是事前都安排好的,也都多次演练。万一遇有险情,先下手为强,抡桨飞锚,夺枪以应变。他们正准备动作,千钧一发。

但图穷匕首未见,见着的是几条火腿。那些油纸包裹了的竟然是些火腿。

潘普昭和闻勤勇都愣住了,那个大胡子似乎也很意外,他拿起那条火腿放在眼边仔细看了看。

船老大莫世聪说:"运点货也没个赚头,不容易呀,我们总不能空了船回去,能带点就带点……"

大胡子说:"这是一点点?"

"怎么,这是你们要找的重要东西?"

大胡子说:"老莫呀,你也越来越精明了。"

船老大莫世聪走过来,把那几只火腿直接扔到巡逻艇的甲板上,"唉!这年头精明也没个什么用的哟,还得各路大哥各位长官照应了……你们也辛苦，就当我老莫请你们喝酒了哟……其实也想和长官们喝个酒，你看我们得赶路，还有个得了漆疮的兄弟。"

直到巡逻艇开走，几个人才松了一口气。

船老大莫世聪看着潘普昭说："吓坏我了，怎么运的是火腿呢？"

潘普昭说："我也不知道呀，谁装的货谁知道吧？"

我不懂什么革命我只懂种棉花

他们没动那些"货"，一直将货运到目的地。闻勤勇那天去叶坪开会，见着首长，想起那些"火腿"，禁不住好奇还是向首长问起那事。首长带他到那间屋子里，屋子里摆满了各种仪器。

首长很亢奋，说："勤勇同志，多亏了潘普昭和你们的小队，不然我们还没有这间试验室。"

然后对房间里的一个年轻男人说："涂天让先生，你说是吧？"

那个年轻人朝闻勤勇伸出手，闻勤勇他们握手的时候，首长介绍说："这位是涂天让先生，是我们请来的专家。"

闻勤勇笑着说："我们是老相识呐……"

首长说："对对，行动队护送他们来的，我怎么把这事忘了……这回你们又把他们急需的东西护送了来。"

闻勤勇才明白，那天夹在火腿中运出来的重要物品原来就是这些东西。他有些吃惊，分明说是重要物品，这很重要吗？但从首长的表情上来看，这些东西不那么简单。

"你是不是觉得这些不很重要？"首长说。

闻勤勇吃了一惊,他不明白首长怎么看穿了他的心思。他不由自主地点了点头,他不该点头的,但不知道怎么头有点不听使唤,竟然那么点了几下。

首长说:"不止你一个同志这么想哩,很多同志都不理解想不通。告诉你吧,这是我们共和国第一个实验室,涂天让先生正在这里进行他的工作,他的工作主要是分析土壤,这对我们苏区的农业生产有指导性的作用。"

首长对那年轻人说:"知道不?这些器材,还有你要的那些书,都是他们从地下交通线历尽艰险弄来的。"涂天让就捏住了闻勤勇的手,千谢万谢的那么。

闻勤勇知道,先前搜罗来的那些书,也是因为这个年轻人。看书当然没有错,开卷有益嘛。首长中就有很多人爱看书,行军打仗,马背上战壕中都能看上一页两页。先前打土豪,士兵从土豪家中搜出的金银财宝家具衣物什么的都好好留了,可是书却视为废物不值钱东西。这也难怪,书上印的都是字,这些士兵都不识字。不识字,那书当然废东西一个。拿来卷烟,撕了上茅厕,有的甚至塞进灶眼里当柴烧。后来有人觉得事情很严重,那是书呀,那是黄金屋呀,那是比什么都珍贵的东西呀。就有命令下来,严禁撕书毁书,有书,无论什么书皆收罗上交。闻勤勇和潘普昭出去接货运货,首长会开出长长一串书单,首长不带烟酒更不捎烟土,首长要他们捎书。

队伍里有人读书,但队伍里有专门读一种书还是第一次碰到,且要弄到这书还真是个难事情。打土豪,土豪家书橱书箱书架上绝没有这种书。去大浦长汀漳州白区的地盘上淘,书店里淘不到这类书。红军动用了最重要的部门,就是香港的采办。红军在香港派有专门的一小队人马专事采办。但一般采办的都是重要奇缺的东西。比如药品,比如印钞纸印钞油墨,比如那个红胡子洋人要的剃须刀打火机派克钢笔什么的。因都是洋货,一般地方还真难谋得到。但广州上海有,但采办那些违禁物品风险大,最安全地方是香港。香港负责采办的同志也觉得奇怪,什么书不好要,要的书偏得没个影。只得满大街找,每个书店都淘了一遍,淘出了那些书。有些还是洋文,不是洋文的也没人看得懂。关于土壤,还有气候湿度温度海拔旱和涝……种地嘛,总是靠天吃饭,天要落雨,娘要嫁人,是没人能奈何得了的。

闻勤勇和潘普昭都曾经问过首长,弄这些书就为了种棉花?首长说,当然,有人坚信能在这地方种出棉花。

闻勤勇想来想去还是想不通,有人就那么任性,两耳不闻山外事,一心只谈种棉花。那有什么办法呢?世界上真的什么人都有。

首长叫厨房多加了个菜,说是大家都为革命事业辛苦了犒劳大家一下。闻勤勇喝了一点酒,又扯到那些仪器,闻勤勇还是不明白那些东西的重要处。涂天让也被酒兴奋了,侃侃而谈。涂天让给他讲种棉讲土壤讲二十四节气天文地理……

闻勤勇也是酒喝得有点过量,有些口无遮拦了,说:"你这么聪明个后生,应该做更有意义的工作呀,好钢放在刀刃上……"

首长不高兴了,但他还是张和蔼的脸,"你这话就不对了,闻勤勇同志我要批评你的哟……"

"种棉怎么就不重要了……当然重要呀,我们能种棉花就不必让同志冒那么大风险从那边进布匹了呀。我们不仅要引进农业专家，还要引进更多的各类专家，有更多的实验室……"首长说。

"这是科学，科学很重要。我们不仅种粮棉解决生活问题，还要造机器，解决生产问题，甚至造枪炮弹药，加快与敌人生死决战，解决战争问题，谋求和平。"

闻勤勇知道，首长话多就是演讲了，他也能喝点酒，但不会醉，往往是周边的人醉了的情绪感染了首长，首长就长篇大论滔滔不绝的了。

涂天让笑笑的，"周老师……"后生不叫首长也不叫长官和先生，他叫白脸叫老师，"你别跟我说这些，我对这些不关心，我是来种棉花的。"

"这里在打仗，你真的对这些无动于衷？"闻勤勇说。

"为什么要打仗？好好的为什么要动枪动刀？"涂天让说。

"工农要翻身做主人，有人不让，不让就革命呗！"

"我不懂这些，我不懂什么革命我只懂种棉花……"

闻勤勇很是惊诧，竟然还真有这么种书呆子，都什么年代了，还埋头做学问？这些年国内发生了这么多的事，推翻了帝制，迎来了共和，轰轰烈烈热火朝天呀……年轻人被革命煽动。国民党讲革命，共产党讲革命，但各自的"革命"含意不一样，因为主义不一样。这年代有很多的主义。年轻人都讲主义，都怀抱理想，为主义和理想而献身，这是当下的时尚。可这二十上下的年轻人却说不懂革命和主义。当然，不是不懂，是不关心。

首长离开的时候对闻勤勇说："闻勤勇同志，你和天让先生应该成为朋友。"

他似乎听出首长的话外之音，首长是想让他多与这年轻后生接近，做这个人的思想工作，争取让这个年轻人成为我们的同志。首长有没有那层意思不知道，但闻勤勇却是那么想的。他也觉得这个年轻人不一般，但对于政治不是太感兴趣。对政治不感兴趣，就对周边发生的一切不会有什么感觉。涂天让似乎只关注棉花，满脑子就是棉花，对身边的一切漠不关心。这好像和这片火热的土地和这些满怀革命理想和志向的年轻人格格不入。他确实有责任帮助这个年轻人，让他觉悟起来。让他感觉到他的种棉和其它地方的种棉是完全不一样的两回事。他种的是革命的棉花红色的棉花。

很快，闻勤勇和涂天让他们成了好朋友。也是那一回，闻勤勇邀请涂天让去船山。

涂天让想了想，觉得自己应该专心致志搞土壤研究，不能被一些事情分了心。尤其闻勤勇介绍的那个船山，又是墟集又是庙会，唱戏耍猴……什么新鲜名堂都有，是个好玩开心的去处。这种地方，更容易让人分心分神，好几天收不了心。

他说："不去不去，你没看我正忙了吗？"

闻勤勇说："再忙也得有个歇息的时候。"

涂天让说："我急，我闲不住。再说我心里藏不住问题，尤其是种棉方面的事……你想，这里能种稻种烟种麻种芋什么的，怎么的就种不了棉花？"

涂天让这么一说，闻勤勇就难得有话说了，他想了想，真不知道怎么完成首长交给的这一任务。他觉得这方面他有些欠缺，他想到潘普昭，他的"掌柜"这方面是把好手。但首长不会让潘普昭做这事，掌柜的要像个掌柜，无商不奸。潘普昭在自己的地盘上还不能暴露自己的身份，他的真实身份只有少数的几个人知道。

他脑子里纠结的都是土壤

有时候潘普昭会有板有眼地使唤"伙计"，他跟闻勤勇说，你帮我找几个人玩牌九。那些天正下雨，他们收山货，可雨让他们"滞留"在那地方。

有些无聊，潘掌柜要找人玩牌。

闻勤勇就把查恒有几个叫了来，他知道查恒有和潘耕晨打得一手好牌。

涂天让不打牌，闻勤勇想起首长交给的任务。他想，这机会好，多接触这个后生，他想，他跟这后生交朋友，言谈举止或许潜移默化。

他开始有事没事老往涂天让那里跑。

涂天让有次问闻勤勇："闻勤勇，我看你和你的掌柜老往我这跑，你们不是那么清闲的人吧？你们就是清闲，我也没时间跟你们耗的哟……"

闻勤勇无言以对。是呀，有事没事你老往人家这大屋子跑？有事没事你强拉了人家说话？

闻勤勇想，首长给他的任务看去简单，做政治工作，改造一个人的思想，这事闻勤勇向来拿手，他先前在红军新兵中做过。但你得有机会呀，你得跟他聊天，潜移默化呀。可好像在涂天让这却让他无从下手。

涂天让那些日子正亢奋了。现在仪器有了，科研室也建起来了。首长叫人在一个叫前田的村子不远处找了个破祠堂。把倒塌的墙修了修，漏雨的屋顶换上新瓦，用土砖垒了几座台子，又置办了些盆呀桶的，做试验嘛，总得要大小的器具。那些东西，也不必从老远的地方花那么大代价弄到苏区来，但必须有。那天首长来看他，请他去住处吃饭。涂天让跟首长说起这个事。何根旺说："我来我来，你画图，我依样画葫芦给你眼镜客做出来……那事简单。"何根旺是首长警卫队的队长。涂天让觉得这个队长口气太大，这种事你也能掺和进来？当然他没说，画了几张图，并没有真当一回事。

几天后，首长对涂天让说："天让同志，你要的科研室大家帮你弄好了，我们看看去。"

涂天让进了那屋子就怔住了，仪器已经放置到位，那些"器具"还真的出现在那地方，不过是竹木打制的。他不知道何根旺用了三天时间赶制出来的。加入队伍前，何根旺是个手艺人，有点才，木匠篾匠都拿手。就真找来斧头锯子什么的，都是就地取材用木头和竹子做的，虽说简陋点，但勉强能用。

后来，涂天让就把自己关在那幢祠堂里，心无旁骛研究那些土。他从各处取来土，有从山上取的，也有从田里取的，有水田里取的，也有从旱地里取的。有红土，也有黑土和黄土。他跟首长说，我需要各种土壤样本。首长就下达了相关的命令。命令下至苏区四面八方，远到边远的前线。士兵就觉得怪了，听说过各种任务，没听说要取一捧土的任务。但军令如山，理解要执行不理解也得执行。周边几百公里内取来土样，涂天让更是亢奋起来，埋头研究那些土。

但很快，他眉头就皱了。

他埋头近半月的研究得出的结论让他很失望，那些土壤不适合种棉花。也就是说，这方圆几百里没人种棉花原来是有道理的。

闻勤勇和他的掌柜又来了前田，他们十天半月的要来这一带走走。潘掌柜红的白的间走动很方便，他的身份有点特殊，似乎红白间都有默许。

他们给涂天让带了点好茶。他们知道涂天让不抽烟，更不沾烟土，只是爱喝几口茶。他们从城里弄了些好茶。进门时，看见那后生眉头不展。

"哎哎！眼镜客，你有什么心事吗？"闻勤勇跟涂天让说。

涂天让说："那儿有糖人儿吗？"

"什么？！"

"你说的那个叫船山的地方……"

"有哇，说了那是个好地方……"

"哦哦，带我去看看。"

闻勤勇没想到涂天让会主动提说这件事，说："好哇好哇！我带你去！……"但一想，那种地方能带涂天让去的吗？那是个复杂的地带，要是涂天让出了什么问题自己担当不起的。

其实涂天让正好想散散心，那些事情让他纠结。土壤种棉有问题，他的热情被浇了一盆冷水。他不知道怎么跟周先生说，首长满怀热望，这些人被官方描写成匪，他没看出他们和那些真正的匪徒有什么一样的。他们说话和气，对人尤其对穷人很好，他们说他们要推翻的是个旧的社会，要创建一个全新的中国。他们说起这些激情满怀，眼里闪着亮光，他们似乎坚信那一切一定能够实现。

涂天让对政治不感兴趣，但对他们说的做的，根本就没有一点反感。

那天潘耕晨说，眼镜客，你会成个地道的姓共的人。

他说此话怎么讲。

潘耕晨说，怎么你说话做事一言一行我看去和他们都一样的呢？

涂天让想了想，潘耕晨的话不无道理。以前从报上知道的这些人，青面獠牙，血盆大口，可到这地方一看，也多是朴素的农人和自己一样的读书人。尤其涂天让接触的多是首长身边的人，就觉得这些人确实和自己言谈举止没什么两样。

涂天让为这事想了很久，没想通。

但现在他不想了，他没办法想，他脑子里纠结的都是土壤。这土壤不适合种棉，那他就英雄无用武之地。

正纠结时，闻勤勇来了。他想，他不去想这些事了，去散散心去。

闻勤勇找了个借口，说："我还有点事先去下东韶……如果没什么重要的事，我明天带你去船山，行不行？"

涂天让说："我等你！"

闻勤勇没让涂天让他们等待，第二天就带他去了船山。

让你们去船山看看

涂天让提说要去船山，这事，让闻勤勇吓一跳。他跟潘普昭说，他们想去船山哩。潘普昭也拿不定主意。船山不是个一般的地方,涂天让是首长请来的专家,觉悟谈不上,顶多一个种棉的高手,没有革命觉悟。也是白的盯了的对象。南京CC派的人和南昌行营调查科的人粤军的特务山里各路土匪的线人形形色色林林总总什么样的人都有,船山是个鱼龙混杂的地方。涂天让不是一般的人,要有个三长两短谁负责?他想,这事有点荒唐,他琢磨了怎么推脱。不过,他得征求下首长的意见,尽管有点不大可能。

他没想到首长会同意。

首长说:"让他们走走看看。"

"可船山不是一般的地方,船山很特殊……"

首长说:"就是不一般嘛,才让他去看看,去感受。再说,他们这种人最讲的是信任,我们要给予他们最大的信任。他们自己也是最守信的人,已经和我们有约,你担心什么呢?"

闻勤勇放心了。

"明天正好逢墟,你跟我一起去!"他对涂天让说。

涂天让回了住处,他跟两位同行说了这事。

潘耕晨瞪大眼看了闻勤勇好一会儿说:"真的?!"

查恒有则不屑地瞄了涂天让一眼,"你编也编个靠谱的事儿我们听。"

涂天让有点委屈,他说:"不信你们问闻勤勇兄弟嘛。"

闻勤勇说:"首长给你们一天假,让你们去船山看看,散散心。"

第十五章

这地方到处都是谜

船山虽是墟日,但不喧嚣。贡江在上游地段,总是有大大小小咆哮,那是水从高处下泄,水底大小石头犬牙交错,过水时就会发出嚣响。水流到船山,地势就平缓许多,且江流一分为二,水面宽展,河床沙质,流水就温柔起来,到这地方就安静许多。两条支流像两条臂膀,绕搂了这个镇子,就让人感觉非同一般的了。到六月,那些树嫩叶新枝招展了,老叶也在泥中腐去零落成泥。有鸟雀和蝉的鸣唱,人的笑语和一切都被生机盎然的浓荫裹了包了,或者说融化在一片夏天的清新空气中了。

船山的一切对于涂天让三人来说当然新鲜,他们看见战争中的一块别样天地。这不像在上海或者别的什么内陆地区。那地方没有战争,那地方祥和平静。即使有争斗,也是暗流汹涌,看不到,也听不到,百姓更无碍无妨。而船山以外的两岸,枪声杀声常常不绝于耳。不管是章江贡江,还是两江合二而一的赣江,时常漂来战争的痕迹，浮殍常常有刀伤枪伤，有的则直接身着军装，哪一方的都有。当然，那些黑糊的烧焦的木头什么的更不用说。那些战争的痕迹，总晃荡了死亡的阴影。

但船山不一样，一河两桥，都来自两条分岔了的贡江。那两座桥却隔出两个别样的天地。三个人到船山就感觉到异样。首先，这地方的人穿衣服没有标识。在苏区，他们生活了几个月，最大的感觉是人有标识。红军穿军服，虽然颜色深浅不一，有灰色有浅蓝深蓝。开初三个人搞不清楚那是怎么回事，以为队伍不一样，番号不一样，所以军服颜色也不一样。后来搞明白了，不是那么回事，是因为那些土布是不同地方染的，工艺不一样。即使同一地方染也有不同时候染的，工艺也有区别。土布是按土办法用一种叫靛青的染料染的。靛青染出的颜色总称蓝色，但实际名堂较多。分老蓝、毛蓝、水蓝三大类，还有介于三大类之间的叫"天蓝""锦蓝"等等。染深染浅不以时间计，而以染布的次数论。老蓝复染十七八次，毛蓝十一二次，水蓝七八次。随天气冷暖的变化，染的次数亦不定死。红军被人围困，染料奇缺。有时候也因为赶工的原因，只染那么一次就完工。那种颜色，看上去就成灰色了。士兵有标识，苏区里平民也有标识。红军在平民中建立了许多组织，有赤卫队少先队妇救会助耕队……他们各自有自己的服装标识，没有的至少在手臂上挂个袖标。贡江以北虽然没那么多名堂，但军队也身着军装，蝼蚁样随处可见。

只有在船山，看不到双方军服，也看不到那些标识，只见人们穿了百姓通常穿的那些衣装。鞋子有布鞋草鞋，但没胶鞋皮鞋，更没有叫靴子的那种鞋。帽也都是草帽，没有布帽或者礼帽军帽……

更不一样的是那些脸，来来去去的人脸上皆挂了笑，是那种自然的笑。所谓喜笑颜开，怡然自得。涂天让三人起初并不知道来船山的人流里还有河对面的守军的人。他觉得是不是苏区首脑或者什么部门有规定不让穿军装出入这地方？但又觉得不可理解，既然是自己的地盘，为什么会出那种规定呢？

他们感到新鲜和兴趣的当然还有那些店，一些店在苏区是绝迹了的。比如窑子，比如赌馆烟馆，还有书馆报馆什么的。不是说书馆报馆苏区没有，是说在苏区的书馆报馆里没有那些书。

当然还有茶和雪茄。

他们被闻勤勇请进了一家茶馆。茶馆苏区也有，但茶的品种不如这地方多。

闻勤勇说："你们想喝什么？"

涂天让随口就说出"龙井"二字。他过去一直喝龙井，来这地方后，就没龙井喝了，今天有人问起想喝什么，他随口就说龙井。他以为这不可能，很快，有人就端上一杯龙井。

"呔呔！"他叫了起来，"真是龙井吗？"

茶馆掌柜脸上就不悦了，说："我自己端了你这位客官尝尝。"

涂天让喝了一口，说："不错，是龙井。"

茶馆掌柜说："别说杭州龙井，你就是要古巴雪茄，我这也能拿得出。"果然就拿了一根雪茄来。

涂天让说："我不抽烟的。"

掌柜就笑了："你看你这后生，我又没说拿给你抽。这东西值钱哩，我还舍不得别人抽，我自己抽的……"真就点了，一口一口眯了眼抽着。

不仅茶，还有雪茄咖啡，这就不一般了。

不一般的地方当然还有很多，这些地方吸引了查恒有的眼球，他有点坐立不安。

查恒有的脖子老往东面的那幢房子张望。那边一幢房子，门面张灯结彩，重要的当然还不是灯呀彩的，是女人。有个女人捏了一方绢帕花枝招展地站在门边，一脸的春风拂面。

他小声跟掌柜说："不是禁嫖禁赌了吗？"

掌柜说："那是在他们的地盘上禁。"

查恒有说："这里不是他们的地盘？"

"当然不是！"

"不是他们的地盘怎么他们带我们来这地方？在这地方来去自由？"

"谁知道呢？也许大家都需要这么个地方，两强相拼，总得有个缓冲的地带吧？也许就是这么个道理。"

"哦哦……也许，也许……"

从那可以看到南岸的情形。那些白军哨兵背了枪靠在河岸的大树上抽烟。一河之隔，近在咫尺，甚至能看清对方指尖捏了的烟头明明灭灭，忽而就一弥烟腾起，把那张脸弄得模糊起来。潘耕晨那会儿眯了眼专注望着对岸那几个兵。

他揉了一下眼又揉了一下。

查恒有说："那是几个哨兵。"

"我知道是哨兵。"

"我以为你抹几下眼能把那几个哨兵给抹成女人哟。"

"我看着像我家外甥哟！"

查恒有眼就大了，"什么？！"

"我说看着那个兵像我外甥。"

"你看你说的，这可能吗？"

"我也觉得不可能。"

"你家亲戚远在河南，看成女人可能，看成你家外甥怎么可能？"

"你看你三句不离女人……"

那妓馆门边的妖娆女人，确实让查恒有心猿意马起来。他已经几个月没碰女人，心上一只猫爪抓挠。

查恒有说："我出去会儿，我肚子痛了，我找个厕……"

闻勤勇说："你去你去，快去快回。"

但半天不见查恒有影儿。

涂天让有些急了，"说人呢人呢？这渣子跑哪去了？"

潘耕晨只诡诡地笑，不说话。

说闻勤勇，"我们去喝两口。"把人带到江边的一家馆子里，那家馆子沿江有个吊脚楼，几个人就坐在那观景喝酒。天让心情好酒兴高，大口吃菜，大口喝酒，笑逐颜开，话多得像脚下的江水。潘耕晨则心事重重样儿，眼睛不住往桥那边睃望。他觉得刚刚那一瞥不是幻觉，那片刻他真是看见了那熟悉的身影的。可外甥崔工胜怎么可能出现在这地方？

你个耕晨喔你想家了？他在心里问自己。可他知道自己没那么的呀？家里就他一个人，蝗灾后，那地方一两年不会有起色，有什么想头？这地方不错，虽然种不成棉花，但不能怪我们三个，合同里写得很明白：由天灾及自然条件所限，棉花减产及绝收，乙方无责任。待遇照旧。这就意味了即使不出工做活，工钱照拿，吃喝照旧，还成天游山玩水，这么个好事，我为什么走？我想通了，匪窟就匪窟，我倒要看看这么的一帮人怎么为匪了？他们把富豪打了，他们把祠堂毁了，乱了纲乱了规矩次序……想想，却也是做出了乱纲常的事，说匪也不为过。但匪之所为，应该是万众唾弃，口水也会淹死你，可偏偏我在这看到的却恰恰相反，那么多人真心拥护，就是舍命也要加入其间，也没见抓丁也没见强制，那么多人入了他们的队伍。多是真心实意，有的甚至死心塌地。真是匪？是匪也就只是乌合之众的呀，可那些人中读书人多了，有的不是一般的读书人了，如他们叫首长的那位，竟然在法兰西喝过洋墨水。据说像他这样喝过洋墨水的人，在这支队伍里还有很多。

这就难以理解了。眼镜客说这是个谜，我想不仅只是个谜，是天大的一个谜。眼镜客说他喜欢解谜，为什么种不了棉花是个谜，他说这群人也是个谜。眼镜客说他一定要解开这两个谜。要解开第一个谜应该容易，但要解开后一个谜我看难。渣子没有走最终留了下来，我想他也是想知道那一切。我何尝不是？也想知道这个谜。这地方到处都是谜。

可那身影确实很像的哟。

鬼迷心窍的吧？潘耕晨想。

笑声惊飞了丛林里的鸟

查恒有蜷在临江那座老戏台的角落里，那个男人一副醉眼迷离的样样，嘴里呢喃了哼了小曲。

他狠狠地挨了一脚，跳了起来，捂着屁股疼处，哎哟哎哟地叫！

他看见闻勤勇几个站在他面前。

"耕晨……你……你踢我？！"

潘耕晨说："你在这地方逍遥，我们找你走得脚骨发痛……"

查恒有眼睛看到涂天让手里的那只纸包了，他抢了过去。那是包灯芯糕，查恒有撕开纸，抓了一把，胡乱地塞进了嘴里，说："我肚子正叫了哩……眼镜客你帮我买的吧，你怎么知道我爱吃这个？"

涂天让摇了摇头，无语地笑笑。

闻勤勇说："天不早了，回吧。"

路边拥过来蛙鸣虫噪，暮色水一样掩过来，月缺了一坨，光影隐约，绿成了黑糊一片，路若隐若现，是隐约的一道白白光影。四个人一脚高一脚低地往回走。只有查恒有嘴里还不时跳出细碎的什么。

"渣子，你一嘴的渣子吧？"

"什么？！"

"我说你哼哼个什么？"

"我没哼……"

闻勤勇说："渣子大哥哟，你确实哼哼了，你哼的是小调……"

潘耕晨笑了："原来这样呀？你在那边泡了一整天，心还被那片绢帕拴了呀？"

涂天让说："被什么拴了？"

几个男人都笑了起来，笑得查恒有直说："哪呢哪呢，就是绳子也拴不住我的。"

涂天让说:"渣子哥你就会搞独立行动,我们下馆子找不到你人,吊脚楼上喝酒观景,神仙一样哟……你半天不见影儿,误了好酒好风景。"

潘耕晨说:"眼镜客,你个学生伢懂个什么?人家风景更好酒还是花的。"

"花?!"

"花酒!"

涂天让还是不懂他们说个什么,还以为是什么花酿的酒,是杞子花?蔷薇还是茉莉?花是有香气的,入酒酒也会有香气吗?

"我也喝过不少酒,但有花香的酒我还从没喝过。这种酒有特色,一定很不错的吧?"

"你在家时,你涂家老爷肯定喝过的呀。"

"是吧?!"涂天让很认真地回应。

黑暗中,那三个男人就都哈哈地大笑了起来,甚至有人捂了肚子蹲在路边笑,笑声惊飞了丛林里的鸟。

涂天让依然一副严肃神情,说:"你们笑个什么呢?我说错什么了吗?"

潘耕晨说:"没哩,渣子他喝花酒,身上还沾了花香。"

涂天让真就凑近了渣子吸了吸鼻子,说:"是有一种脂粉香哟。"

三个男人又是一场笑。

潘耕晨说:"笑死我了笑死我了,馆子里吃的那点东西全都笑掉了。"

查恒有说:"哎呀哎呀!天让你少说几句不行吗?让大家早点回镇子……你这么让我脚都笑软了,我怎么走路?"

最后还是闻勤勇收了场,他说:"天让,你别信他们的,你做你的事,他们两个现在没事干,尽往歪歪地方想。"

涂天让还没想出花酒是个什么,他真没听说过这个词。闻勤勇准备了些松明,还有个特制的小铁笼儿,潘普昭把松明塞入小笼里,点着了。那成了火把,他晃荡了一番,火势大起来。乡民走夜路时常用那照明。潘普昭在手里晃着那燃着的松明火,火光渐大,两丈之内都能看清了。远处传来一声狼嗥,引来几声狼的回应。然后是林子里的猫头鹰的怪异恐怖叫声。刚来时,涂天让很怕天黑,天黑那些叫声此起彼伏。他不怕狼叫,狼都在很远的地方狼嗥,但猫头鹰的叫却近在咫尺。叫声不是进入你的耳朵,是直接从每个毛孔里渗入你的肌肤在你的身体里。初来乍到的那些夜晚,涂天让总是睡不好,原先人家给了每人一间屋,他硬是说从来都是几个人挤一屋睡的,没一个人睡过,一个人他睡不着。就请潘耕晨和他一屋住,然后渣子说你们住一屋背了我做好事呀,我也一起住。

就给了个大屋子他们,三人住一屋。

走到镇子上,他们的醉意也烟消云散。潘耕晨和查恒有倒头就睡了,涂天让说他看会书,就在扑闪了的煤油灯下看起书来。他想,玩了一天,他得把时间夺回来。

但他看不下去,不是因为猫头鹰的叫,也不是因为潘耕晨的磨牙。潘耕晨自小就有磨牙的毛病,开始时涂天让受不了,说你搬出去住吧!潘耕晨说,是你叫我来的,现在又让我出去,你说个道理。涂天让说,你晚上让人不得安生。潘耕晨说,我怎么让你不得安生了嘛！？涂天让说，你晚上牙齿不老实。潘耕晨说，我晚上牙齿怎么不老实了嘛？涂天让说，你磨牙！潘耕晨不恼不怒，哦哦，磨牙，你拿出证据来。涂天让说，这渣子也听到的。但查恒有说，我睡着了，我没听到。涂天让知道两个人联手坑他。他没办法了，只好忍了，但忍了几天，没事了，天天潘耕晨磨牙，听听就习惯了。所以，磨牙不是个事。

今天是因为查恒有哼哼。哼哼你就哼哼呀，可哼出了调调，还轻重缓急高低错落并且断断续续，这么着就让人无法忍受的了。

纸包不住火

他把潘耕晨踢醒了，潘耕晨揉了迷糊着的一对眼睛说："好好的你踢桌脚？！"

涂天让没说什么，那时候查恒有又哼哼了几句。潘耕晨一下子就明白了，笑了一下，"这些天他都会这个样子的哟，我看你得出去住些日子。"

涂天让当晚就出了大屋子。

第二天查恒有对涂天让说："你看眼镜客小兄弟，你怎么出去了呢？"

"你晚上老是哼哼……"

"哦哦……"他把头转向潘耕晨，"耕晨，你说说，我哼了吗？"

潘耕晨说："你哼了呀，还是那十八摸……你哼那调调哩，你花酒喝多了……"

查恒有有些吃惊，凡碰到这事，潘耕晨总是站在他一边，他们捉弄这个有点书呆味道的眼镜客。可今天潘耕晨却站到涂天让一边。

涂天让没再理会那两个男人的对话，这些天，他苦心研究，多少有了些眉目，初步得出个结论。但他一直没有跟人说，他担心那个白脸子首长听了会失望，请人千里迢迢来这种棉花，可弄半天却是这么个结论。可他想，纸包不住火，迟早有一天人家会知道的。

没等太久，首长那天直接问涂天让："你是不是不想跟我说结果？"

"什么？！"

"你研究后的结论呀？"

"哦哦……等等吧，再等几天。"

首长笑笑："我看没那么复杂的吧？我看你不相信科学？"

涂天让有些尴尬了，他知道纸包不住火。他也确不相信那个事实，他把那几个实验做了一遍又一遍。

"再等几天……"

第十六章

他心无旁骛读报纸

师部有很多报纸,有从南京来的也有广东上海和省城南昌来的,甚至有从香港来的,五花八门。有军方派定的,也有洪长官指定要订的。反正洪长官的师部不缺报纸和书,这两样,让洪天禹的师部与别处格外不一样。

每隔几天,就有人从船上捎来大堆的报纸。那个邮差不是由驿站送信送邮件,是由船捎了来。船也并不必停靠码头。报纸里包上一块卵石,一扎扎地往岩上抛。那哨卡的沿岸,都七零八落的遗有"报纸"。

那一天只要不下雨,崔工利总会出现在那条岸堤上。他捡报纸,这是他分内的事。

他把那些报捡了,就会坐在那块大石头上把报纸一张张铺平,把皱巴巴的地方弄平整。那弄出一大叠的报纸被风吹得欢欢地跳。他会抓一张报在手,拣几块卵石把那叠报纸四角压了,然后,悠然自得地坐在那棵香樟树下看报纸。他并不急了回镇上。

我为什么要急了回呢？他想。

这里很好，非常好。我多呆会儿。他想。

那地方离哨所不远，他摆了姿势给那些士兵看。他当然是故意那么，他觉得自己很吸引人，他觉得那么弄一下脸上光亮亮的神采奕奕。

有时候，真会有三两个哨兵会走过来跟他说话。他们都认得这个小兵，不要说做师长的"书童"早就在师里成了名人，就是作为崔工胜的弟弟，这些士兵对崔工利也格外熟悉。他们知道他心里的小九九。

他们很爱跟他开玩笑，有人说："看喽看喽，船上那漂亮妹子在睃你哩……"

崔工利不往河里看，他心无旁骛读报纸。

他们说："今天船山墟集哩，一会儿跟我们去那地方？"

崔工利说："我不去！"

他们会掏出烟杆，在那抽烟，也摆出一副悠然自得的样子说起船山的新鲜事，他们也故意那么说，让那些话语钻进那个少年的耳朵。他们说那些铺子，铺子里琳琅满目的货；他们说起那些作坊，说那些手艺人了得；他们说那些窑子，说得若隐若现欲说还休；他们说听戏，说那些角儿那些唱词还有那种气氛……

崔工利终于抬起头了，他听到他们说戏。他在老家里就爱听戏看戏，那大小的戏班子走村串镇，崔工利从无遗漏，不管风呀雨呀霜呀雪的，他会缠了他哥带他去看戏。其实也不是缠。崔工胜也是个戏迷。他也那么痴戏，逢戏必看。但他不喜欢他弟看戏时嚷嚷，所以，常常抛了那条尾巴。他弟精了，他弟总能制服崔工胜的摆脱。对戏的爱好是自幼开始的。他记得娘在世时爱抱了他去看戏，他们那地方唱的是豫剧，崔工利在娘怀里时看不懂剧情也听不懂唱词，但那曲调却种子样在他心里生根发芽，有很长一段日子就是睡梦里他也听到那些曲调流星雨一样在他脑子里蹿飞。

崔工利坐在那，跷了个二郎腿，把报纸翻得哗啦哗啦的响。他故意那么。士兵跟他说话，他爱理不理那么。他看报纸，嘴里呢喃了，时不时跳出个"啊""呀"什么的，眉动眼眨。

士兵大多不识字，那叠报纸对他们来说就是废纸，和脚边的落叶差不多。

士兵看崔工利惊惊诧诧那么，心上难免起了好奇。

问："报上说什么呢？"

他说："要交火了！还有……还有……"

"噢！？"

"你看你们噢？！这有什么好噢的？"

有人甚至唉了一声。

"你看你叹气？！叹个什么鬼气嘛……"

还是一声长长叹息。

崔工利得意了，他说："想知道吗？"

士兵说："当然当然！……你个工利短命的哟，你跟你大哥们卖关子呀！"

他们那么说，心里却觉得自己很那个，这个娃，一起入的队伍，才多长时间呀，崔工利竟然跟家里财主少爷样能识文断字了。他们这时候不能跟崔工利较劲，一较劲他蹿起就一走了之，身都不回,那他们就不知道报上那些事情了。他们每回都让崔工利读报,报上有世界各地的消息,什么新闻都有。他们很爱听,他们听出了瘾。所以,一有机会就来缠了崔工利。

他们显得很那个。说:"工利工利,你读来听听?"

有人就掏出一块两块点心或者糖果给他,说:"报上说个什么呢?"

"还有什么?"

"蒋委员长到南昌了。"崔工利说。

"到南昌到南昌呀……蒋委员长是什么人,皇上呀,皇上来来去去都坐飞机,他到哪不是一句话的事?"有人说。

"报上说蒋委员长到南昌不是说开火的事,是成立了个新生活运动促进会,他要搞个运动……"

"那不打仗了?要搞新生活了?"有人问。

崔工利白了那人一眼,"要么你来读?"

那人不吭声了,脸上挤一丝笑又挤一丝笑,他不敢再多嘴,没人敢再多嘴,他们担心崔工利卷了报纸拍拍屁股走人。已经发生过好几次那种情形,一句话对不上崔工利脾气,他就发飙走人。当然,他哥崔工胜在他不敢那么,不知道为什么,他哥崔工胜在他从不读报,早早的卷了报纸找个借口回师部了。

"蒋委员长来南昌建行营,不打仗建行营做什么?"

没人回答,周边很安静。崔工利抬头看大家一眼,没人说话他又觉得很那个了,他拿眼睛横人家。"没听到我说什么吗?"他说。

有人点了头,轻轻的那么。

"哑了呀哑了呀?!"他朝那些男人大声大气说。

"蒋委员长来南昌建行营,不打仗建行营做什么?……我读这段你们没听到?……"

"听到了……那是那是……不打仗建行营做什么?"有人小声附和。

崔工利翻着报纸,他抖动了一下那张报,报纸发出"哗啦"的响声,显然,报上有什么吸引了他。

"日本人进军承德,热河省政府主席汤玉麟不战而逃,热河失守……"

"他娘的!"

崔工利说:"你骂我?!"

那人说:"你看你,怎么会骂你?我骂日本人。"

"狗日的日本人!"大家就都骂了起来。

后来,他们想起些什么,他们有些愤怒,有些沮丧,也有些莫名的忧伤。崔工利把报纸卷了起来,"洪长官等了我的报纸哩,我得走了。"

然后,他们又等了十天半月,虽然五天来一次报,崔工利也到这取一次报,但不是每一次他都会读报。

今天不是一块两块点心糖果了,有人备了一大捧炒栗子,板栗很香。他闻到那股清香了,那人从提箩里拈出几颗,朝崔工利扔了过去。崔工利接了剥一颗放嘴里又剥一颗放嘴里,连嚼了三颗。但那个男人手不动了,崔工利心领神会,他得读报了,不读那板栗没他份了。

他咳了几下,算是清清嗓子,开始读报。

"七月十日招商局'图南'轮在山东成山附近被日本轮船'长春

丸'撞沉……"

有人喉咙里哼哼了，像有痰欲吐不吐那么。

崔工利说："得志哥，你有话就说。"

胡得志说："哦哦……日本人叫船怎么都叫丸呢？"

崔工利知道有人可能会问这问题，同样的问题他不久前问过潘普昭，当然回答得出，他就等了人问这句。

"曾经有个日本武士叫丰臣秀吉，据说他曾经造了条巨大的船，取名为'日本丸'，有人问他，为什么叫'日本丸'呢？他说日本国土在海上本身就是一条巨船，后来，在日本，有人造船便模仿跟样，也在船舶名称后加个'丸'字……"

"哦哦！"几个士兵大了眼睛哦着，显然崔工利的解释让他们很意外。

"还有另一种说法哩。"

"你说你说……"

"另一种说法来自我们中国……"

"跟中国扯上干系？！"

"你听就是……你看你又啰唆……"崔工利喝道。那些男人实在摸不透这个少年所想，这种时候，你不说一句两句他也拿眼睛横人，你说了他又说你嘴舌多。这种时候由他说了算。

"黄帝不是皇帝喔，听清了喔！……黄帝是我们中国传说中的帝王，他在位时有一位叫自童丸的从天上下凡到人间教人造船，人们为了纪念他，就用'丸'字来命名船舶。"

有人又咳起来

"根了哥哎……你又想说话了……"崔工利说。

肖根了点了点头。

"你说你说……"崔工利很权威地跟肖根了说。

肖根了说:"那为什么中国不叫丸日本叫了呢?"

崔工利一时也答不上来,是呀,为什么中国不叫船为丸日本人叫呢?他那时没问潘普昭,潘普昭也没跟他说。但他不能这事上卡了,他甚至没支吾,很快就接上话了。

"有一天,造船的那些师傅正造一条船哩,来了大风,把一船人都吹到一个岛子上去了,后来就有了日本。"

"哦哦!"大家哦着,没听出什么破绽。

一群士兵围了在那听人读报纸

杨怀亮又四处蹿走了。这个算命先生有点怪,常常是好些日子不见人影,但过些日子就看见他在船山周边晃来晃去。今天他就出现在船山的街子上,街子都是用硕大鹅卵石铺就,有人问:"三僚四公哎,你生意怎么样呀?"

杨怀亮就笑了说:"你说呢你说呢?"

"那还用说?现在生意好的是两类人……"

杨怀亮似乎来兴致了,也在那棵老樟树阴影地方坐了下来,那些男人,坐在老樟树的虬根上抽着烟。

"你说说你说说……"杨怀亮点了一根烟,很认真地看着那个男人说。

那男人也笑着:"你看你三僚四公哟,你个能掐会算的高手,要我说?"

"我就是想听听你屎坨坨的说说。"

那个外号屎坨坨的长吸一口烟,说:"一是你们相面算命的,二就是做棺材的呀……"

杨怀亮说:"是呀是呀,兵荒马乱呀。"

那些男人就说:"三僚四公吔,你就不能认真掐算下,看这混沌世道何时能明了的呀。"

杨怀亮说:"要是我家先祖杨救贫再生,也许能掐算出点眉目,你说这些,三僚整个村子的相师都来掐算,怕也说不准个子丑寅卯。"

那几个男人说:"也有你们三僚掐算不了的事情了吧。"

杨怀亮说:"是呀,这世道,谁也说不清的。"

说不清当然不说,杨怀亮继续往前走,走过浮桥,就看见那边堤上围了一圈人。他走了过去,看见那个书童在给几个士兵读报。

"……国民政府公布《兵役法》,计十二条。此法规定,兵役分为国民兵役和常备兵役两种。常备兵役仍为募兵制,由年满二十至二十五岁男子,志愿应募者充任。在地方自治完成后政行征兵制。国民兵役为十八岁至四十五岁的男子。平时受规定之军事教育,战时依国民政府命令服役……"

这么一个秋天的清晨,一群士兵围了在那听人读报纸,这有点意思。

"服兵役天经地义,这报上也说?没意思没意思……"有人说。

崔工利说:"只是这时候,意义不一样。"

"有什么不一样了?!"

"我也说不清楚……"

就那时杨怀亮晃荡到了那地方,他看见大清早的几个人围坐在那,有点好奇,就走了过去。大家都认识他,说:"三僚四公早上好!"

"你们大早的做什么呢?"

有人说:"工利读报哟!"

杨怀亮坐了过来:"好,我也听听!"

崔工利读得津津有味,他嗓音清脆,"……七月二十五日,法国政府正式宣布,南中国海的九个岛礁已划入法国版图……今年四月,法国多艘军舰先后进入南沙群岛海域,并于数日内陆续占领其中的南威岛、太平岛等九个岛礁……"

"日本人没走,法国人又来了。"有人说。

"还会有人来……"杨怀亮说。

"你看你这么说?"

"我看三僚四公说的有道理……"

"三僚四公你掐算的吗?"

杨怀亮笑了,"这还要掐算的吗?明眼人谁都看得明白的。"

"你说说你说说……"

杨怀亮说:"人家看了你的地想占了,你和儿子老爹还有你家婆娘却不一条心,自家人为了家里那点利益好处争来夺去,外人当然乘虚而入。"

大家不说话了,沉默了好一会儿。崔工利说:"我得走了,洪长官等我报纸哩。"

这一天，崔工利终于读出兴奋，整个早晨，他的脸眉开眼笑就像那轮秋日。

洪天禹去临川开会，崔工利没跟了去。他以为洪天禹当天能回，却没有。凌晨时分，听得长官屋里有响动，心想，长官半夜归屋了？翻身起床，去洪长官屋边探动静，却是一只猫。赶了猫，关好门窗，却是再睡不着。

想到是取报纸的日子。我取报去，他想。

天未亮不亮时分，就飘起，往江边去，到江堤正好山窝里日头要拱出一线边缘。他站在雾岚里，看着那些小舟梭一样在江里顺流而下。一些是渔舟，在河流弯道处漂悠。河湾处有旋流，天长地久就旋出处深潭。深潭中藏有各种各样鱼。清晨，鱼也爱起早觅食。渔人清晨往潭里撒网，每有收获，鱼不在多，在于新鲜，总能卖出好价钱。

有一条扁舟却不载客不载货，是专门送报送信。自古有驿车驿马，但很少听见人说驿舟。枯水时节，入秋时分，雨水少了，大船走不了，但报纸和信依然要定时送，驿舟就应运而生。其实可以有驿车甚至驿马的，但似乎船山一带贡江两岸书信报纸一直是由商船运送，所以驿舟随流而走，轻便快捷。信是送往驿站，洪长官的报纸依然那么往岸堤甩抛。

洪长官不读报，但要的却是某种张扬，三五天来一次，起初士兵不大理解为什么要这么，邮差有义务直接把报送到镇上，但洪天禹说你丢岸堤上就是。洪天禹的理由很简单，邮差一周送一回，等读到报也没个意思了。

起初村人也不知道那些纸捆是什么，人说是报纸。有人就捡了一扎，那是个放牛的老倌。老倌觉得纸好，裁成巴掌大小小纸片。

人说："薄老倌，你裁了做票子么，这票子能买栋楼的吧？"

姓薄的老倌说："我卷烟哩，我也抽个纸烟哟。"

在乡人看来，抽纸烟是体面人上等人，是那些富人官家抽的，乡下人只有抽烟丝。有人就想也用纸卷一根两根的试试，其实并没有烟斗用起来方便，也有股纸味和油墨的杂味。但薄老倌一类人，要的是那架势做派。

崔工利取了报，天还早，士兵们在堤上操练，横成一排，先是喊了口令小跑，还有哨子声音。堤岸边林里的鸟已经适应了那些噪声，在枝叶间蹿跳鸣叫，相安无事。

但士兵听到了一串的笑声。

看去，是崔工利哩。

这么早崔工利竟然出现在堤岸那块石头上，手捧了报，笑出了哈哈哈的一串声音。士兵们的操练就进行不下去了，探头探脑地往那边睃望。执勤官就说："看什么看的呀！"也往那边看，看见崔工利读报，就知道操练要黄弄不下去，说了声："立正，稍息……解散！"

士兵围住了崔工利，他甚至没抬头看他们一眼，聚精会神的样样。

士兵嚷嚷了："哎哎！工利哟……你看你来这么早，没备糖果糕点的嘛，这么早，集还没开张哟……"

崔工利抬起了头，"谁讨要糖果糕点了？！"

"没有没有！……根了你胡说哩！"

肖根了说:"是喔是喔!我胡说!……我是想知道报上有什么好消息嘛……你看你工利那么笑?"

"是有好消息……这里有好消息……我说我怎么鸡还没叫就醒了……"

"读来听听读来听听……"

崔工利清嗓子了,崔工利很响地读了:"二十三日,蒋委员长上庐山了……"

"天气热,蒋委员长上庐山避暑。"

"何止避暑嘛……"

"那干什么?"

"部署呀……"

"你看你个娃……说话咬文嚼字的……"

崔工利咳了几下,又捧了报读着:"……蒋委员长携各军事将领云集庐山,商议围剿赣闽之境红军之策……"他抬起头,一脸的欢天喜地,他灿灿地那么笑。

肖根了说:"你看你笑?!"

"有仗打了呀,要交火了呀!"

"要交火你看你乐成这样?"有人愤愤地说。

崔工利看那些脸,那些脸阴沉了。他想,养兵千日呀,养你们干什么的?就是打仗上前线的嘛。但他没说,他觉得有些扫兴,站了起来拍着屁股。以往,士兵们会求他多呆一会儿,今天却没有。

他想,他们怕死哩,一说打仗就沉了脸。

他没再看那些士兵,他拍拍屁股走了。

要打仗了喔

他知道他们熬不住。他看着士兵们往这边走来,三三两两。他还看见有人捂了口袋,他知道那鼓囊着的是什么。

"哎嘿哎嘿!"肖根了朝他打招呼。

崔工利悄悄瞄过一眼,不再往那边看。他听到肖根了朝他哎嘿,却不回应,他装作没听到。

他听到士兵们很响地踏着步子,他就很响地抖了手里的报纸。

"哗啦啦……哗啦啦……"

他看到几个人影儿叠了在他的脚边。

"八月二十五日,北平时间下午三点五十分……"

他读了这么一段,偏就不吭声了。他有意那么,身边很静,一只鸟在远处鸣啾,听得到江水流淌的声音。

他感觉那些眼睛一脸疑惑地看着他,他感觉他们在急切地吸气呼气。他不看他们,他聚精会神看报。

有人咳了一声。那包点心放在了崔工利的脚边。

崔工利也咳了一声,他接了念。

"四川茂县、松潘、理番发生强烈地震……"

"呀!"有人呀出声。

崔工利又沉默了,他听到那些人在骂那个呀出声的人。

他又咳了一声,身边顿时静了下来。

"较大余震持续五日之久,波及四川全省,远至陕西西安,云南昭通、彝良均有震感……地处震中的茂县叠溪镇及附近二十余村庄纵横三十里，南北十余里全部沉沦，残余八千人，崩塌的山岩使岷江壅塞，水势倒流，形成几千大小湖泊。松潘房屋倒塌三成，伤亡逾六千人……次月，又叠溪壅塞之水奔腾而下，洪水声震十数里外，所到之处，尽成泽国，灾区广达两千余里，总计淹溺人数在两万以上，冲没良田逾五万亩……"

他一直把报上那段文字念完，听的人才长出了一口气。他憋着气，他们大气不敢出。

有时崔工利却想听士兵们说点什么。

那天，他念报："黄河由鲁西决口改入故道，流入丰县境内的大沙河……"他停下来，左右地环望了一圈，"怎么你们也不问个什么？！"

有人小声地问："哦？！这报上也有说？"

"当然！"

"丰县离我们家不远哩，看看咱们家怎么样了？"

"没事。"

"没事就好……"

"呀呀！东北三省闹鼠疫了！"崔工利那么呀呀了。

众人眼又瞪大一圈儿。

"吉林农安、辽宁开通辽远一带鼠疫流行。到本日止，农安已蔓延二十三个村镇死二百余人……"

"本日是哪日？！"有人嚷嚷。

崔工利翻报纸，弄出哗啦的响，在蝌蚪一样的字里找到了那个日子，说："九月十八呀！"

"九一八？！"

"国耻日呀!"有人叫起来。

"呀,都两年了,日本人还在那边闹腾……这是日本小鬼子带来的灾祸吧?"

"那是!一定是!"

"接了念接了念!"

"农安已蔓延二十三个村镇死二百余人,通辽死亡九十余人……十九日,日满伪政府成立防疫委员会,指定农安、开通、辽远等为疫区,断绝十三县与长春间一切交通。二十二日,哈尔滨亦决定检查行旅,限制交通。二十五日,鼠疫蔓延至洮南……"

"呀呀!"

"报应哟!"

"谁遭报应?"

"日本人呀?!"

"鬼哟,死的都是中国百姓……"

"那不是满洲国吗?"

"满洲国不都是汉人满人吗?都是中国人呀……"

"也是哈……"有人说。

"读别的读别的……"有人嚷嚷。

崔工利又咳了几下,这回不是装腔作势,这回是真的嗓子眼那痒痒的。

"……上海虹桥机场举行各界捐献飞机命名仪式……"

"哦有人捐飞机?!"

"打日本呀!……"

"那是,日本人欠揍该打……工利,你念你念……"

崔工利继续念:"……参观民众达十万人。五架飞机分别按其资金来源命名。'沪商号'为上海市商会动员商界同仁捐款;'沪工号'为上海总工会发动工人捐款;'沪校号'为上海市教育界捐款;沪童军号为中国童子军上海理事会动员童子军劝募而得;'宁波号'为宁波旅沪同乡会所募集捐献……"

"五架飞机呀,了不得……昨天飞来的那架不知道是不是那里面的?"有人说。

他们想起昨天的事,昨天天上来了一架飞机,在天上盘旋了好一会儿。

有人突然想起什么,说:"哎哎……工利哎……有没有那边的消息?"

"哪边?!"

那人指了指河对面。

"匪区呀……"崔工利说,他没抬头,在那几张报纸上翻找。

"还真的有喔!"崔工利说。

"哦哦!说什么呢?"

"共匪在其匪区宁都成立少共国际师……"

"少共国际师?!"

崔工利说:"谁知道呢?……谁知道他们又玩什么名堂?"

"我看不一般……"

"什么不一般?"

崔工利看了那人一眼,"和平常不一样呀……要打仗了喔……"

"哦?!"

"你没看飞机天上来来去去的?那边也招兵买马……这些天洪长官也老往临川去……"

吕大每没觉得那是个事

崔工利给那些士兵读报,添油加醋,他似乎这方面很有才能,他把那些事渲染得神乎其神。他读了会儿抬起头看那些面孔一下,那些脸,齐齐地凑到他的跟前。听到精彩处,有人会情不自禁啧啧几声。也有不识趣的,忍不住问这问那。崔工利都不作答,问得多了,他会皱了眉头一脸的不耐烦神情说:"哎哎,你问个什么?有话等我念完了问不行?!"有时会说:"这也问这也问?你看你……"有时也会回答人家几句。说什么话,全看他心情。

但他有时也笑笑的回答每个大哥的话,拒绝人家的点心糖果。

那时候,士兵们就会知道崔工利一定会说那句话:"什么时候带我去看戏呀,你们都答应多少回了。"

士兵们说:"好的,一定!"

崔工利说:"你们又答应了一回,一共三十二回了哈!"

最后带他上那地方的还是吕大每。不是那些大哥不带崔工利去船山,是他哥崔工胜不让他去。

崔工利不仅在河堤上读报纸,更多的时候是在祠堂里读。读了读了,他就忍不住跟吕大每来上几句,吕大每除了去船山等地采办,为队伍上的吃穿奔走外,也有闲的时候。比如去了南昌赣州抚州什么大地方,十天半月的才回来。洪天禹就会让他歇几天。

那时候,崔工利就会围了吕大每缠了吕大每。一是他和吕大每本来就亲，他把他当家里亲人；二是他想从吕大每嘴里印证些事情。

吕大每有时答不上来，就会说，你问洪长官和潘普昭去，他们知道得多哟。

崔工利说："他们忙你又不是不知道，几天不见他们的影了。"

吕大每说："你没见我忙吗？我要去船山了哟。"

崔工利就提出要跟了去，

吕大每说："你哥不让你去嘛。"

崔工利说："是不让，你真有心带我去的话，他就让。"

吕大每确实跟崔工胜关系非同一般，当初崔工胜要入队伍吃粮拿饷，牵挂了他弟崔工利，想要他弟跟了来队伍，是吕大每在洪天禹面前说的好话，才得以有今天。所以，崔工胜听吕大每的。当然，先前崔工利也央求过吕大每带他去船山，吕大每没觉得那是个事，加上洪长官的意图他不明了，就一直没松口。这些天，洪长官去了临川，吕大每能放肆些了。他想了想，真就去找了崔工胜。

"你看工利他没去过船山哩……"他跟崔工胜说。

崔工胜那天正玩牌九，手气不好输了钱，正想着扳本的事，心思没在别处，吕大每的话成了耳边风，他说："要去船山去船山吧，我们一会儿也去的。"

第十七章

有一天盐要比金子贵

洪天禹这些日子觉得自己特别走财运,潘普昭跟他说,那边的砂急了出手,货不仅多,货还好还便宜。

洪天禹说:"那趁了好机会多进些银钱嘛。"

潘普昭说:"只是那边要以砂换砂。"

洪天禹当然知道潘普昭说的砂是什么,那边的是钨砂,这边的砂指的是盐砂,就是指盐。他也知道这事有些麻烦,眉就皱了。近来上头对盐格外盯得紧了。这也不奇怪,上头也不是傻子。封锁已经持续了两年多,按说那边不产盐。没有盐,情况严重。不吃盐,人没力气不说,长久没盐进口,人生百病活不长久。土法造的硝盐涩不好吃不说,吃多了也伤身害命。就是你活了,也是蔫蔫的病苗一株,能生龙活虎?但好像两年来,那边没什么大动静。交火时对方士兵就是。那么多的百姓也不见异常,也是生龙活虎的样样。这就怪了,衣食不说,那可以自己种自己造,勉强了凑合说得过去。

军火枪支弹药什么的也能理解。这边不出击，那他们消耗不了弹药；一交火嘛，多是红的胜多败少，一胜，他们就有了补给。还有药都说得过去，你封得了洋药西药，但山里有草药有中医中药。

可盐这东西你怎么也说不过去的吧。地里能种出来？你打仗还带了盐？当然不会。可那么多的盐是怎么进入那地方的？船山虽说很特殊，什么货品都有，但双方还是有约定的，那地方的盐要凭簿供应，一户一簿，以人丁数限量供给。两座桥头都有哨兵，进去时不查，出来时就各自检查。白的卡在通往红的那边的出口，查盐呀西药呀当然还有枪支弹药什么的；红的把住通往白的那边的桥头，查的是钨砂和别的什么矿。

所以，盐怎么进的匪区，盐又不是鸟也不是鱼，能从天上飞过去能从水里游过去？盐当然更不是土行孙，能从土里钻过去？

都不是，那是怎么过去的？

行营调查科派出要员和精干侦探，不是一个，是十个八个倾巢而出，都探得隐隐约约消息。到底盐是怎么赶往匪区的，没人能说出个所以然，只知道匪区里的男女老少个个生龙活虎，那不是缺盐的样样。这就怪了，这就要弄个水落石出了，委员长在庐山作了周密部署，三分军事七分政治，铁桶样封锁"匪区"，三个月顶多半年不费一枪一弹，先夺其势挫其锋锐。困了扼了，不死也伤。然再重拳以击，一举而灭。但已经一年多时间，却似乎皮毛亦未损毫分。怎么的会是这样？南京方面上下这么想，南昌行营的压力当然大。

行营调查科下了大力气，探出些线索，立马抓人，宁可错杀一千亦不放过一个。水终有源吧，掐了源头，那就一切迎刃而解。他们先抓了货源，匪区不产盐，把产地控制，把货源控制，应该不难做到。

洪天禹说:"以砂换砂,可现在不是先前的价了。"

潘普昭说:"当然不能是先前的价了哟,现在是以命换钱嘛,天价。"

洪天禹朝潘普昭竖了一个大拇指,他没说什么,一脸的笑。他想说你这后生真是精明没你精明的人了,我以后得防了你。

潘普昭也那么笑笑。

两个人心照不宣。

那还是半年前的事了,那一回潘普昭叫人运来些大缸。洪天禹眉头跳了几跳,说:"弄这么些水缸来做什么?"

潘普昭说:"做生意呀。"

洪天禹说:"水缸能赚几个钱?"

潘普昭说:"我难道会做蠢事?"

潘普昭半夜时叫上几个心腹,把那些缸弄到东屋。东屋是座空房子,听说是白姓财主家小姐住的地方。白姓小姐小时得了一场病,坏了脑子,隔三岔五发癫狂。白家没办法,只有在院子深处建了个独立的屋子,屋子外还围了道高墙,让小姐住在那,不让她到处乱跑。

白家小姐确实不再乱跑了,才搬去几天,白家小姐一根绳子把自己悬在了梁上。白家财主叫人把那屋子拆了,长工才动了一片瓦,就蹿出条大蛇,把那个长工吓得屋顶跌落地上,摔断了一条腿。事情有些怪异,白家人不敢动那屋子。事实上,一直以来那处屋子就闹鬼,折腾得白家上下不得安宁,想想,就另择良地建了处新宅。洪天禹率兵来后,他看中了白家那老宅院,要征白家老宅做师部。有人说了那鬼屋的事，洪天禹笑笑说："我可不信这个邪，我洪天禹压不住这邪气？！"他执意要驻扎白家老宅。吕大每留了份心思，他找了几把废枪，把四把破枪竖在东南西北四个方位。不知道是洪天禹邪不近身还是那几杆破枪镇了妖邪。果然就不再有七七八八的怪事发生。但一般人当然不敢走近那间鬼屋，尤其到夜里，更是没人近前。

潘普昭把那些缸放了鬼屋里，没人知道他到底葫芦里卖的什么药，他到底想干什么哟。洪天禹心里也起疑惑，那疑惑雾岚一样，久而久之就成了只小兔，在洪天禹心里跳呀跳的，让他不安生。他扯住潘普昭问那些缸放鬼屋里怎么回事。潘普昭笑笑，说："这是秘密。"洪天禹说："你那没有我不能知道的秘密吧？"潘普昭说："当然没有。"他把洪天禹扯到偏僻地方一五一十把自己的所想所做说给洪长官了。

洪天禹听后，一脸的笑，拍拍潘普昭的肩，"你雄才大略的一个后生哟……亏你想得出来，你是生不逢时哟，要在三国时候，你是诸葛孔明第二。"

潘普昭说："乱世中要赚大钱，就得想得远点，想他人所不能想，出奇才能制胜。"

洪天禹说："好的妙的，你办事，我放心，你办就是。"

洪天禹当然高兴，在他看来，潘普昭给弄了个聚宝盆。他们的对话让他喜笑颜开。

潘普昭扯了他到偏僻说了那通话。

"你知道那些缸里装了什么？长官！"

"什么呢？……看你，神神秘秘的……"

"金子哟！"

"你哄我玩哟，有用大缸装金子的？"

"告诉你吧长官，是盐，有一天盐要比金子贵。"

那天起，有人悄悄地往鬼屋里背草袋，名义上是说堵墙修屋，但草袋里装着的不是土也不是沙，其实是盐。他们把那十几个大缸都装满了盐。平常没人会去那间屋子，那些盐很安全地藏在那。

如今，盐真的成了"金子"。委员长动怒了，盐一粒也不能流入匪区，走私贩私及渎职者杀无赦。盐务局里派驻了专员，实际都是行营调查科的人。他们还在各处暗派了眼线。在匪区周边的几个县区抓了些顶风作案胆大之徒，把人押了游街，在河滩上以通共罪剁了脑壳。这么一来，还真没有人敢打盐的主意了。

苏区断了盐的供给。

情形很严重。

首长焦虑起来，他知道问题的严重性，苏区的食盐只能再坚持顶多半个月，半个月后百多万军民将无盐可食。封锁近乎铁桶，边贸局的一些秘密交通站和地下采买点皆遭破坏。现在只有一个办法了，就是突袭对方的一座城市，以夺取食盐在内的紧俏物资。首长知道，事情并不是那么简单。首长自己很清楚，一来白军大兵压境，正等了你有所行动。而红军有限的兵力分散在几个方向，如抽调部队，敌必乘虚而入；其二，去年突袭漳州。敌人已经有所教训，周边的城市都已经戒备森严，必要的乡镇也坚壁清野；其三，对方已经采取了严密措施，与苏区交界地方纵深两百多里内严格控盐。他们以保甲制度为支柱，按人头分派食盐指标，在封锁之关隘设立盐等物资检查所，对接近根据地的白区实行"油盐公卖"，即计口授盐，盐每人每天只许购买三钱，五口之家得购一两五钱，但购时必依凭证，失证须补发。

这么个局势，对方确也做得天衣无缝。

但苏区军民不可一日无盐。潘普昭未雨绸缪，那个鬼屋谁会想到那是红军的库房？这关键时候，只有动用鬼屋里的盐来救急。

运盐也得悄然进行，必须做到疏而不漏。这些日子，船山满街巷是调查科的眼线。虽只是一水之隔，但盐怎么运到对岸也是个难事。

洪天禹说："是个发财好机会，但也是在陡崖边上跳舞，鬼门关上散步，稍不小心，要死人的……"

潘普昭说："机不可失，时不再来。"

"也不能擩着脑壳赚钱的呀……"

"长官，没你什么事，你什么也不知道……"

"哦哦，可我知道……就算我当睁眼瞎，万一失手，我能看着你丢了性命？"

"当然不会失手，一定不会！"潘普昭说。他想，这事万万是不能有丁点闪失的，我自己性命事小，但数百万军民急需的食盐事大，得想个万无一失的运送办法。

潘普昭苦思冥想了一晚上，没想出个办法。他心上火烧火燎的急。

有个主意小虫样在他心里动了下

天亮未亮的时候，潘普昭听得有人在嚷嚷。

是崔工胜他们。一群士兵，大早的不安分，嚷嚷了吵个什么?

潘普昭支耳朵听，心里不禁笑了一下。这些士兵，竟然为船山的一个戏台嚷嚷。

船山靠河的那座戏台不知道什么原因塌了半边台。那是万年台，是船山最大的戏台也是男女老少无论穷富无论宗姓都能去的公共场所。戏台墙塌了，影响演戏，众人都急。为什么偏偏这种时候塌了呢?据说船山的万寿宫要做场大戏，每年八月船山都要唱戏，叫唱真君戏。八月是旱季，唱真君戏有求水神保佑下雨的意思，水主财，商人们尤其看重水。

万寿宫一个月前已经定了省城里最好的戏班庆源班，庆源班远近闻名。没想到戏台墙塌了，墙塌了戏台不能如期修建，那场戏就要泡汤。真君戏是不能不唱的，也不能在别处唱，非得在万年台上唱。唱不唱真君戏，与崔工胜他们没多大关系，是商贾们着急，不能缺水的哟，求不来雨影响到明年的生意。可崔工胜他们那时已经成了戏痴，只要船山有戏，必想办法借机前往看戏。这场戏，他们已经盼了许久，总不能因为塌墙而念想像块石头丢水里了吧?船山商贾乡绅千方百计请来省里戏班。庆源班不是那么好请的，花重金不是事，但名角到处抢你难抢到。庆源班里有名旦叫乞巧儿，不是赣地有名，整个江南都名声很响，唱腔圆润扮相俏丽表演出众……这么个名角儿现在花大力气费许多功夫周折请到了，总不能因台子塌了一角而误了事吧?

修哟，有人说，修就是呀，塌了修，也不是什么事的吧。平常确不是个什么事，但没想到江水枯竭。修要砖石什么的呀，那些材料须水运，但正逢枯水季节，水浅行船不畅。

崔工胜他们说的就是这事。

潘普昭听了一会儿,心里想起什么,有个主意小虫样在他心里动了下。

"活人还要被尿憋死?"他说。

崔工胜几个就看潘普昭,他们说:"潘副官你有好主意?你一定有好主意!"潘普昭虽然早脱去了那身黄皮不做副官了,但士兵们还那么称呼他。

"用竹木搭个台临时用用不行吗?"潘普昭说。

众人说:"好主意!怎么不行?当然行!"

山里别的可能没有,但竹子木头不缺。竹子搭架,木板往上一铺,不是戏台是什么?潘普昭出了那主意,众人响应。

商会主事的阎掌柜说:"你说得对,木头竹子到处是,那我雇人弄这事。"

潘普昭说:"这种事还要雇人?我那里人手多得很。"

连夜就叫了崔工胜他们,说砍竹子去!士兵都闲得无聊,怎么能错过名角的戏的嘛?一呼百应。

他们砍了足够的毛竹,都堆在师部那个宅院里。

潘普昭说:"我请了几个师傅来……"

"请篾匠?!"

潘普昭说:"是呀,一来挑挑;二来,这么多毛竹搭个戏台哪用得完哟……"

"哦哦……"

"挑好的竹子,明天正好当墟,你们赶集时捎了去哟……其余的就打成谷箩和篮子哟,当然还有鱼篓,你们一人一个。"

士兵们没事时上山下河，上山是打猎，下河是捉鱼。只要不扰民，洪天禹睁一只眼闭一只眼。开初，洪天禹还不准队伍上官兵"肆意妄为"，是潘普昭说服他的。潘普昭说你让那些手下憋了会憋出事情来的，不如当做自家兄弟待，睁只眼闭只眼，让他们上山下河由了他们哟。潘普昭给几个营都排了假，三天一假轮了来。他把那排法说给洪天禹听，洪天禹笑了说："就按你那么的办法做吧……出了事情你潘参谋要兜了哟。"那时候他想，这么的一群兵让他们马放南山，过不了几天就出事情，那时就怪不得我洪某了。

但却没出事情，不仅没出事情，那些兵反而安分温驯起来。相邻的友军，不断地爆出扰民丑闻，但洪天禹部却没有过这类事情，受到上司嘉奖。

洪天禹又看见潘普昭"胡闹"了，虽然现在他已经不做自己的副官。潘普昭说，我再留你这做副官迟早要让人看出名堂。洪天禹说，看出什么名堂？潘普昭说，一个副官去做生意，这生意引人注目哟。不是你的副官了，没人会想到生意和长官相关……再说我也忙不过来嘛。洪天禹想想，此话有道理，就让潘普昭离开了队伍。

那时候洪天禹和书童崔工利正在听潘普昭读什么楼赋，那后生读得出神入化，可洪天禹却起了瞌睡。有几个人嚷嚷了扛了根毛竹进师部，洪天禹瞌睡虫被喧闹声赶跑了。

他急步走出大屋子，正要发作。潘普昭说话了："是我要他们那么做的。"

洪天禹看了他的"教书先生"一眼，把到嘴的话吞了回去。

一大堆的竹子你哪地方不好放，放到师部？他本来想说这么一句，但他到底没说，他想，这后生做什么事都有其道理。看去他是

"胡闹"，看去很荒唐很不着调，但每次潘普昭总能让他意外惊喜。比如那些大水缸，谁能想到会有那么大用场？他想了想，这么些竹子能弄出个什么名堂来？他想不出，他想，我不想了，那个家伙脑壳不同凡人，你要猜出他想的是什么，很难，不去想，想多了费神。

来了两个篾匠师傅。当然是潘普昭"请"来的。他们在那忙乎了一个晚上，崔工利夜里小解，黏眉糊眼地看到鬼屋那边有灯火闪呀闪，没敢往那边去。早起，看见宅院里的毛竹全变了样子，直的粗的，全弄成一样的长短。细点的不那么整齐的，被弃一边。崔工利想，他们一晚上就弄这个？到日头探半边脸出了山坳坳，崔工利就看见他哥和那些士兵拥了进来，一人扛了一根竹子。他喊他哥："哎，哥哎……你们？……"

有人说："我们去船山。"

崔工利挣扎了喊出那几个字："我也要去！"

他哥又白了眼睛看他。

崔工利求救于洪天禹，说："长官，他们去得我去不得的吗？"

洪天禹愣了一下，看看那些扛毛竹的手下，朝潘普昭抛去一句："这事你定吧！"然后走进了大屋子。

崔工利用那种眼神盯看了潘普昭，潘普昭许久才点了点头说："洪长官叫我定，那我就定了哟……今天也不上课，你就跟了去吧。"

他弄不清为什么去船山非得换下军装

对于崔工利来说，船山充满了神秘。所有的一切都是他哥和那些队伍上兄弟口中的印象，何况他们跟他说时说得很含糊。在崔工利心目中，船山是若隐若现的一个谜。

桥是浮桥，人走其上，身子不由晃荡，伢们常常觉得那好玩，跳了蹦了，时快时慢。有时辗转反侧，甚至倒回来再走个一遍两遍。

崔工利没那么，一群男人也没让他那么。他们虽然扛了竹子，但走得很快，崔工利担了那些衣物紧跟了他们。他个小，在一群大人中间屁颠屁颠走着。

崔工利穿了一身青布褂子，是他哥崔工胜给他特意扯布制的。

"我穿军装就是……我不穿这个！"

"你去还是不去？！"

"当然去！"

"去那你就换上这身衣服！"

"为什么……我不喜欢……"

他哥又在崔工利脑门上狠敲了一下，要把那身衣服收了。崔工利知道他哥要收了那褂，他去船山的事就泡汤了。他知道这事上由不得他喜欢不喜欢。

"我又没说不穿……我说军人要有军人样样……"

"那地方不能穿那身黄皮子，你要去你就把那身军服换了，不去就算了！"

他哥没收走那身褂子，崔工利把那身衣服抓在手里死不松手，又麻利了很快穿在了身上。

这么些日子他一直穿军装，突然换上这么件褂子他竟觉得手脚不自然起来。他总觉得他们在看他。开始他们确实有点新奇，入了队伍崔工利就整天那身军装，冷不丁穿上那么一身褂儿总觉得不是先前那个人。

"哎哎，你们那么看我？！"

"你个工利娃耶，你这才像个娃儿的嘛。"

崔工利却笑："说对了说对了，我不像娃才对了，我为什么要像娃呢？我不是娃儿嘛，我是个兵。"

男人们哭笑不得，摇了摇头。

你也只有摇头，你还能跟这么个娃儿说什么呢？

崔工利换了那套便服，他弄不清为什么去船山非得换下军装。这事有点怪。怪就怪去，只要能去船山就行了。他想。

他看见他哥他们去扛那些竹子。他说："我也扛根竹子吧。"大家没让他扛，他们说你帮我们拎东西吧。他说好哇好哇，开始时没什么东西可拎，走得也轻松，但走走，东西就多起来。其实要拎的是些衣服，虽说已是秋天，风也带了些凉意，但士兵们扛了竹子，走走就走出一身的大汗来。有人就脱衣服了，光了上身扛竹子。一人脱了，就有人跟样。开始时崔工利拎了一件两件，后来是抱了一捆，再后来，不能抱了，是扎了一个挑子挑了。一队人的上衣全在他的挑子上，他不堪重负。他心里嘀咕，还照顾小个的哩，先晓得扛根竹子好了。好在那时候他们能看见那座桥了。

崔工利担了晃晃悠悠的挑子走在晃晃悠悠的浮桥上。他边走边往两边看，正是枯水时候，河道很窄，但对岸的树木和屋瓦烟囱，依然有鸡鸣狗吠……

晃了那么几晃就到了那块大石头了。

崔工利有点累，他停了下来，他朝他哥他们喊："歇会！

歇会！"

　　他哥没那意思，他哥崔工胜总跟他别扭，还是吕司务好，他把肩上的竹子放了下来，"抽口烟。"他说，他哥崔工胜就没办法了，他们真的放下肩上的竹子在桥头抽着烟。

　　崔工利站在桥头那块大石头上，他看那些屋脊竹木山石水流排舟和码头……他没看出有甚异样，走到街上，崔工利依然全神贯注。就是热闹点嘛，比别处喧嚣点嘛。崔工利看了他哥他们欣喜神情，自己也想欢欣点。可他除了初来乍到的新鲜，找不出一点欢欣的理由。他听不到军号，看不到戎装，更没有战马枪炮……对了，不一样的地方就是不像战场，鸡不飞，狗不跳，猪在屋后的林子里拱食，牛安闲的在堤坡上嚼草。偶还见砖缝和下水道有小鼠探头探脑，朝几个男人贼眉鼠眼地看了，有人跺脚，忽一下没了踪影。已是深秋，竟然还跳蹿出一声蝉鸣。船山多是商户，也有那么几户农家，但田地多在桥的对岸。常常也见一头两头的牛在浮桥上来去，虽是枯水时候，牛不知，依然恐惧脚下的险，走得小心翼翼。浮桥一负重，有些起伏，让桥上的男女都微晃了，就起了笑声，有人戏谑了说话。当然是黄牛，水牛不走桥，这季节，河滩裸露了大片，沙滩黄乎乎的，水牛穿水而过，一些伢也不安分，也从透了凉意的河水里趟水而行。

　　后来，崔工利跟了他哥几个往街子上走。他不认识那些男人，见他哥他们跟那些男人打招呼。崔工利从没见过那些男人，可他哥他们却和那些男人熟如亲戚。

　　崔工利只想了去四处走走，他听他哥呃了一声，前面的几个弟兄也呃了一声。崔工利说："你们呃个什么哟？！"

他也看见戏台边有另一堆毛竹,有人抢在他们前面把毛竹弄齐了。这也不会是那么惊惊诧诧的原因吧?

一群人走到那地方就愣住了,他们很吃惊,他们看见那些男人都拥在戏台不远的石码头那洗澡,一个个脱得赤条条的,只在腰间扎了条长巾。

"唢呐哎! ……螳螂呀! ……"崔工利听得他哥和那些士兵朝那些人喊,看得出他们是老熟人,但叫的是外号。外号很难听,但对方一声声应得很响。

对方也叫出些外号,都怪怪的难听,比如他听到那几个男人叫他哥"鸭嘎嘎"。他想不出为什么叫他哥崔工胜叫"鸭嘎嘎",他听到那些人喊,他哥笑了应,那些人也笑,并没有什么恶意,都笑笑的,他也笑了下。

他们就那么互相以外号打招呼,很亲切的样子。

哎哎!梭子脸,屎盆脸,扣子,黑芝麻饼,铲子,还有叫尿桶尿壶什么的,甚至有更难听的,跳蚤脸,苍蝇眼,蛆的耳朵之类,五花八门,听得崔工利一愣一愣的。他想,原来他们总是来这个叫船山的地方,是有道理的,这里有他们这么多的朋友。

他们发现了崔工利,"哎呀!"他们中有人"哎呀"了一声。他们没有叫他,他们不认识他,他当然也不认识那些人。

"哎哎!"他们朝他打着招呼。

他怯怯问着:"你们是谁?"

那些男人笑了,说:"我们是你表亲,你叫老表哥就是!"

"表哥,老表?!"

"大家都是兄弟……"有人说。

崔工胜对那些男人说:"这是我弟,他第一次来这地方……"

那几个男人就笑了,说:"我说是表亲你弟还不认。"有人就伸出手在崔工利的脸上轻轻捏了一下,"水灵白嫩的一个伢,表亲哟……叫声哥……"

崔工利没叫,他白了眼看人家。但对方却笑笑的,说:"鸭嘎嘎呀,你弟眼里有妖气邪气哟,你回去请三僚的师傅看看哟。"

崔工胜没理会对方,他说:"你们早我们一步到呀,你们也砍了毛竹的呀……"

对方说:"我们也想看戏的嘛,谁不想听名角的戏呀……"

崔工胜说:"先知道,我们就不瞎忙乎了。"

对方说:"是我们瞎忙乎,我们没想到你们会弄这事嘛。"

崔工胜说:"你们说的嘛,谁不想听名角的戏?"

叫唢呐的那个男人,真名叫张保贵。

张保贵说:"我们喝点去?"

崔工胜几个响应着,说:"好呀妙呀,咱哥们喝一口去!"

崔工利没去,他哥崔工胜不让他去酒馆和窑子。来之前他哥跟他约法三章了的,其实崔工利根本不想去那两个地方,船山这地方被他哥他们说得神乎其神的,说得他那些日子心里痒痒的。所以,他只想四处走走看看,看看到底有什么不一样。吕大每说:"你跟了我吧,我带你四处走走。"其实吕大每也不是特意那么,他来船山就是采办各种吃用东西,干的就是逛街走墟的活。

崔工利跟了吕大每屁颠屁颠在船山上下蹿走了几遭,觉得这地方确实和龟岭背不一样。龟岭背就是师部驻扎的那个镇子。但哪不一样,崔工利想不出,他哥他们说的不一样,当然不是说酒馆和窑子，酒馆窑子岭背那地方也有。风景不一样？那是自然，每个地方有每个地方的风景。人嘛，不就是那么些人？铺里的掌柜和伙计，赶墟的农人和猎户……山一样的山，水一样的水，草木一样的草木，水碓一样的水碓，戏台也一样的戏台……屋瓦墙壁烟囱篱笆石堤……一切的一切并没有什么两样呀？

崔工利还真倚在榨油坊的那根石柱上认真想了想，那边就是漆坊了，他受不了漆味，不说沾身，就是有气味拂到他身上他也会生漆疮。

吕大每说："我进去下就回。"

崔工利只有在那等着司务长，他才有时间认真想想那事，怎么个就不一样呢？他在脑子里翻来覆去地想，后来他想出点眉目了，他觉得是人不一样了。他注意到他哥他们，好像到了这地方就跟在营房哨所操场上不一样。是穿了便服的原由？好像还不只是这原由。是什么？他百思不得其解。

他在那呆了会儿，他想他心里一个结打不开，就有了虫虫往心里爬，他很难受。他再也忍不住了，他想，他问他哥去。

这里成了乱世间的世外桃源

他找到他哥时，他哥他们和唢呐螳螂什么的那些男人刚刚喝了酒出来，搂肩搭背的在街子上走。

崔工利凑了过去："哥，我知道这地方为什么不一样了，是你们脱了军服了穿了便服……"

那些男人愣了，他们没想到崔工利会冷不丁冒出这么一句。

"哦哦!"倒是那个叫"螳螂"的男人先接话,"是喔是喔!……有道理。"

崔工胜觉得他弟丢了他的脸,什么时候冒出这种娃儿话来。他说:"你少说两句不行,你懂个什么?"

"螳螂"出来替他说话了,"螳螂"说:"哎哎,表弟说得有道理的嘛,这里是和别处不一样。"

有人应和了,"就是就是,怎么的就不一样了呢?"

然后大家七嘴八舌话题就全转到这方面了。是呀是呀?!怎么就不一样了?大家借了酒劲那么你一句我一句地说了。觉得这确也是个有意思的话题,不去想没什么,一想,就让人那个了。为什么船山这么吸引人?他们也苦思冥想,想的和崔工利大同小异。风景不一样?那是自然,每个地方有每个地方的风景。人嘛,不就是那么些人?铺里的掌柜和伙计,赶墟的农人和猎户……穿着打扮,吃的用的,说话的神态和口音……没什么不一样的呀。山一样的山,水一样的水,草木一样的草木,水碓一样的水碓,戏台也一样的戏台……屋瓦墙壁烟囱篱笆石堤……一切的一切并没有什么两样呀?

这些,红的白的各自的地盘上都有。

有人说:"没有的是什么呢?"

他们那么思呀想的。

"这里没那身黄皮灰皮……"有人说。他们听懂了,黄皮是白军的军服,灰皮是红军的军服。那人的意思就是,这里见不着军人。

"墙上没赫然醒目的大标语……"有人说。

"对对!……"

"也没岗亭哨位没工事和碉堡,看不见穿梭的军人当然也没有那些长短的枪械……"

"哦哦,是的呃!"有人几乎惊喊了起来。他们终于有了发现,确实是这么回事,这里与打仗呀交火呀没什么关系。船山与别处不同的地方就在这,这里安详平和宁静,这里的人富足而惬意。这里成了乱世间的世外桃源。他们想,他们生死拼杀,也不就是为了过平静富足的生活?不就是为了能有一片这样的天地?

于是,他们趁了酒兴扯开了。

他们坐在河岸的石堤上你一句我一句亢奋地说着,看看天不早了,有人说了声:"该回了。"

"是呀,是呀,三天后见!"他们说。

"三天后见!"他们说。

"唢呐"和"螳螂"那几个男人站了起来,走向那个戏台,他们每人扛起一根毛竹。

"哎哎……怎么?!……"崔工胜说。

"螳螂"说:"没什么,鬼知道你们已经弄了毛竹,不然我们就不必费力使劲的了,这些竹子用不上,我们扛回去有用场。"

"也是……"崔工胜说。

他们谁也没注意那几个男人扛走的是他们扛来的竹子。他们更想不到,那些竹节里藏有禁运的食盐。

那些盐就这么在他们眼皮底下被人运到了那边。

神不知鬼不觉,那些盐解了多少人的燃眉之急。但在白的红的,无论是崔工胜他们白的一边,还是张保贵呀何祖强他们红的一边,那些男人心里牵挂的却是另一件事。

第十八章

他们到底没忘了我

那几天,崔工胜和他的弟兄时不时往河对岸张望。那里,临时戏台正在搭建,时而传来敲击竹子的声音。

再有一天就是中秋了,庆源班就要从省城来船山。那些男人有些急不可耐,他们一直就盼了这天的到来。庆源班里有名人,名旦叫乞巧儿。关于她的传闻,他们从商贾和排客水手们的口中早已听说过。那些商贾排客走南闯北,见多识广。他们嘴里的乞巧儿不仅貌若天仙,主要是那嗓子,谁说起都说不能形容,说不出说不出,反正好听,唉,这样吧,听人说不如闻其声。

见其人闻其声,成了乡民向往的一桩事。所以,只要一说乞巧儿,大家对她扮相和唱腔充满了想象和向往。

那天杨怀亮又出现在他们面前,他们围住了他,送茶递烟。他们知道杨怀亮也看过乞巧儿的戏,不仅看过戏,听说他还和乞巧儿算过卦。

"三僚四公,那个人长得怎么样?"

"谁?!"

"这几天大家说得最多的是谁嘛?"

杨怀亮笑了,"噢!"

然后,他就叨叨地念了一段:"手如柔荑,肤如凝脂,领如蝤蛴,齿如瓠犀,螓首蛾眉,巧笑倩兮,美目盼兮。"

江右的弟兄没一个听得懂,有人说:"你念经呀,你说些什么?我们听不懂……"

杨怀亮说:"这是古人赞誉美人的词哟。"

"噢噢!"

"是《诗经·硕人》里的句子。"

"不懂,反正听不懂……"

"反正说美人标致。"杨怀亮说。客家人说人漂亮美丽用的是"标致"两字。

然后,那些日子,庆源班和乞巧儿就成了他们茶余饭后的话题。

那些话让崔工利不得不充满了期望,他的耳朵里塞进的全是关于那个叫乞巧儿的传说,他们把她说成了天上的神。据说乞巧儿最擅长的是演仙女,在台下看戏的男女看来,乞巧儿本身就是仙女,不然她怎么把仙女演得惟妙惟肖。她的道白和唱也是天籁之音,不是仙女,凡间俗人能有那种嗓子?

天还未亮不亮,崔工利就听到了响动。那些声响,平常对他来说无动于衷。他嗜睡,娃儿嘛,嗜睡也正常。但只是崔工利"嗜"得有点过,号吹得掀天响,崔工利仍然睡得一动不动,总要有人在屁股上猛扇几下才能醒。扇他的不是别人，是长官洪天禹。洪天禹说："你还是个兵，你这么个睡起来雷也轰不醒，怎么打仗？"

崔工利说："你不会因这个送我回去吧？"

洪天禹说："那我只有扇你了。"

崔工利说："长官你尽大力气扇……"

每天起来，洪天禹把扇书童屁股作为一种程序也作为一种乐趣。他下手很重，其实他想轻点扇，但他这么个拉过车打过铁也当过山匪出身的人，手上没什么轻重，一下手就很重。每天一挨那只大手，崔工利就弹簧样跳起，模样狼狈。洪天禹想看到的就是这么一幕，他总是哈哈大笑几声。

洪天禹去了庐山，一去好些日子。崔工利他们这些普通士兵当然不知道，自去年起，最高领袖在庐山办了个军官训练团。多年来对江西"匪区"进剿不力，惊动了最高领袖，他提议办这个军官训练团。训练团由领袖亲自领导，任命得力手下陈诚为团长，还专门请了德国军官为教官和顾问。

那时候洪天禹正沉浸在喜悦中亢奋不已，那是一种莫大殊荣哟，他从没有过的经历。

领袖亲临训话。

"此次训练的唯一目的，就是要消灭共产党。一切的设施，皆要以下一次围剿铲灭赤匪为对象。"领袖说。

"我们连小小的红军都不能打败，其根本原因就是一般官长没有廉耻，没有血性，没有良心，不讲礼义，不明廉耻，丧失了革命精神。"他说。

"集结在赣剿匪部队之中初级干部，施以机会教育，以坚定其对于主义之信仰，陶冶其高尚之道德，同时涵养其精诚团结与奋斗之精神，并锻炼健全其体力，增进其对匪作战之技能，以期早日戡平残匪，实现主义。"他说。

他说了很多，这让洪天禹醍醐灌顶，茅塞顿开。他很快乐，有点乐不思蜀。对于千里之外的那些部属不管不顾。当然，他也管顾不上。

洪天禹当然更管顾不了书童的嗜睡。

但崔工利还是听到了那种响动。没人喊醒他，更没人扇打他的屁股。他压根儿就没睡，他从昨天夜里起就亢奋了，先是睡不着，半夜时候又瞌睡得不行，身子如一摊软泥，他跟自己说：哎哎崔工利，你可不能睡哟。但还是忍不住，他从墙头揪下一把东西，是串干辣椒。他把那几只辣椒塞进嘴里，一下一下嚼了，他辣得鼻涕眼泪一大把。他期待着这一天的到来，他不能睡过头了。虽然说吕司务承诺了会叫他去带他去，但他放心不下，要是他们忘了他呢？要是他们不想我去呢？

他好不容易撑住了，听得那些响动，他打开门，跑了出去，看见吕司务朝他走来。他想，他们到底没忘了我，是我多心了。

崔工利感觉到了对方指尖上的一点什么

然后，江右的那帮弟兄就到了万年台前。那座戏台那天很别致，竹子搭架，上面铺了桥帮，桥帮是新杉木制的，新砍的杉木和毛竹散发的气味混合在一起，有一种别样的气息。

崔工利吸了吸鼻子，吸进了一大股清新，但却引发了大串的喷嚏。他昂了头，狠命地打着喷嚏，惊得那边的几只狗先是一愣，后来就发出大串的吠叫。

有人说："啊哈，表弟吧！有人想你了喔！"崔工利看去，巷角站了几个男人。崔工利认识这男人，说这话的是那个叫"唢呐"的男人。难怪人家那么叫你，崔工利心里那么想。你喉咙真是大呀，盖过了狗的叫声。崔工利白了那人一眼。

"你看你唢呐兄弟说得？工利才个娃，有谁可想嘛？"

"鬼知道，现在的伢个不长下面那东西长，不信你弄根树枝撩撩，不比你的软哟……"

众人就都笑了起来，笑得前仰后合的。尤其不能容忍的是他哥崔工胜无动于衷。他哥不仅无动于衷，他哥也跟了笑。

有人说："工利是个可怜的娃，他就一个哥，没别的亲人了，没爹没娘……可怜一个娃哟，不然这么大个娃当兵吃粮？……"

笑声戛然而止，像得到什么指令，突然的笑声就从各自的嘴里停息了消失殆尽。崔工利愣了下，他四下里看了，他看那些男人的脸。他哥和那些男人眼里突然的暗淡了许多，都有一种那么的目光看了他。后来，他感觉一只巴掌抚着他后脑，很轻，很温柔。

崔工利回过头，是"唢呐"，"唢呐"的手轻抚了他后脑，眼里有异样的东西，那东西让崔工利心上流过一种暖流。甚至让他有些羞涩，脸就起了潮红。他有些心慌慌他捏了那褂的衣角，那么搓了。我为什么心慌慌？他想。我是不是跑开跑个远远？崔工利想，可他挪不动脚，那会儿，他觉得自己的一切都不听自己指挥。他恍惚起来，觉得置身一个虚幻的地方。但很快，他觉得一切就是现实。那个外号"唢呐"的男人蹲了下来，那只巴掌从崔工利的后脑缓缓移至脸颊。崔工利感觉到了对方指尖上的一点什么，他突然想哭。

"我弟当年也这伢一般大……我说我弟……""唢呐"说。

"保贵呗！你说你不再扯你弟的……"

"唢呐"说："看见这伢……他叫什么来着？"

崔工胜说："我告诉过你的……叫崔工利，我家父母就指望了崔家旗开得胜有好的前景，生下我叫胜，生下我弟就叫利，胜利哟……"

那个男人依然双手捧了崔工利的脸，眼里什么东西闪了。崔工利看得很清楚，那目光像两根绳线，扯了他心，让他感觉到一种从未感觉到的东西。他肚腹里什么颤了，眼里痒痒的。

"工利兄弟……"崔工利听到了那男人唇齿间跳出的几个字，那声音很小，可崔工利能听到，他听得很清楚。

"你也是我的亲弟哟……"他听到那人说。

崔工利想逃离，他不知道为什么他想逃离。要不是那时候张保贵站起了身，他真想像一阵风一样远走高飞离开这地方。

张保贵跟崔工胜说："表弟今天跟着我们哟……今天过节，我带他好好乐乐。"

他看见他哥崔工胜没等对方话音落地便点了头，他哥似乎很愿意看到这事实。他哥看着他，崔工利很乖顺，崔工利脸上没什么表情。他哥崔工胜走过来，他发现他弟眼里湿湿，有些惊讶。

崔工胜对弟说："你哭了，你怎么哭了哩？……你哭个什么？！"

崔工利说："我为什么哭？好好的我哭？"

他哥说:"我想也是呀,今天过节……好日子嘛。"

崔工利说:"风嘛,刚起了一阵风的。"

崔工胜望去,确有一阵风刚从街巷里拂来,在石板路上旋了几旋往河道那边掠去,那些落叶和尘屑被风戏弄了在空中亢奋着飞扬了少许时间,就又安分了歇息在它们该在的地方。刚才的一切也像阵风,在崔工胜的脑子里掠过。很快就被同来的那些弟兄的大呼小叫声吸引,他们嚷嚷了要去个什么地方。

他哥崔工胜和他的弟兄们笑着,然后对"唢呐"那一伙男人说,一会儿见一会儿见。

崔工利知道他哥和那些弟兄要去个什么地方,他们一直觉得自己是个累赘,这也是他们一直不肯带他来船山的原由之一。崔工利想,我才不想跟了你们去呢,我一个人玩。

这眼睛就是我弟他的

他不是一个人,"唢呐"和那一帮男人带了他。

和那些陌生男人在一起,崔工利起先还觉得有些生疏,但很快就和他们打成一片,他觉得他们和他没什么两样,举止言谈都相差无几。他听得懂他们的客家方言,这些日子,崔工利早已学会了当地的方言。他用客家话和他们说话。他觉得和他们说话有种特别的感觉。他不知道这些男人的底细,他哥崔工胜没跟他说过,吕大每和别的弟兄也没有说。他们约定了,不能把那些真实告诉崔工利。为什么不能告诉呢?他们心知肚明。而"唢呐"他们更不会透露出自己的真实身份,这并不针对崔工利,他们从来就这样,他们觉得到了船山就完全面向一个不同的世界，在这里不必也不能向人表明他们真实的身份，他们也就与先前完全不一样的一个人了。他们不跟人说，当然更不会跟崔工利说。

那时候，"唢呐"和他的弟兄很开心，也许是因为崔工利，也许是因为中秋佳节，反正他们很开心。欢乐的情绪会传染，崔工利也眉目舒展了，然后就觉得自己变过了一个人。男人们哼起歌来，是当地的采茶调。崔工利竟然也想哼歌，就跟了哼起来。

哼了哼了，崔工利突然站住了。"不对了不对了！？"

"唢呐"几个吓了一跳，"有什么不对的？！""唢呐"说。

崔工利说："我从没听过这调子，我怎么会哼的呢？"

"唢呐""哎呀"了一声，拉了崔工利坐到街边的石礅上，又捧了崔工利的脸看了又看，说："这眼睛就是我弟他的，形似神更似……何祖强，你说是不是？""唢呐"他们不叫那男人"螳螂"，"螳螂"是崔工胜他们叫出来的，"唢呐"直呼其名。

"哦！？"叫何祖强也叫"螳螂"的男人哦了一声，也那么凑近看着崔工利的眼睛。

"是哦是哦！""螳螂"说，"千真万确的喔！""螳螂"很认真地那么说。两个男人来自同一个村子，"螳螂"跟"唢呐"的弟弟也很熟。

"怎么可能？！"那个窄脸男人说。崔工利也记住了那人的外号，那外号很别致，叫"扣子"，崔工利一下就记住了。

"这怎么可能的哟！""扣子"笑笑着说。

"这难说……"

"你是说你弟的魂附到这伢的身上了？！"

"那你说怎么会这么像的嘛?……""唢呐"说。

几个男人都呀呀了,脸上一大片的惊诧表情,崔工利却很淡定,他觉得没什么,他觉得管他像谁呢?管他谁附身呢?船山的清新让他冲淡了一切,他沉浸其中。他看得出那几个男人也欢天喜地的,整个白天"唢呐"总是依了他,问:"叫子耶!……你想去什么地方?"崔工利没听出那男人是在喊自己,他拧了眉头看他。

"轿子?!哪有轿子?"

"我是说叫子,铁叫子。"

"嗯?!什么?!"

"你想去哪嘛?"

那边有片屋脊,一根烟囱里冒了烟,烟淡淡地出来,在河边的竹梢上抹过,然后懒洋洋地在河面上散去,融入远处的云里。崔工利看见了那只烟囱,就随手那么一指。

"哦哦!""唢呐"说,"你哥带你去过那地方?"

崔工利摇了摇头。

那是个点心作坊,那里的粒点师傅来自广东,做出的各色糕点香酥可口。"唢呐"觉得很纳闷,这个小人儿没去那地方,怎么随手一指就指到那。他觉得崔工利没说实话,他笑了笑,"好吧。"他说,"你真没去过那地方?……你这伢真精。"

然后,他们就到了那家糕点铺。"唢呐"给掌柜的说:"你把好吃的都拿出来!"掌柜的和这些男人似乎很熟,说:"保贵耶!你从来也不喜欢吃我们福来香的点心的呀,你说吃了牙痛。"

"唢呐"亮了大喉咙喊:"你个况掌柜哟!我不吃我弟还不吃的吗?你有生意了你还啰唆?"

那个姓况的掌柜笑笑着,把柜台里的点心都端了上来。那些点心很新鲜,才从炉里出来,那时候崔工利才知道,那些烟,是制作这些美食烧的柴。

"你吃你随便吃!""唢呐"对崔工利说。

崔工利说:"你们也吃呀!你们干咳不吃?"

可那几个男人没吃,他们掏出烟袋烟管,像约好了一样,都齐齐地往烟锅里塞烟丝,然后点了,一下一下抽了,很从容。

崔工利没管那些,他狼吞虎咽,他们看着他吃,似乎比自己吃还开心。他们说:"你吃!"然后崔工利就往嘴里塞东西,他们又说:"吃呀吃呀!"他又往嘴里塞东西。他们光说,崔工利光吃。

这里的风景有种说不出来的东西

那些美食崔工利当然吃过。他哥崔工胜和那些弟兄以往从船山回,总要给他带这带那,点心是必须,所以他都吃过。但他没看过,没看过那些香酥可口的东西是怎么经一双手做出来的。崔工利在那家糕点铺呆了些时候,他把他的肚子弄得鼓胀胀的,出来时嘴里喷嚏着。

"唢呐"没问他为什么喷嚏,他只说:"还去哪?"

崔工利又随手那么一指。

是那家榨坊。闻勤勇正在那忙碌,闻勤勇他们接到任务。闻勤勇和"唢呐"他们打着招呼。那些男人也不知道闻勤勇及榨坊里那些伙计的真实身份。榨坊里接了不少生意,库房里堆放了榨料。有茶籽也有花生,茶籽堆在屋角,花生则放在箩里。一些箩悬吊在半空，这并不是为了省地方。花生香，招老鼠，榨坊里老鼠成群。虽然养了几只猫，但四只猫也未必恪守职责。猫一吃猫就成懒猫，要是母家伙，一发情就到处走春叫春，哪顾了捉鼠？箩悬半空，鼠要打那些花生主意不容易。

碾槽里正在碾刚煨热的料。"唢呐"进来，大咧咧叫了一声，手就从碾槽大把大把抓了花生用衣角兜了。

"来！吃……你吃！""唢呐"说。

"我就知你鬼精鬼精……知道这花生香。"他说。

崔工利又打喷嚏了，一个喷嚏连了一个喷嚏地打，一连打了十几个喷嚏。

"唢呐"把自己的外衣脱了，裹在崔工利的身上。"唉！你看你个伢的，秋凉了，你就不能多穿点衣服？"

其实不是冷，崔工利自己最明白喷嚏的原因。榨坊被香气裹了绕了，碾槽里那腻腻浓郁的清香拂鼻，刺激了崔工利鼻腔里的黏膜，小虫样在他鼻道中蠕爬，弄得鼻腔深处奇痒难当，就忍不住了，就连了一大串的喷嚏涌出来，和秋凉无关也更和什么人的念想无关。

"走……走喔……"崔工利说，他知道只要离了这地方，鼻子就安分了。他吃了几颗花生，确实很香，可他肚子填装不下了。

"好喔好……你还想去哪？"

崔工利依然含糊地那么一指。

"唢呐"带了几个往那方向走。依然还是作坊。先是家雨具作坊，做的是斗笠蓑衣和纸伞。

"唢呐"朝那指了指，崔工利摇了摇头。

往前是家生漆坊,"唢呐"没问,崔工利也摇着头。"唢呐"说:"你想去我也不会让你去的,生漆疮会收你半条命的。"然后是家铁匠铺。唢呐说:"打铁没什么看的啦……叮叮哨哨吵翻了。"崔工利没说什么,他表情漠然。他还真侧耳听了听,铁匠铺子里的声音清脆悦耳,可那几个男人挪了步,他不好意思停下来。他对铁锤下的东西充满了想象,在老家也是有铁匠铺的,打的却多是刀呀矛。一把大刀片子打出来不是件容易的事,他哥带了他看过铁匠师傅打刀。他觉得那过程很好玩。一坨铁,经炉子和铁锤就能成一把锋利的大刀。然后就想到高头大马,想到大刀握在好汉手里,冲锋陷阵,如入无人之境,刀起刀落,那抡成了一道光圈,光到处人头落地,混搅了鲜红在黄泥地上滚。每想到这些,崔工利就亢奋不已,心上血就四处涌,手痒脚痒的难安分。

衣角被人扯了下,崔工利脚就动了,踩了那个男人的影子前行。

然后就是码头。枯水季节走不了舟排,码头并没有失去往常的热闹。舟排走不了,木船竹排却不能闲了,正好利用这时机修修补补,再刷两遍桐油。河滩上那些舟排倒扣了,船底向天,一年到头都在水里从没干过,现在要好好晒晒太阳。那河道就成了舟排的睡床,横七竖八的大船小船还有竹排横了,都新涂了层桐油,油光放亮,但却是那种深沉颜色,看去像是放置多年的巨大金色叶片。日头很好,暖洋洋地照在河岸老樟的树叶梢头,拂了那片翠竹,都成了灿灿的绿。而那些山野峰峦,却因秋霜的缘故,枫树黄栌漆树什么的那些杂木都红的黄的一簇簇地夹杂在秋光山色之中。枯水季节河水少是少,但阳光依然,波影粼粼,河道虽是窄去许多,但却精致了许多,一条清流在阳光下像条银腰带儿,串了那些"金叶"缀了远山近景的绿和红黄,成一种独特景致,赏心而悦目。

崔工利就是在那站住了,几个男人走走,发现那个伢呆站在那。他们就又从河堤上转了回来。"唢呐"顺了崔工利的眼光看去,看到那片风景,但他觉得那没什么,一切都很平常。他说:"工利吔!你在看些什么呢?"

崔工利说:"我什么也没看,我不想走了,累了,我想歇会儿。"

"唢呐"想想也是,他们几乎要串遍整个船山,走完那些角落。不说不知道,一说还真有点累了。

其实崔工利一点也不累,他一直沉浸在喜悦中,他想,他从来没有这种感觉,那几个男人整个白天都围了他转,他觉得自己从没受过这种待遇。

"唢呐"说:"你还想去个什么地方,你跟你唢呐哥说。"

崔工利说:"就坐这吧,我想在这呆一会儿。"

他们坐在码头的大石头上晒太阳,阳光暖暖,内心也充满了暖意。这里的风景有种说不出来的东西。风景和周边的一切似乎那么平和美好,他们觉得很惬意。那个叫"唢呐"的男人和一个少年。他们更是觉得那阳光很神奇,一直从他们发梢透进去,在他们的身上流淌。然后似乎流经指尖,穿透了身下的坚硬的石头又漫渗到另一个人的身上。崔工利想,这怎么可能?可确是千真万确地感觉到了,他侧身看了看身边的"唢呐",那男人正和他的同伴说话。崔工利看到的是肩胛的侧影,他怎么的就觉得那就是他哥崔工胜。他想他不能再那么看,眼里有东西转悠了。

他返过身，就看见船山的街巷屋宇了。船山的街巷屋宇也沿河而建，呈一根带子在绿荫里逶迤而去。客家的民居很具特色，瓦是黑瓦，但墙不是青砖。石头垒的基，但到一尺地方就是土墙了。有用土夯的墙。崔工利知道，北方那叫干打垒。土是红黄夹杂的土，取自田头山脚，掺了禾草麻棕什么的，用夯锤夯实；另一种土墙是用砖垒就，可砖是土砖，也是采自田头山脚，只不过是先打制成方块的泥砖，干了垒墙。那些商户，个个家里殷实，不是出不起青石的钱，是这地方的人喜欢住这种房子。客家人觉得这种房子冬暖夏凉，且还物美价廉吉祥牢靠。

　　墙微红透黄，看去颜色很特别。秋里，是晾晒的好时机，墙上挂了些田里才收秋的货。红的是辣椒，白的是蒜头和萝卜，一串一串挂在檐下。黄的是烟叶。赣南自古就出好烟，田里家家户户都种烟。烟叶被商户收了，一束束挂在墙上，看去像那些屋子穿了蓑衣。当然也有绿，一些竹篙支在那，晾晒的五颜六色衣服不说，一些篙子上晾的却是青菜。有白菜芥菜萝卜菜雪里蕻什么的。这些青绿，是晾晒了做酸菜梅干菜的。晾了些日子的，蔫软了已呈黑黑颜色，还新鲜的当然是绿。一些收获并不挂墙上，他们在晒席和簸箕上。晒席上晾晒了谷物，金黄的一摊一摊。稍大一点的场坪上都摊了晾席，家家晒了稻谷。簸箕就不一样了，簸箕里晾晒的多是薯片什么的，有些黑糊，那是煮熟了晒的，生薯片晒出黄和白来。也有一坨一坨黑糊的东西。崔工利知道那是些什么，不好看，在龟岭背那乡民也常见那些团团。开始他以为是狗屎，那些团团黑糊看去确像一团团狗屎，后来知道，那是乡民用南瓜茄子什么做的糊粿，还有磨豆腐或者薯粉留下的渣，也有人家做成糊粿，晒了做零食或者以备饥荒。

不管是穷家富户，客家人都有这习惯。家家都要备些干粮的，谁知道呢，天灾兵祸，连三僚的神算们也没个算得准的。有备无患的嘛。

每家的檐下还坐着一个两个的老人，他们手里捏根细长竹竿，竹梢上拴根红布条儿，时不时地那么晃动一下。那些老人守了自家晒的东西，也有捎带了帮人家看的。有雀儿时时惦记了那些金黄谷粒，时不时飞蹿下来叼走一粒两粒，它们在檐角屋顶在枝里叶间，蹿了跳了，叫了鸣了，可心里一直牵挂了那些谷粒。鸡和鸭什么的，当然对那片金黄也垂涎欲滴，但他们有过教训，也知道主人不会饿着它们，所以显得从容淡定，对那些谷物视而不见，在堤上河滩上周游了觅食。有贼心亦有贼胆的还有那些老鼠，老鼠似乎无时不在，河堤的石缝里，田埂角落院墙的洞洞里，常常有两只小小绿豆大的什么闪了亮了。那是不怀好意的鼠们，他们瞅了空隙就会发挥一下，窜去吃坪上的谷。但麻雀和鼠却常常因了老人而失手，那些老人看去像在聊天，或者干着编篓呀刮麻什么的活，甚至在太阳底下打瞌睡，但只要有动静，也能在雀和鼠行将得逞的刹那把竹竿准确地抛到那个方位，惊得雀鼠狂飞乱跑。

那些薯片和菜心，也不是没有人惦记，有时候簸箕的一角会莫名少去许多。要是仔细了看，偶然会看到有几只小手从墙角处伸去，抓个一把两把。他们其实大不必那么小心，那些太阳下打瞌睡的老人他们一目了然，他们对伢们的行为睁只眼闭只眼。伢们不是鸟雀也不是鼠辈，是些顽皮的伢儿。伢们总有这么个经历的，他们不是嘴馋，只是手痒，只是好出风头寻求刺激。老人们网开一面的根本原因是那一切他们小时也曾有过。每个客家人都少不了的少年经历，为什么要苛刻后人？当然，依然要有严防死守的态势，不然，毛伢们觉得没什么意思不刺激。

再往远处看，有三两家的所晒有所不同，也没禽呀兽的光顾那地方，更没毛伢理会。岸堤上的簸箕里，枯枝败叶，根根苑苑……那晾晒的是药材，可想而知，那几户是开药铺的。那些苦涩东西当然不被禽呀兽的光顾毛伢理会的。

当然还有别的，有更醒目的色彩，一大摊一大摊。先是在那几家的院子里飘，院子里架了一排排竹篙，竹篙上晾了才出染缸的布，蓝的多，深浅不一，就显出了层次和斑驳。有"老蓝"，"毛蓝"，"水蓝"，"天蓝"，"锦蓝"，诸多的蓝。眼见秋已渐深，天往寒里走，走走就要入冬了，添衣不说，新年怎么的也得老少备件光鲜新衣吧？各家都定布匹衣料，虽说白的限供，每家按人头给布券。红的这边被人捏掐了脖子，封锁了东西缺乏，但也得想办法弄个几尺新呀。新年里的衣服得有喜庆。染坊里除那些"蓝"外，当然也有别样的几种颜色。新年正月，红布不能缺少，各处贴红纸外，还得挂红布，有钱人家女人也穿红戴绿。尤其祠堂，总有祭祖什么的，正月里还跳傩舞狮，还有人嫁女迎新什么的，都是红布大用场的地方。

所以来扯布的人多，染坊里就活多。活多了，布就出得多。布一多，院子里晾晒的地方就狭小了，河滩上那片空地，就成了染坊的晾晒场地。于是极目远望，就有了那种景象。靠镇街一侧的河堤和河滩上，横七竖八地铺了长布。当然是深深浅浅的蓝，而间杂了红和绿，偶然也有一块两块的黄。那些布匹沿了弯曲河堤，铺展成长长的一条。而船山那不大的一片林子，也因秋而染了些浅浅红黄，那是枫叶。而河对面的远山近岭，更是显出斑驳红黄来，要再霜天里来个几回，就层林尽染的了。

第十九章

我心里窝了摊烂棉花

涂天让那些天眉头打了结,窝在屋子里不出门。竟然向查恒有讨烟抽,查恒有大了眼睛看了涂天让一眼又看一眼,"眼镜客,你不去你的什么室做你要做的事,窝在屋子里?!你还讨烟抽?"

涂天让说:"渣子,你废话真多。"涂天让不容分说,走过去一把抢过查恒有手里的烟管,有模有样弄了撮烟丝,点了,缩在墙角,大口大口抽。烟弥起,把涂天让弄成了一团糊影。那团糊影里,涂天让咳得凶狠,他身子一颤一颤抖了,弄得那团烟也颤颤了抖。

潘耕晨蹿到涂天让跟前,一把将那烟管夺了。

"眼镜客!你装个什么疯?!"

"我心里窝了摊烂棉花"

"我们是不是兄弟?!"

"当然是,怎么不是?"涂天让说。

"那有什么心事不能和兄弟说？是兄弟为什么藏了掖了？！"

潘耕晨和查恒有确实大惑不解，能有什么让涂天让这么？！涂天让向来那种激情万状的样样。尤其进入"匪区"到了这片天地，像打了鸡血，脸上透亮，眉眼起光，有了那些仪器和那间屋子，涂天让的魂就拴在那了，一早就在那里面埋头他的事。就是人们通常所说，夜以继日，废寝忘食。那时候，他总跟人说，你们就等了我好消息吧。那时候，谁都相信会有个好结果，谁都相信年轻眼镜客会给大家一个惊喜。

就有无数眼睛盯看了那张紧闭着的门。那一天，涂天让"咣"一下推开门，那些眼睛就盯看着涂天让的脸。

涂天让蓬头垢面，涂天让神情憔悴。

首长毕竟是首长，这男人很快明白是怎么回事。

他过去拍拍涂天让的肩，"没事，没事……你尽力了……"

首长的举止和话语，很多人听不明白。人们没有惊喜，只有疑惑。

然后，涂天让就窝在床上不出门了，那天起，脸板了像石头。

人问："不舒服？"

不吱声，闷葫芦一个。再问，就抢了潘耕晨的烟管。

"是呀是呀，有什么不能跟兄弟说？！"

三个男人因棉而相识相聚，有过那么些经历，又住在一起这么多日子。出身，经历，性情，学识，兴趣爱好等诸多方面不一样，按说都是些水火不容的角儿，各有各的主意，各有各的盘算，各有各的追求，各有各的个性……但在这么个独特地方和一帮独特的人过着一种前所未有的生活。虽有冲突争吵，可三个男人还是成了兄弟。有些事就那样，在一起，同甘苦共患难，就有了感情，就成了兄弟。先是一般的兄弟，后而成铁杆，成了当地人平常所说生死弟兄割头换颈。就有了很多的"同"，虽然说不上志同道合，但同舟共济却是有过的事实；谈不上同生共死，但同心协力想种好棉花也是一起努力过的。

"是兄弟不！？"潘耕晨说。

"是就说，"查恒有举起一只碗，往地上狠狠砸去，那碗成了碎片，散落在墙角各处，"不是，那从此你眼镜客你走你的路，大路朝天，你……我们……各走半边！"

潘耕晨接上句："就是就是，你走你阳光道，我们过我独木桥！"

"你看你们说的？"涂天让抬了头，眼珠儿在镜片后面眨巴了，"当然是兄弟……"

"是兄弟你告诉实情！"

涂天让说："空的，都是徒劳……"

"噢噢？！……"

"种不成棉花了，种不成了！"

"噢？！"潘耕晨和查恒有都惊惊地叫出了声。

"泥土不合种棉，这地方的土质种不了棉花……"

"有这事？！"

"一方水土养一方人，草木也一样。"

查恒有叹口气说："那是，南丰的橘子就那么，就巴掌大一片地能长，你移出那地方一寸，长出的果就不一样或者根本不结果……"

就是这么回事。

"怎么办?"

查恒有说:"还能怎么办?喝酒去喝酒去!"说着,查恒有和潘耕晨往街子上走,涂天让犹豫了下,也跟了过去。

三个人喝得烂醉,涂天让在那家馆子里哭了一场吐了一大摊。

你们已经尽心尽责了

三个人沉睡了一天,他们决定去找首长。没想到首长自己来了。

神人呀?神机妙算,你怎么知道我们要找你。

首长说:"我不知道呀,是我要找你们,巧了巧合。"

"那坐下,喝口茶。"三人说。

首长看样子不是来喝茶的,他们知道也没时间喝茶。但首长却真的坐下来从容地喝着茶,他们不时地看首长,首长也不时地看他们,情形有些尴尬。

"我知道你有事找我……"到底还是涂天让先开了口。

"土质不宜于植棉的结论我知道了,你尽心尽力了……你终于得出了结论。"

"很抱歉,这结论不是我想要也不是你们想要的。"涂天让说。

"那当然,可这是科学……科学就是科学,来不得半点马虎。我当初怎么就没想到这一点呢?这就是不尊重科学的结果,责任在我呀……"首长说。

"谁也想不到的事嘛……"查恒有说。

首长说:"应该想到,古人早就提到了的呀。"

"什么?!"

"橘生淮南则为橘,生于淮北则为枳。叶徒相似,其实味不同。所以然者何?水土异也。"

"哦哦?!"

"《晏子春秋·杂下之十》里所说。"涂天让说。

首长笑了,"很对!非常对……水土异也……"

涂天让还是蔫蔫的样样,"很遗憾,非常遗憾。"他说。

"你们已经尽心尽责了。"首长说。

后来他说:"我叫他们加了几个菜……你们也准备一下……"

"准备什么?"

"我们送你们回家呀!打道回府呀。"

棉花种不成,三个人心里凉了一截。除了种棉花,他们也做不了什么,按合同,有客观原因无法种棉花,合同自动作废。因此三个人现在是自由身了,他们想去哪就去哪。可他们三人没一个想走,蝗灾和天灾无家可归和被人追逼并不是根本原因。此处不留爷,自有容爷处。大男人四海为家,天地这么大,什么地方都能衣食无忧。三人也没想到这些日子,他们体验到另一种生活,遇到另一些人,他们先是疑惑,继而好奇,再而就接触,由浅入深,然后不知不觉融入他们之中了。他们想,人不能不信缘分,他们就那么走到了一起,并来到一个完全想不到的地方。他们才呆出点感觉,他们才和那些人有了些感情,就让他们走,他们有点不舍。

"你没问过我们呀?!"潘耕晨说。

"问什么?!"

"就是我们的意愿和意见……"

"哦哦……这我倒没想到,棉花种不成了……你们可以回家了,应该回去……合同上也写得清清楚楚的。"

查恒有说:"棉花种不成了,但我们还能做别的……你认定我们除了种棉一无所能?"

首长有点吃惊,他没想到查恒有会这么说。但苏区毕竟不同于其它地方,这里有很多的新事物和新观念,穷苦大众和年轻人容易受影响,但查恒有五十多岁的人了,何况他们来自白区,对这里发生的一切不甚了了,怎么也会流露出别一种想法?

首长对涂天让和潘耕晨说:"你俩也这么想的吗?"

涂天让和潘耕晨点了点头。

首长没说什么,他也点了点……

"我知道了……"他说,"伙房今晚加了几个菜,也叫了一坛子酒……"

这不是信任不信任的事

晚上,他们喝了酒。首长平常不喝酒,但那天也喝了半碗。那个士兵过来拦他,他说:"我得喝一点,表达下我们的诚意呀!"

查恒有说:"谢谢了谢谢了……"他觉得今天格外开心,说,"你喝一口我喝一杯!"

那个男人微笑了,抿了一口,说:"我敬几位!"查恒有端起那只碗,昂一下脖子,碗就空了。

那男人说:"你看查先生你还真喝了呀!?"

查恒有又往碗里倒了酒，依然满满一碗，说："我得回敬你的！"不容对方说话，就又一仰脖子，那只碗又空了。然后，他又嚷嚷了："眼镜客……河南佬……你们也敬下人家呀！你们不敬我代你们敬！"就真又连喝了两碗。

大家都看着首长，首长说："他高兴哩！"

他说："也好！就要离开这地方了，有个尽兴的时光……"

"也还是得谢谢三位的努力。"

"你看你？……到底还是不留我们的呀！？……逼我们走……人……？"查恒有喝得有点醉了，他大声大气地跟首长说话，弄得那个士兵直朝他鼓眼睛。每一回首长是自己独自来去，从不带跟班和警卫的，可那回身后却跟了个士兵。后来才知道，首长是痔疮犯了。痔疮患了本来是不能随便走动，痔疮犯了更不该喝酒，但那天首长却来到大屋子里还喝了些酒。首长说："你们都是因为热爱自己的植棉技术才来到这的，一个萝卜一个坑，你们应该到你们该去的地方发挥你们的才能！"

涂天让说："我们真心实意还想在这呆些日子。"

首长摇了摇头，他没把那话说出来。他想说，两军对垒，非同儿戏的呀，我们得为你们的安全负责……在这个男人看来，三个种棉高手确实应该到他们该去的地方。此地种不成棉花，他们当然可以做些别的，但显然他们是因为好奇或者新鲜。许多事情首长是很清楚的，局势在进一步的恶化，白区各地传过来的情报，一切都显示敌人在冬季要发动更大的围剿攻势。既然种不成棉花，原来的种棉计划就得放弃，这三个请来的种棉专家要安全地把人家送回家。他没想到三个人自愿要留下来，但这事首长觉得得慎重，这不是信任不信任的事。

潘耕晨又给他两个外甥写信了。他还是想跟他外甥说话，反正总是想说话。这一回不是嘴痒，嘴痒不是个事了，嘴痒可以跟很多人说了。不仅跟渣子眼镜客可以说，和这地方的男女都可以说。他和他们都成了朋友，和朋友有什么事情不能说的呢？无话不说。

是心痒或者说手痒吧？嘴痒现在问题已经解决，他能和大家说上话，渣子和眼镜客依然很傲气的样子，但比先前好了许多，也能和他俩说个痛快。但好像一来这地方，人就变了，怎么肚子里这么多话想说呢？话就像泉水老在心里拱呀拱的，拱得人难受。

但奇怪了，潘耕晨还是想写信。他想他确是心痒和手痒，他觉得写信让他很过瘾。他写信还有个怪毛病，喜欢一个人独处了写，关了门闭了窗。那回查恒有说，走走，下过场雨，坡上生了松树菇……那是美味山珍哟。谁都晓得查恒有真实动机，是想让涂天让去山里走走，其实也是散心，整天郁闷了会憋出毛病来。潘耕晨却说，我脚骨痛走不动路你们去你们去！

棉花种不成，雇主也不让他们插手其它的事，他们就闲着。闲了无事，他们常常下河捕鱼上山观景。拾蘑菇是新鲜事，查恒有看着涂天让一脸的阴霾心里有点那个，就有了这提议。没想到潘耕晨说脚痛那次查恒有觉出了潘耕晨的怪异，半道上近身回来，撞开了门，人就低头往柜角床底看。潘耕晨说："哎哎！渣子你失魂落魄地找个什么呢？"查恒有当然什么也没找着，两个人都大眼小眼地看了好一会儿。

潘耕晨恍然大悟那么很响地"噢！"了一声，说："你个天杀的渣子哟！"

"你看你骂我？……"

潘耕晨笑得喷出一大团的口水，"你天杀的……我知道你找什么……"

查恒有也笑了，"我以为你那个了……"

"你个鬼……以为我藏女人？"

"嘿嘿……谁知道呢？你鬼里鬼气的样样……不是藏了女人就是藏了别的……"

"你找到女人没？"

"没！"

"就是呀！……你找到别的没？"

"没！"

"就是呀！"

"那你鬼里鬼气，你玩个什么名堂嘛？关门闭户的……"

"我写信嘛……你看，我在写信哩……"

潘耕晨把桌上的那张纸递给查恒有，那纸上的墨迹还没完全干。查恒有看了下，上写着：……有件事说来你们也不会信，那天我真在那个南方的小镇上隔江看见你了嘛。

千真万确，我真的就看见你崔工胜了，怎么的那背影都是你哟，我也不信你怎么会出现在那种地方呢？我是看见鬼了吗？要么我是心里想你们了，但我没怎么想的呀？在这地方日子过得挺好，棉花种不成，但很开心，鬼知道是怎么回事……

查恒有看了那段文字，笑了。"都撞了鬼了的哟。"

"你说那事怪不怪？！我真就见着我家大外甥崔工胜了，他那背影和我姐的一个样，走起路来晃荡了肩……"潘耕晨说。

"鬼打你眼睛,鬼迷你心窍。"

"鬼!……我骗你做什么?"

"我没说你骗我,我说鬼……"

"我就是想写嘛。"

"你写你写……我和眼镜客上鸡婆岭去拾菇子了……你们两个哟,都怪怪的……"

"也难怪嘛这个世道都怪怪的。"他嘟哝道,然后一歪一歪地走远。

我还是跟你们说说这地方的事吧

查恒有一走,潘耕晨又把门和窗都关得天衣无缝。他接了写他的信,心无旁骛。

……种不成棉花了,红的这边的人要送我们回家。**潘耕晨这么写道**。我们说种不成棉花了我们还能干别的嘛,他们老侧了脸儿看我们。我们三个说的是真心话,我们确实想留下来,留下来并不为别的,是想弄清许多事情。人不能心上存了谜身上满是问号勾勾过日子的吧,那怎么活哩?

报上说这地方赤匪群魔乱舞三头六臂。报上说这地方人死得多河水成年红红树长黑叶开花不结果。报上还说这地方日头带了墨点人没粮米吃的是土没盐巴吃的是硝反正吃的喝的都不是一般的东西,人长着长着就走样了……那时候我在报上读到的多了,反正那地方被报上说得离奇,但我们见着的却完全不一样。

眼见为实这话只说对一半,是实了,可为什么会这样?眼是见了,眼前是明白了,但心上却糊涂了。我们三个就想留下来住些日子看个明白。可没想到人家让我们走。那个长官很和气,他个白脸,人也很标致。他永远那么张笑脸示人。我一看他就是少爷出身的人,据说还留过洋。记得我们富前崔平宏财主家少爷就是长得这么个样子,可那个少爷就是缺少笑脸。那人说,一切按合同执行嘛,我们讲信用守诚信的。我们说,没人说你们不坚守信用。他说,这事我定了,很快就会有专人安全地护送你们回去。我们说不急不急。他笑了说我们急呀,十万火急,火烧眉毛那么急。人家说的是真话却用玩笑说出,但玩笑也开得有点那个,急了让我们来,人家想留下,又急了让我们回。

也许人家不信任我们哟,也许人家一切真有板有眼按合同来。那也没办法的事,人不留客,只盼天留客的了。

我还是跟你们说说这地方的事吧。我们三个也老是在琢磨,这地方怎么会种不成棉花呢?种不成棉花却能有别的不可能出现的事情出现。你怎么会想到,中国会有这么的一群人在?种不成棉花,却有这么一群人在此落地生根。种出了另一种东西,开着花,还可能要结出果实。官府清剿也有好些年了,弹丸之地,人也就那么些人,物也就更不值得一说。官府铁桶下围了封了。报上说,三分军事七分政治。东西运不进来,物产也送不出去。人家说不动兵马,困也要困死饿也要饿死。按说应该是那么的,但怪就怪在,几年下来,人家没死,依然生龙活虎的,这大概是我们最好奇的地方。古话里说,人心齐泰山移,他们这地方出奇的心齐哩。他们这地方奇事异事多了,你伸出手在地上刨刨,兴许也能刨出一个两个来哩。

每个村子都办有识字班,教人识字,不只是娃娃们要求学文识字,男女老少都要你学。问:作田人识了字做什么?答:翻身做主人呀!就说:作田人要的是好身板和力气。答:牛马也有好身板和力气。就又问:天下真就没有财主了吗?答:大家团结一心打天下,天下是穷人的了,哪来的财主?又问:祠堂也没了吗?答:工农当家作主,要祠堂做什么?问的说,那一个乡一个村总得一个主事的人吧?答,大家选举呀,苏维埃讲究民主。问的不问了,一头一脸的汗,只摇头。答的说,呀你怎么了?你不相信?那人还是摇头,说是不明白弄不懂。答的就笑,说,就是要想让你们弄懂明白才识字的嘛识字读书天下事都会明白的。

村村都办了识字班,我们三个也常被请去做夜学先生。只要识字的人,都会被"请"了去。白天忙,但抽闲也学。你总要歇气的吧,你总要喝水的吧,也有时要撒尿拉屎……随时,随地,随人数,乘凉时,喝茶时,一个人,三个人,五个人,都能学。起初,画地为字。他们缺纸。后来,就造纸墨,是很粗糙的那种,但能写能涂就行了。一人发了一本簿子。字从"桌椅板凳猪牛鸡鸭"写起。十天收一回,送夜学老师看改。组长有不晓得写的字,问夜学老师,夜学老师有不晓得的,问日学老师。日学老师不晓得的,自然就找高手,有时就找到眼镜客了。那后生不简单,知天晓地。他们还做识字牌,每村一块有的两块,钉在路旁屋壁。牌上绘图写字,两天三天一换,一天一换或四天五天一换间或也有的。每次,少的两个字,多的三个字,没有不绘图的。日学老师负责。多是钉在村口的老樟树上,进村出村,人人近前读字识字。

你看,这地方竟然有这种事,人人去识字,说识了字当家做主人。

　　这地方村村的男人都走空了。你要问男人去哪了？这还用问，男人都去当兵了。奇怪得很，在咱富前，不管是哪支官兵，都是那些人来抓夫。当然，你们两个是自己去的，可那是灾年，不是蝗虫遍野，你们兄弟俩会去当兵？当兵我们那地方叫"粮子"，就是有粮吃能活命。活得下去的谁愿意去当兵？可这地方不一样，鬼了，他们叫"扩红"。说队伍上要人了，村子里出几个，苏维埃的人到处窜走，果然不费什么工夫就把人招齐了。问，才知道，人去了队伍上乡苏给地。就有家里有八个子弟的，一下子去了八人，家里就分得了八份土地了。当时渣子就说，啊，生儿子就是生地呀，这不又成了新地主了吗？当时没人回答他这话。又问，那么多地人走了谁来种呀。对方却回答，有互助组呀。他们说你们看看去看看去。我们三人真就去几个村子走了走。村村一个样，青壮男人走了十之八九，剩下的不是病就是残，种地的只有女人和老人了。女人组织了妇女耕田队，一户一户帮人种田。过去女人不会耕田耙地，客家女人虽说不缠足，但田里的重活过去干得少。现在男人去了队伍上，女人不得不担起一切，耕田莳禾是基本哟，里外的一切，她们都得挑起来。成天的日晒雨淋，汗呀泥的满脸满身，苦累不说，还损颜哟，一个个不到半年老了有十岁。但看那些脸，眉目中并没有苦不堪言表情，倒是眉眼里有花，都是些笑脸，水一样的清澄。

　　新鲜的事还有合作社，我从没听说过这种事。村村办了合作社，有粮食合作社，就是粮米大家一起种一起收一些分摊了节约了吃，丰年储备，灾年互济；有耕牛合作社，各家的牛栏里的情况各不一样，有的牛栏空着，没牛，有的有两头三头的，春耕忙时，也就互相调剂；还有就是消费合作社,就是大家集股搞经营,乡民以每股五角为单位,集了钱,为大家做生意。过去乡民有点细碎闲钱,都自家藏了掖了,现在有人出面组织了集资做生意,钱生钱。收获的作物还有的禽畜山货什么的,由合作社集体运作了卖出去,然后再购置农家生活生产用品回来。

这些当然好,但能长久不?一年两年的能行,十年八年呢,百年千年呢?渣子说他不相信会长久。眼镜客没说,但我看出他也存疑的哟。此前所见,就像在梦里了。几千年都这样过来的,怎么说把祠堂废了就废了?

但他们就是废了,也没见有什么不好。也安定祥和的呀,也国泰民安的样样。要是白的那边不进剿,你还真觉得是戏里的情形。想想,他们怎么做到的呢?

红的这里人宣传做得好,到处都是标语。最常见的是写在墙上的,墙平平展展,好写字。墙也是人人低头不见抬头见的去处,显眼。墙有砖墙土墙板墙石墙……大多是墨写在纸上贴墙上的,斜斜了贴。也有用石灰水写的,用红土写最方便,拎了只桶,带只芦帚,用水搅了土到处刷,虽到处可见但不持久,雨一冲就没了。长久的是刻在石崖和大石头上的。当然最多的是墨写的,据说最早是从土豪财主家弄来的墨,墨不能做浮财分,但写标语就很合适的了,就由了人到处涂抹。墨涂写的字可以写在纸上贴墙上壁上,也可以写在白墙和照壁各处,也写在柜上和各种木制的家什上。后来墨用完了,就用烟囱灰炭末什么的自己造墨写。反正标语是这地方一大特色。那个男人说,一条标语有时能当一个军。我们眨巴着眼睛觉得这话难理解。但不理解归不理解,那些标语却是实实在在的。写在砖墙上土墙上板墙上石墙上,写在巷角写在岩崖上写在村口的老树上……都和乡民利益相关,和粮米财产相关。比如:没收土豪家谷米油盐给穷苦工农!比如:打倒土豪分田地,穷人不还富人钱……另一些是写给对手的,大多写在两地的边界地方,如:不当无钱的白军,拖枪过来当红军;红军中官兵伕薪饷穿吃一样,军阀里将校尉起居饮食不同;河南的白军士兵你们不是想回家吗?那就赶快拖枪到红军来发给路费……你看他们提到我们河南了哩,白的那边有河南兵。他们的标语五花八门,也有讲女人的,如:反对翁姑虐待媳妇;废止童养媳;实行婚姻自由,反对买卖包办婚姻……关于生活琐事:刷牙洗脸,活过神仙;睡房不要放灰粪,前后水沟去污泥,坪场打扫光洁;禁吃死东西;改灶节柴……

第二十章

庆源班没来戏还是得唱下去

崔工利揪了一下耳朵又揪一下耳朵。"唢呐"说:"小表弟咂,你老揪你耳朵做什么哟?"

崔工利说:"我听到了锣鼓声。"

"唢呐"几个说:"那就对了,这时辰了,该来了。"

后来他们没看风景了,后来他们被一阵锣鼓声打断。

镇街上人都往那方向望,起了薄尘。然后是一队男女,中间抬了个轿子。镇街上人就往那边涌。浮桥挤不了那么多人,这无碍。秋里水浅。那些男伢不惧水凉,就喊了叫了赤了脚趟水而过。崔工利蠢蠢欲动,被"唢呐"扯住了。"别动,是庆源戏班哩,他们一会儿就过来了,装那疯干什么?"

崔工利真就一动不动的了,要搁他哥,他肯定不会这么,他觉得"唢呐"身上有种东西,是什么,他说不清。

响起了爆竹声,烟腾处,竟然有一顶轿,轿子被人簇拥了往这边来，浮桥更是晃荡了，轿子夹杂在人群中走来，一直在街子上周游了一遭，然后就往这边走来，竟然朝崔工利他们走来。

"你能掐会算的哈，唢呐，你怎么知道他们会来这里？"

"尊贵的客人来船山，都是到这里先落足的。乞巧儿他们也是人吧，也要吃喝的吧，吃饱了喝足了，有精神唱戏……这不稀奇……"

"哦哦。"

"喝酒喝酒，兄弟，你急什么？酒足饭饱了看戏……""唢呐"说。

"唢呐"几个很淡定，他们一派老练架势。不像崔工胜他们，总被街子上喧哗搞得骚动不安。这也难怪，他们来了近一年了，和"唢呐"他们一起看戏也不是一天两天。他们只要夜里不值岗，脱了军衣换上便服约了三两个弟兄就过这边来喝酒，十天半月的会有戏班子在万年台唱戏，红的白的一伙就坐在一起嗑瓜子哈了酒气听戏。但庆源班这样的戏班还是第一次，见乞巧儿这样的名角更是第一回，他们当然有点那个。而崔工利呢，连来这地方看戏还只第一回，这么个场面也是第一次见到，他就更那个了。

但那队男女和那顶轿子，却没有像"唢呐"说的走进这家船山最大的馆子。

那是船山一户人家娶亲的花轿，庆源班没有来，说是原本按计划来的，可是却说被人拦阻在了小源不让来了。

"有这事？！""唢呐"说。

"是呀！怎么会有这种事情？""螳螂"几个说。

"谁能拦阻庆源班？"

"是呀？谁有这本事，就把庆源班拦了不让到船山来？！"

说了说了，"唢呐"几个脸就白了，他们互相看了看。崔工胜不明白，他问："怎么了怎么了？！""唢呐"他们没说，只说："喝酒喝酒……"

晚上万年台也不能空了，过节哟要祭河神，也要大家开心乐一场。庆源班没来戏还是得唱下去，船山的地方小戏班临时顶了唱了那几出老戏。戏当然不是苦情戏，祭河神又是年节，演的都是笑剧闹剧。第一出是《茶童戏主》，茶童聪慧，笑谑中把主人玩得溜转。茶童是个女角扮的，每一个动作每一句唱词都显出拙朴，虽然没乞巧儿名声大，但那角儿也是周边有些名气的。戏一开场，场上的男女就把庆源班子受阻没来的事给忘了，一阵笑一阵喝彩还有拍掌的声音。崔工胜几个酒也喝了个八九成，借酒装疯，知道不能过分，就借了笑发泄。不能高声大气说话，不能张扬了喊叫，但笑还是可以的吧？就笑得抽风，喝彩时喊得山摇地动。观者都被戏牵了失魂落魄的，也没人在乎他们疯张。

崔工利第一次在船山看戏，没经历这种情形，人就更像掉进了笑缸里，也笑得抽风，笑得忘乎所以。他一直是"唢呐"半搂了的，就笑得挣开了那只大手。他把身边一切忘了，他把那杆枪忘了，把长官洪天禹忘了，甚至把他哥崔工胜都忘了。把他哥崔工胜都搁到云天里了他还能不把一切忘了？

演完一出，底下人还不尽兴，喊了："再来一出再来一出！"有人就往台上扔毫子也扔票子，有法币也有苏区币。毫子到处滚，一些滚了滚了，就横在了戏台子上，另一些就滚到板缝里了。但纸钞却不安分，被风吹了满台转。班主就出来作揖致谢，一边就捡拾那些纸票和毫子，作个揖弓一下身，样子滑稽，又惹一阵阵的笑。听得下边观众一阵阵喊："再来一出再来一出！"就频频点着头，说，好！好！来一出《瞎子捉奸》。

又是一阵哄笑一阵喝彩，还有掌声。《瞎子捉奸》大多人看过，也是笑到肚子痛的笑闹戏。瞎子能捉奸？当然难，但他却捉了，过程曲折搞笑。这故事一看剧名就觉得有点吸引人。看过的还想看，没看过的心痒痒了更想看。看了依然沉浸其间，笑着叫着巴掌拍得山响。

然后，锣鼓琴声都止了，戏谢了。班主领了戏班里的男女站台上谢幕。台下人忽一下站起，声静了片刻。轰一下，人流水一样忽然散了，嘈杂却没走散。有丢了鞋走了伢的，还有被踩了脚的挤了肩，就喊呀叫的，也有哭起来的。当然更多的是叽喳着说话，嚼了戏文里的余味，说着戏里戏外的什么，沾点淫秽意味，添油加醋节外生枝，就又嘻哈地笑。

突然有人说："哈，看月！一轮好月！"人们都齐齐止步仰头往天上看。一轮圆滚滚皓月，现在高高地悬在天上。

他和工利看来前世的缘哟

"唢呐"没往天上看，头低了，看不清脸上表情，却感觉得那脸蒙着一团黑灰。

崔工胜觉得奇怪，其实崔工胜几个一直就留意到"唢呐"的异常。人家看戏，"唢呐"一直眼看了脚尖，人家笑，他脸上黑糊。这确是个奇怪的事，以往的"唢呐"几个，总是笑闹疯癫话多，看戏时也一副忘乎所以投入模样。今天怎么了，酒喝得多了？没的事呀？"唢呐"的酒量河两边的弟兄中他最好，才那么一点酒，人就蔫萎了？是因为乞巧儿没来，"唢呐"几个失望？

崔工胜想不清楚。

崔工利没留意他哥的表情，更不知道他哥心里想的那些杂碎。他看会儿月，月圆得像块镜，他想，一块镜掉到水里了洗呀洗呀，然后让那些云一下一下擦了，就变成现在这么个好看样子了。月是一轮上好月亮，但他并没有完全被月吸引，他还想着戏台上场面，他没看过当地的戏。洪长官不爱看戏，洪长官不看，崔工利也不看。他没想到戏还真的那么好看。后来想，是戏好看？还是今天心情格外不一样？

他没多想，他跟了大家到了浮桥边，月没云遮，月光柔柔地铺在各处，隐约的就看见那座浮桥了。

"唢呐"一直把江左的弟兄送到桥边。他们不叫外号时和对面的大伙打招呼时就那么叫的，他们互相称河那边的队伍。

崔工胜跟"唢呐"说："回吧回哟……都回……"

江左的弟兄没人接话，他们站在那，月光涂一团淡淡的影在他们脚下。

"回哟……"胡得志肖根了他们也说。

"庆源班今天没来，说是几天后还是会来的嘛，我听况掌柜说的……"崔工胜这么说。

"万寿宫里主事也这么说，他们说过几天庆源班一定来……"肖根了说。

"唢呐"终于开声了，他对崔工胜说："兄弟，你照顾好小表弟哟。"

"他好好的……"

"就是，你要好好照顾了哟。""螳螂"也说。

崔工胜没听出他们话里意味，那时候，崔工胜河那边的兄弟已经有所感觉，庆源班被阻了，事情有些蹊跷。戏班子走江湖，信誉第一。何况庆源班这样名声远扬的戏班，从没听说无缘由毁约的事。那就是有特殊情况，这特殊情况没别的，张保贵他们在红的一方队伍上呆不是一年两年，他们心里隐隐有感觉。他们很沉重，崔工胜他们一点也不知道，他们想，下次还会见的嘛，送这么远。街子逛了，窑子也进了，茶喝了酒也喝了，然后是看戏，笑呀叫的闹过了疯过了开心得不行，这个中秋过得很爽。

他们依然忘乎所以。

他们和他们河那边的兄弟不一样，他们脸上也像月光一样铺着一层柔柔的笑，有的还哼着戏里的曲。

崔工胜对他们河那边的兄弟说："你们回吧……回……"

"五天后咱们再见的嘛……五天后，说不定庆源班就来了呢……"他说。

"我们走了哈……改天见！"他这么说。

他们往浮桥上走，走到一半，看见河那边的兄弟还站在大石头旁一动不动。

李须满说："那个唢呐，他和工利看来前世的缘哟……"

崔工利说："他是个好人……他说下次要给我带个好东西。"

崔工胜说："你给人家要东西了？"

崔工利跳出老远才说："我没……我干嘛要人东西……他那么

说来着……"崔工利是怕他哥伸手给他一栗子。他哥没想那么，他哥想着五天后的事情。

人们感觉洪天禹与前大不一样

洪天禹是坐了卡车来的。那些日子，政府一直在修路，沿了路，还修筑碉堡工事。公路像一根丝线，碉堡就是缀在丝线上的一些零散珠串。卡车沿了那条新路，经过龟岭背又往前延伸，一直就能开到战事的最前沿了。

崔工利那天正在后山练枪，他把个秋南瓜当靶。秋南瓜长不大，也长得歪瓜裂枣，看去像颗人头。他就找了截炭，在南瓜上画上眼睛鼻子嘴，扯一根草绳吊在那边的松枝上，就站在百步以外，举了驳壳瞄，瞄了瞄了就扣了一枪。走过去，枪眼在眉心地方。就又退回原处，一连扣了三枪，正要再去验看，就听得嗡嗡的什么噪响，以为是一只马蜂，循声望去，远处那根白白"绳儿"远端蓬起黄尘。黄尘滚动，往镇子方向来。然后，听得吕大每老远地在朝这方向喊。

崔工利紧赶慢赶下了坡。

吕大每说："长官回了。"

"回他事前也不给个信，说回就回了。"崔工利嘟哝道。

吕大每说："在长官面前你可不要说这话！"

崔工利想，我当然不会说，你看我吃了豹子胆了吗？我敢跟洪长官说那话？

两个人牵了马，才要往那边去，一辆卡车驶近跟前。洪天禹从车上跳了下来,他拍打了身上的尘屑,嚷嚷了:"来瓢水来瓢水!"崔工利拎了茶罐来,洪天禹说:"我说井水!"崔工利真就到井边擒上一桶井水,洪天禹举了瓢勺一瓢喝了再舀一瓢又喝了,抹了嘴角的水,舒了一长口气,说:"哈!总算回了!"

洪天禹一脸的笑,几个月他没胖却是瘦了有一轮,但精神矍铄神采飞扬,他指了指那辆卡车,说:"这东西好,日行千里哈。"吕大每和崔工利点了头,人们感觉洪天禹与前大不一样,他们奇怪他们的长官去了庐山几个月像换过了一个人。

"长官你瘦了喔……一定辛苦……"吕大每小心翼翼地说。

洪天禹依然笑着,"天天走步起操还能不瘦?"

"噢?!"

"你们不信?"

"那是……你是长官哪能哩……走步起操……嘿嘿……"

"你看你还笑?"

"长官玩笑的嘛……"

洪天禹就伸出巴掌给他的部下看,巴掌上起了茧子。然后从行李里拿出样东西,是把短剑和一张照片。照片上的人大家熟识,是最高领袖呀,照片背后有题字,洪天禹说:"知道谁的字不?蒋公亲自所题!"大家就惊诧来路了,也惊诧长官的变化,洪长官一直私下里称那人叫老蒋,可现在一口一个蒋公。

"蒋公赐的剑哟……"

崔工利看见了那把剑,他还看到了上面刻了的八个字"成功成仁,蒋中正赠"。

他想,难怪长官这么开心。

吕大每知道该干什么，他去张罗了，很快就摆了几桌酒，军官们到团部聚餐。驻地的士兵当然也都加了菜分了酒，就地欢庆痛饮。那天洪天禹召集军官到师部还有件重要的事，他要跟大家说点什么，都盘算好了，准备充分。但人高兴，一喝酒，杯来盏去的就喝高了。一多，想好的腹稿乱成了一堆麻。你以为他舌头打结呀，却相反，酒一喝多，他舌头却格外灵便起来，像两把扇，在嘴里忽上忽下。

吕大每说："长官，你长途跋涉车马劳顿早点休歇的好……"

崔工利就忙碌了起来，做那些勤务的活，他很乐意做，烧热水给洪长官洗澡，还一下一下给长官揉背。洪天禹酒虽大碗大碗地喝了不少，人高兴嘛，酒就成了水。但洪天禹能喝，尤其他高兴时，酒在他嘴里还真成了水，除醉了亢奋嘴关不住说话如淌水外，其余没什么反应。热水澡一洗，洪天禹就更睡不着，扯了书童说事。

"我洪天禹算熬到头了……"

崔工利小心翼翼，他"哦哦"了。

"蒋公到底是大人物哟……"洪天禹说，他不叫老蒋了叫蒋公。

然后，洪天禹和他的书童说起庐山上的许多事。他说老蒋这他说老蒋那，崔工利听不出名堂，直想瞌睡。但他不敢睡，强打了精神。洪长官说，知道不？蒋公是个明白人。特别关心手下弟兄，走时单独送路费……

你以为呀？洪天禹说。你以为给的是一笔盘缠？那就错了。开始我还以为真是路费，打开一看，支票上数目大得惊人。我说哎哎，弄错了吧？人家说错个什么？我说这是给的路上盘缠？对方说一点不错，你一路好走喔。我大眼小眼地看人家。人家说：校长给你的你收下就是。他们叫他校长，他们是黄埔出来的人，当然是他亲信，但没想到他对我们却没当外人。蒋公到底是大人物呀，你看人家的胸怀？

一生没有经过手的大数目，八十万呀，据说还有给一百万的，比我们弄几年冒了杀头危险脑袋吊在裤腰带上弄的钱还多。蒋公，我没有为他做过什么事，他却送我这许多钱，可见他待部下的厚道！是个大人物，胸怀宽广。士为知己者死。洪天禹说。

怎么的你也没给他卖力的吧，就是脑袋吊在裤腰带上冲杀也行。你洪叔也不是白眼狼，就看不得忘恩负义的角儿。但出生入死拼了命赚钱，人家却拿去十之八九。可蒋公是明白人，越在前线越给人高价钱呀，卖命也得有个价的吧？

洪天禹想起这么些年的事来，生意是做了，但钱让顶头上司抽去了十之七八，人就这样，虽然是大家都摊了钱，虽然上头不分派驻那一带我洪天禹赚不着那些钱，但凭什么就抽了十之七八了呢？蒋公那和我平生也没交集，也没在我这抽个一成两成，更没得过我丝毫的好处，反之我先前还昧良心忠于职守。可蒋公却不计较，心里有前线将士呀。

洪天禹很亢奋。八十万呀，蒋公大方大度大器大手笔大胸怀喔。洪天禹极尽赞美之辞，眼眸放亮。

可崔工利却似乎要睡了，他没听出兴致。洪天禹叨叨地说那个人，他知道那个人，报上老说到蒋的事。毕竟是最高领袖嘛，谁不知道？但那个人离崔工利远，天高皇帝远哟，关我崔工利什么事？

他嗯一句又嗯一句,用"嗯"支应了长官,直到洪长官的叨叨成了鼾声。

新枪新炮和粮米弹药什么的装了几卡车

崔工利的亢奋是第二天的大早。

天未亮不亮时候,迷糊间漫响什么轰鸣,就见一道白光墙上划过,然后又是一道再一道。崔工利以为在梦里,捏了一下耳朵,证实不是梦。翻身下床,推开窗,看见场坪那边停了几辆卡车。洪天禹笑吟吟满面春光站在一辆卡车旁,鬼知道他什么时候起来的,按以往,洪长官喝多了会睡到日头挂到飞檐,但今天却早早起了。

很快,卡车那围了很多人。

洪长官说:"大家看见没?他们给咱送好东西了。"

大家当然知道那是什么,昨天已经来了一辆卡车,洪天禹说那只是打前站,今天还会有惊喜给大家。崔工利一脸的灿烂就起来了。昨天那卡车就给过大家惊喜。修了路真好,城里走的车就能开到荒僻地方来了。先是他们的长官从车上跳下来,然后是那一车东西。是一车冬装呀!吕大每跟洪天禹说:"过年还早了哩,要给大家换新衣?"洪天禹说:"冬天到了呀……"那时候吕大每就觉得奇怪,但他没说,以往就是寒冬腊月了,冬装也难得来,要去跑要花大工夫,可这一回是哪方菩萨开了恩哟。长官说:"明天还会有更多惊喜,天上掉林妹妹哩。"

那时大家也就笑笑,没想到天没亮,真就来了新鲜哟。长官说:"卸东西卸东西……"原来真是有惊喜呀,大家把车上的布掀了，看见了车里的东西，眼就直了。真就是好东西哩。新枪新炮和粮米弹药什么的装了几卡车。

崔工利眼睛放亮，"哇"了一声又"哇"一声。

他哥崔工胜说："你瞎哇个什么呀？！"

洪天禹说："工利看到枪炮高兴嘛……"

崔工胜看见长官在，没敢发作，忍了。

士兵开始开箱，先是三门炮。

崔工利没吭声，因为洪长官先说话了。洪长官抚了那三门炮："不容易的呀，一下给了三门……"

"二零式迫击炮，南京金陵兵工厂的好货……有了这些枪炮，如虎添翼了喔……"洪天禹说。

然后是枪，开箱的是步枪。

一见枪，崔工利就热血冲头，数点了那些枪炮弹药，如数家珍。士兵搬运样东西他就嚷嚷，张扬无度。

"喔喔！毛瑟步枪，这刺刀用的是好钢……"他嚷嚷道。

然后又开了另一些箱。

"啊啊！冲锋枪喔！……伯格曼冲锋枪……"

尔后是机枪，先是轻机枪。

"哇！捷克式轻机枪！"崔工利嚷嚷。

再后是重机枪，当然只有那么几挺，但几挺重机枪并排摆放，很壮观。

"哇哇哇！老黄牛哩……双十节水机枪！"

"老黄牛就老黄牛，老黄牛我知道，这机枪冷水套黄铜打制的嘛，人叫老黄牛啦……怎么弄出个双十节……"有人说。

崔工利趾高气扬的样样,"不知道了吧,这枪是那年双十节开始生产的嘛,就叫双十节水机枪的嘛……"

有人好像想起什么,很响地"呲!"了一声,大家都往那边看,目光诧异。

"明天不就是双十的嘛?"那人说。

洪天禹笑笑的,"哈。世魁哟,你说这呀?是的呀怎么不是?"

许世魁恍然大悟的样子,"你个大哥哟!我明白了,你故意选了这日子回来让大家喜庆一场的吧?"

洪天禹说:"不是很好吗?"

"很好很好!非常好!"大家说。

"非常好你们还蔫拉八叽的样子?"洪天禹说。他看见他的那些士兵灰着的脸了,他想,他不在家这帮兵都放了胆的吃喝嫖赌,这次回来,让他们开开眼界,然后好好整肃下军纪,按庐山上领袖所说去做。

他让他们看的是那张照片和短剑

洪长官说:"好了好了,你们分发了喔!"士兵们就忙碌起来,把那几车东西派发了下去。

崔工利一直亢奋了,他没看过那么多崭新枪支弹药,还有三门炮。看得他眼睛发亮,他依然颠上颠下的。

见着他哥时,他突然凑近他哥跟前吸了吸鼻子。

他哥崔工胜说:"哎哎!你干什么?"

崔工利说:"我以为你又喝多……"

"我为什么喝多?"

"你该喝的呀……"

"没缘由,又没开心事。"

"你看你哥,该开心的哟……长官回了,带回来那么多好东西,你看你们脸上像才钻过鸡笼……"

他哥说:"我都不想理你了。"

"你看你……平白无故不理人……你还是我哥?"

他哥捏起了拳头,用中指关节在崔工利额头狠敲了一下。

"你看你……又打我,平白无故你打我?"

他哥崔工胜还要敲,被肖根了几个拦住。他哥崔工胜想,翻天了喔,敢说他哥和他的弟兄脸像才钻过鸡笼。你开心个什么哟,看你喜欢得像做了皇帝。

肖根了几个对崔工胜说:"工利一个娃,他懂什么?"

崔工利后来才发现,和自己的开心和兴奋相反,他哥崔工胜和他的那些弟兄脸都蒙了灰。看去,营房上下,除自己和洪长官少许的几个人外,人人脸上敷了块脏抹布。他就想到脸像钻鸡笼那样子,那话不知道怎么竟然从嘴里溜了出来。他想,他们不该那么的呀,该和洪长官一样的呀,洪长官那脸总是灿灿地笑,像走夜路走走就捡来个金元宝。长官有高兴的理由不是,那几卡车东西不是轻易就能得到的,以往他们不是人前人后说被歧视,被当后娘养的待,当人家炮灰,中央军好吃好穿好枪好炮……非嫡系就不一样了,嫡系就另外一回事。现在,人家一视同仁了,也好吃好穿好枪好炮送了来了,不是你们说的里外一个样了吗?我懂什么?我还真弄不明白了呢，人家把你当后娘养的你们黑了脸；人家把你当亲娘养着，你们依然黑了脸。

崔工利苦思冥想，他想不穿。

他很快不去想了，他看见士兵开启了另一只箱子，但不是枪炮弹药，是另一样好东西。

洪天禹对崔工利说："一部新电台……"

"噢噢。"崔工利噢了两声。除了枪炮，他似乎对电台什么的不会太感兴趣。

但洪天禹余兴未了，他叫崔工利拿来那只皮箱。"工利！你打开打开……"崔工利小心地打开那个皮箱。洪天禹就翻找着东西，大家的眼睛都盯了长官的指尖。洪天禹翻出一张纸，看去，那是张文凭，上面除了那大大的青天白日图案，最显眼的是领袖的签名和他的印章。

"啧啧！"有人啧了。

洪天禹又翻了，翻出领袖的照片一张，"他亲自给的，训练团学员每人一张……"

"啧啧啧……"

洪天禹继续了，他一脸的神秘，大家看出，他还有更让人惊奇的宝贝。他翻出的是把短剑。他把剑从鞘里抽了出来，"看看……看看哟。"那剑就在大家手里轮了观赏。

"看看……看看哟，认真看……"洪天禹还叨叨了。

就看剑身上那重要的几个字了，那刻有"成功成仁，蒋中正赠"。

"中正剑！"有人说。

"军人魂哟!"有人说。

"啧啧啧啧……"大家都啧出了声。

许世魁说:"我还以为长官装了一箱银元哩。"

箱底是有张支票,是领袖给他的"红包",那不是个小数目,他没拿出来给手下看。他让他们看的是那张照片和短剑。

第二十一章

洪长官要带他去过枪瘾

命令是大早就传达去的,防线官兵严守阵地。洪天禹对他的参谋说:"务必要大家严阵以待,南昌行营随时可能会有进攻命令来。告诉弟兄们,今非昔比,此一时彼一时,都给我在战壕里好好呆了,瞪大眼睛……"他大声地喊了,自己都觉得有些奇怪,没想到攻击的命令在他到来的第三天就下达了,他还没来得及把庐山上那一套好好地贯彻到他的部下。

崔工胜还是去了船山。也是逢墟,吕大每要过船山给食堂进些荤腥。洪长官说双十节呀,弟兄们要好好过个节,晚上荤腥的大家吃个酒足饭饱。

吕大每当然要完成这任务,他要往船山去一趟。

崔工胜几个就憋不住了,崔工胜说:"吕司务,你过去时问问庆源班的事。"

吕大每说:"这也不必去船山问的吧?"

他到周边走了一遭，问了几个从船山过来的熟人，回来时跟崔工胜他们说："也没个准信，有说庆源班来，有说不来，怎么办？"

崔工胜说："怎么办，都得去……"

"这次一定得去。"他说。

肖根了几个明白崔工胜所说，他们脸阴沉了有两天了，他们心里搁了个大石头，不只是石头哟，是块烂秤砣，锈垢斑驳邋遢泥糊的一大砣。他们想去散散心，和江左的弟兄说说话，再说，今天是和江左的弟兄都约好了的。

崔工胜说："和江左的弟兄约好的，我们不能食言，我们怎么的也得去个人……"

吕大每叹了一口气，他在想，洪长官再也不让弟兄们去了，洪长官这一回不一样了，那几车东西就是信号，明眼人心里都明白，说明局势完全不是先前的那样了，天要变了。不再有从前那种安宁日子了，要起烽烟了。何况一大早的戒严命令就下了，河那边的人不论老少，都要严格盘查。

这么个节骨眼上，洪长官会应允？

吕大每去了洪天禹那一趟，说去船山采办货什，厨子不能跟了去，他一个人拿不了那么多东西。洪天禹说："你是司务，你想办法弄回来呀。"

吕大每说："我想叫几个弟兄一起帮忙。"

洪天禹说："这事就由你定了哟。"

吕大每没敢叫更多的人，就点了崔工胜和肖根了过船山。

崔工利没能去成船山，他很想跟他哥他们去船山，不知道为什么，他很想见那个叫"唢呐"的人，可他没法跟洪长官说，他知道长官不会让他去，他没跟洪天禹提说这事。他想他应该试试的，或许洪长官就应允了呢？

大早，他小心翼翼地进了洪长官屋子，洪长官坐在那，拱了拱下巴，崔工利下意识地就蹲到那面墙边取下了那支匣子。洪长官却摇了摇头，又往西厢房那拱拱下巴。崔工利明白了，长官要的是那些新枪。昨天从那些卡车上卸东西，洪长官命令那些枪械弹药分发给各连队外，专门留了几把新枪在师部。

洪长官要带他去过枪瘾，崔工利一摸到那些枪，他就把船山抛到九霄云外了，他就把河那边的兄弟"唢呐"他们忘个一干二净了。

崔工利和洪天禹一大一小在岭背的坳里练枪。枪靶是只马桶盖。崔工利把马桶盖吊在百步外的松树上。先用的是那些新家伙，手枪叫勃朗宁，洪天禹先打了五枪，马桶盖上只三个枪眼。到崔工利了，崔工利把玩了那小手枪一会儿，抬胳膊瞄那"靶"，连扣了五下扳机。过去看了看，还是三枪眼，他的五发子弹全成了飞虫，不知道飞到什么地方去了。

他跟洪长官说："这枪叫什么了？"

洪长官说："勃朗宁。"

崔工利嘟哝了说："还真是脖子拧了，没一枪中地方。"

然后他们试射那支毛瑟又试了那支冲锋，看靶，都摇着头。

洪长官说："家伙没用惯，手不顺眼也不顺，还是自己用惯的东西好使。"

崔工利说："就是呀就是呀，还是自己的家伙用了顺手。"就抽出那把匣子，抬胳膊就去了一梭子，再去看那靶，马桶盖一大串的枪眼。洪长官也来了兴致,也是一扬手臂,枪响时马桶盖晃荡得像片风里的叶子。那"靶"成了马蜂窝。

一大一小两个人乐得什么似的,当下就说进山去进山去,拿的依然是匣子和铳。

自己的弟兄不打自己的弟兄

那时候他哥崔工胜和肖根了跟随了司务吕大每过了那道浮桥,虽是墟集,但人明显比往常要少,那些商贩,也许嗅觉灵敏,都收敛了小心翼翼那么。

江左的弟兄却是来得齐些,他们早早坐在那间馆子里等。正是午饭时候,他们没看见崔工胜他们。有人说,江右的弟兄不会来了吧?正说着,崔工胜他们三人出现了。

他们混杂了坐在一起,互相递烟,接火点烟,只是往常都是欢声笑语的,大了喉咙说话,扯了大气骂娘,但都是满头满脸的欢喜。可今天不一样,今天抽的是闷烟,许久,没有人说话。

还是张保贵打破了沉默。

"江右的弟兄只来了你们三个?""唢呐"说。

崔工胜点了点头。他想,三个都已经不容易了,差点一个都来不了。

"唢呐"说:"我小表弟呢?"谁也没想到他惦记的是崔工利。

崔工胜看了看"唢呐",他没说话。

"我给他带了瑞金米稞了喔,我还给他带了张狐皮。""唢呐"说着,把两包东西放在了竹椅上。

崔工胜说:"我带回去交给他吧……"

"唢呐"说:"小表弟说好了来的呀……"

"哦嗬。"肖根了哦荷了一下说,"他来不了啦……"

"怎么了,他病了吗?"

"他没病,他好好的……"

"他说了来的哟。""螳螂"说。

"他来不了哟,洪长官回了……"

"哦!回了回了呀……"

"你以为呀?!洪长官从庐山回哟……"

"他来不了啦,差点我们也来不了哩……"

江右的兄弟和江左的兄弟,他们都心知肚明,他们都是老兵了,鼻子嗅嗅也能嗅到即将到来的火药气味,不是一点点是一大片。

他们就为这事纠结,他们黑着脸,他们脸上敷了脏抹布。

"唢呐"大声喊着店里的伙计:"上菜上菜!来坛子好酒!"

菜上齐了,酒也入杯了,"唢呐"指尖碰了杯,才要端起,被崔工胜喊住了,他说:"慢点!"他狠狠挥了下手,"先慢点,我有话要说。"

"唢呐"说:"边喝边说嘛。"

崔工胜说:"不行,这事重大,要先跟大家摊开说清楚……酒一落肚那事就难说了,趁大家都还清醒。"

"好好!你说你说。""唢呐"说,他本来还想补一句,哎你个鸭嘎嘎哟,你那张嘴就是呱呱嘎嘎,要不怎么叫鸭嘎嘎呢?但他没说,他觉得这种时候说不出玩笑的话来。

"我看就在这几天吧，也许明天，也许后天……就要交火了，就要有命令下来了……"崔工胜说。

"我从洪长官脸上看出的。"他说。

有人叹了口气，是肖根了。

"你看你叹什么气？""螳螂"说。

肖根了说："你个螳螂吔……就要交火了，自己枪口对了自己弟兄，谁下得了手？"

他们又沉默了。

"螳螂"嘴里发出什么响，好像他在磨牙齿，大家往他身上看。"螳螂"说："自己弟兄不打自己弟兄，反正我是不会往自己弟兄身上开枪。"

崔工胜说："谁会？！谁也不会。"

肖根了说："江右的弟兄们都说不会向自己弟兄开枪。"

"唢呐"说："江左的弟兄也是人哪。"

崔工胜说："我和根了就是为这事来了，江右的弟兄们让我俩代表大家来找你们商量。"

他们就把脑袋聚拢到了一起，在那小声地说着事情。

他们把事情想得很细，什么都作了对策。他们觉得，不管怎么样，不能向自己的弟兄开枪开炮。

商议定那些事，他们草草吃了点东西就往回走，他们都没吃出味喝出味，他们一直心事重重的，焦虑压抑这酒还怎么喝？

黄昏时候，洪天禹和崔工利也回了，铳就挑了几只野兔。那边，厨房里已经忙碌完打牙祭的伙食，荤腥不少，但崔工利却仍高了喉咙喊："炒野味炒野味！"厨子只好重又忙碌起来。

那天，洪天禹和崔工利吃喝得昏天黑地。

庆源班到底没有来，但依然一如从前。戏台不能空了，由当地的戏班顶上。其实名角的班和乡间的班，唱的戏也都差不多，只是上的角的水平差异。万年台还是竹木搭的台，但乡民观众觉得无所谓。为的是看戏，戏好，一切都好。庆源班没来，但当地的戏班也能搅出欢乐，看戏的其实不在乎这些，只在乎有没有笑和欢乐，只在乎找个理由大家能坐在一起看戏里人生悲欢离合，久不见面找个聚会的理由。

当地的戏班其实搞笑和逗乐的本事是完全足够了的。那时候张保贵几个河右的兄弟坐在台下看戏，看得寡淡无味，河左的兄弟没有来。戏没开场就蔫了萎了，没有塞烟递火的那种情形，没有了调笑戏骂，也没有那种交头接耳的亲昵……周边条凳几个人稀疏了坐着。何祖强突然站起来了，"不看了不看了！没什么看的了！"他说。张保贵也站了起来，"就是，没法看……咱们走。"

以往，那都是江右兄弟的位子。万年台总有最好的一片位子是留给乡绅的，那些日子，船山的万年台最好的一片位子也腾出留给那些红的白的军人的。现在，戏刚拉幕，那地方空了一大片。乡民们老少都往这边看，小声嘀咕着什么。

山不转水转

首长选了这么个日子送三个种棉师傅回家，他觉得双十节这么个日子对方一定正沉浸在他们的"节日"里，一切都会松懈，是个不错的机会。首长这么想，不是没道理。事实上，一年后的这一天，整个军队的大转移也是定在这个日子。

潘耕晨他们三个跟秦宏驰张宏力说，我们去见下先生总行的吧，我们跟他告个别。

然后，他们去了首长的那间祠堂。

"我们其实并不想走的，你知道……我们这是来向你告别……"

首长说："谢谢了……难得你们理解我们的事业，难得……"

查恒有笑着："我们理解，我们都想留下，你不想我们留的嘛。"

首长也笑笑："很多情况其实你们还是不知道，你们先回，都是朋友了，以后还有需要你们帮助的呢……"

"以后的事难说呀……"涂天让说。

"山不转水转……以后总有见面时候。"

涂天让掏出那支派克笔，"我借你的这支笔还给你哟先生。"

首长说："我送给你了，我们现在困难，没好东西送朋友。这支笔，留个纪念吧……"

涂天让说："那我送你些什么呢？"他在行李包里找出一个小东西，"这个辟邪送你吧？"

首长把那块玉放在掌心把玩了一会儿："好东西好东西呀！"涂天让说："也没什么，留个纪念吧……"首长说："看你说的，这么一块小东西抵得一般农户家一年的粮米。"他把那块东西还给涂天让，"这情我收下了，东西不能收！"

闻勤勇负责护送三个人到安全地带，时间有周密考虑，线路也经过周密考虑。首长双十节是个机会，线路嘛，想来想去，还是从船山过境的好，一来，那里的一切执行队十分熟悉，而潘普昭也曾在那当过守军的副官，和白军的一些长官很熟。

三个种棉高手，由四个精干的执行队员负责护送。按计划，他们由驻地出发，当天赶到船山，正好是个墟日。趁人多混乱，他们直接从江左通过船山到江右，穿过那片大山到闽西，再沿汀江到大浦。到那有闽西的相关同志接应。

一切顺理成章，在闻勤勇看来不会有什么问题。

可他们不知道情况已经发生变化，江右那道浮桥，设了岗，戒备森严。哨兵严格盘查过往人众。

樊老六说："今天怎么了？！"樊老六是执行队资深队员，一般重要的人物来往这条交通线都由他亲自护送。

闻勤勇说："看来情况严重……这在往常是没有的，任何人，凭'政府'所发身份证明过关。"

"怎么办？！"有人说。

闻勤勇说："江中水浅，趟水过江。"

樊老六说："恐怕不行，你没听到对岸在喊话，擅自过河者一律格杀勿论。"

闻勤勇说："我是说夜里，我看只有趁天黑过江的了。"

他们悄然地到了船山的那家榨坊。

然后就是睡觉，这不是计划的一部分，但相机行事，情况发生了变化。他们白天要有充足的睡眠，晚上才能有充足的体力走山路。

但三个人都睡不着，尤其涂天让，睡睡就悄悄爬起来了。他说，我看看风景去。榨坊的伙计说，上头有交代要让你们好好睡觉不让你们出大门。他说，我又不走远，就看看风景。那伙计还是不允。潘耕晨不知为什么也从床上爬起来了，拍了那伙计的肩说，哎哎！我知道你们是为我们好，但外头这么吵，叫我们怎么睡得着嘛，我们就在河滩那地方看看风景捡捡石头总行。

也不管对方允否，就跨出门去。潘耕晨一跨出门，涂天让也紧随其后，伙计没办法了，伙计去找闻勤勇："你说怎么办吧？"

闻勤勇探头往河滩上看，看见两个男人真在河滩上捡石子，说："由了他们去，不要让他们走远。"伙计一直盯了两人目不转睛，闻勤勇心里明白，这两个人不会走远。

他们就在河滩那，从那环看四周，就看见不同的景色。两个人真在河滩上拾石头，河滩上大大小小的卵石，颜色各异。都是那种不规则的圆，扁圆椭圆有大有小有长有短。

他们闲步在潮湿的石头堆里，信手捡着可意的小石头。街子上起了喧嚣，人来人往。但这一切并没影响他们，他们专心致志捡石头。

他们有些累了，两个人坐在河边的石头上。他们看风景，看看，就看见那座浮桥了，从他们那地方望去，一目了然，一些男女从桥上走过。闻勤勇突然就看见潘耕晨动作异常。潘耕晨抹眼睛，抹了一下又抹一下。

涂天让说："哎哎，你看什么呢？你那么看？！"

潘耕晨说："我又看见我大外甥了……"

"什么？！"

"你看你看……"潘耕晨指了浮桥上正在行走的男人说。

涂天让说："我又不认识他，你指了也白指。"

潘耕晨说:"你不信是吧,我知道你不信……我自己也不信……他在河南,怎么会出现在这地方?"

"你看走了眼的吧?"

"我一次看走眼难道第二次看走眼?!"

"那难说哟……"

潘耕晨摇了摇头,他还咬着牙齿,从齿缝里迸出一串字词,涂天让努力地听了听,没听出名堂。他看见潘耕晨朝那边跑去,边跑边喊着什么,听出是一个人的名字。可他的奔跑和喊叫都成了徒劳,那几个男人根本听不到他的喊声,依然那么走着,很快在对岸的树影里消失了。

潘耕晨很沮丧,他愁眉苦脸的。

"我看你是看走了眼,我看是那么回事……"涂天让说。

"我看你是被鬼打了脑壳,叫妖邪收了魂的哟!"查恒有说。

"我是被鬼打了,被妖邪收了魂了……"潘耕晨说。

闻勤勇没把那当回事,他觉得也许那个姓潘的有点紧张。他说:"我会想办法把你们送过去的!"

但他的话显然说得早了点,他期望天黑了借夜幕的掩盖潜入白区,要搁以往,这也是较为现实的一件事。但天还没全黑,他们就看见完全和以往不一样的情况,情况有些严重。对岸,隔个十米八米的就燃起了篝火。

闻勤勇表情凝重。

潘耕晨说:"怎么了?!"

闻勤勇说:"问题严重了……"

三个男人看了看对面,他们想不到问题有什么严重,在他们看来，回还是留，不是那么重要，如果不走，他们觉得还更好。

"看来今天的行动必须中止。"

"人不留客天留客……"涂天让说了句。

"看你说的？"

"就是的嘛……"涂天让说，"哎哎！你们说是不？"

查恒有说："也是喔……"

他们看潘耕晨，潘耕晨不说话，一脸还是茫然神色。他也那么看大家，咕哝了一句："就是嘛……千真万确是工胜的背影的嘛！"

一个执行队员问："他说什么呢？！"

涂天让说："他硬是说看见他外甥了，你说可能吗？"

"就是，千真万确……"

"哦哦！千真万确……"

闻勤勇没有纠缠他们的争论，在他看来，潘耕晨看没看见他的外甥，似乎并不重要。何况这也许就是一种错觉，正好说明潘耕晨内心急切想回家。就是真是他潘耕晨外甥，那又怎么样？山不转水转，人是活的，两条腿儿走遍天下，世上什么样的巧事没有？你潘耕晨不是说两个外甥都去当兵吃粮？这一带的白军河南来的军队不在少数。闻勤勇心急火燎的事是，情况发生了变化，护送三人出境的任务扑朔迷离起来。他想，他得跟首长汇报。他想，首长定会拿出另外的几套方案，不过，无论如何，得把三个人送出去。

他没来得及找首长，情报是当晚来的，情报来得晚了一点，但情报确切。得到的情报更是出乎他们意料，敌人近期已经悄然做好进攻准备，将在后天清晨向我方发起进攻。

看来，想在大战前离开船山不可能，只有留在这里。好在船山是个特殊的地方，不管双方如何交火，这里一切约定俗成，是个避风港。以往就是这样，双方打来打去，炮火连天，子弹横飞，双方无论如何拼杀打得死去活来，这地方不会受到太多影响。

　　首长的指示很快也来了，和闻勤勇想的一样，原地待命。一切以三个重要客人的安全为重。

第二十二章

一支军队悄然地进入了阵地

崔工利亢奋了,他眼放亮,身上像打了鸡血,看什么都顺眼。

那是因为洪天禹。

天未亮不亮,有人就拍打洪天禹卧室的门。崔工利从床上跳起,推了门远远地看,看见来人是董参谋,董参谋急急送来一张纸,崔工利知道,那是急电。这时候送电文,那肯定是有急事大事。崔工利麻利地穿好衣服。一开门,他就看见洪长官一脸的兴高采烈。

洪长官说:"养兵千日,用兵一时……我跟你说过的,你不也常叨叨了吗?"

崔工利小心地说:"长官,长官……有好事了?……"

"命令终于下了,看我们的了!"洪天禹挥动了手里的那张纸说,"上头发出了攻击令!"

"噢噢!"

崔工利噢了两声，没等洪长官发话，他就去了马棚。他把马牵了来，那马膘肥体壮，他把几把短枪都取了，枪每天都擦，擦得铮亮。崔工利把那些短枪摊在八仙桌上，看了看洪长官。长官朝那把匣子努了努嘴。他知道洪长官会选那支匣子枪，那个叫什么勃的，虽然好看，但不好使。他给洪长官递上那套军服，那是套新军服，早几天他就把那衣服烫熨得平平展展。他给长官穿上那身呢子军装。当然，崔工利不会忘了那把中正剑，他小心地把短剑系在长官的皮带上。他做这一切很仔细讲究，他为长官把每个细节都想到了，做得天衣无缝。现在，他不是个书童，他却像个副官。

"哎哎！几个月不见，工利你换了个人了！？"洪天禹说。

"我就等了这一天……用兵一时用兵一时……"崔工利说。

"还是来得快了点……"

"什么？！"

"命令呀。"

崔工利牵着马，示意洪长官坐上去。洪天禹站在那块石头上，崔工利小心地扶了长官上马。洪天禹在马背上往那头望。队伍已经集合，祠堂前的场坪太小，大多士兵就都站在了田里。田里收了秋，也就成了大大小小的"场坪"。但"场坪"高低不平错落有致，士兵整齐地站在那，就像田里长出的奇怪的庄稼。

洪天禹骑在那马上，他找了个高地方，那儿谁都能看见他，他当然对他的下属也一览无余。他开始训话，他想着要跟士兵们说的话无非是奋勇杀敌浴血沙场什么的。那些话，在庐山上听出了茧子，现在他鹦鹉学舌地向他的士兵捣腾一遍，说了说了自己也觉得没什么意思，就拍了一下束腰的那根皮带，说："总之，奋勇者赏，脱逃者杀！……"

但崔工利却觉得长官的每一句话每一个字都让他身上起浪，热血贲张。他也格外注意了一下自己的装束，当然也是新军服，衣服有些不合身，尤其那顶帽子，他戴了，觉得总是松不拉叽的，怀疑一走路就歪了。不能歪，歪了那成什么样子？他在镜前摆弄了，后来索性在帖子里蒙了一层布，让帽子戴在脑壳上不再松垮。至于衣服，长点短点崔工利没觉得有什么。他在腰上束了根皮带，把那把匣子枪斜挎在身上，那枪套耷拉在他的屁股那，走起路来总像一只奇怪巴掌，一下一下拍打着他的屁股。

他一直站在洪长官的身边，他是长官的影子嘛，无论是书童还是马夫还是贴身跟班……他都是长官的影子。他站在那，和洪长官一样看着那些"庄稼"，一片一片的灰，士兵们的新军装在晴空下格外显眼。但那些人都低了头，看不清他们的脸。崔工利想找出他哥，但找不出，他看见那些士兵都把脸埋在帽檐下。天气晴好，秋高气爽，阳光柔柔地铺在各处，但洪天禹分明感觉到那些士兵的头顶有一大片的阴云，他抬头看了看天，天没什么异常，但怎么士兵头顶确是一大片的阴霾？他看了看他身边的副官，副官没明白洪长官的眼神，朝长官立正，敬了个礼。洪天禹没理由，莫名地嘀咕了一声："怎么的屋顶上一片灰蒙蒙……"有人凑近他小声对他说："长官，秋天了，灶里的烟散不干净……"洪天禹想了想，觉得似乎是那么回事。

"奋勇者赏，脱逃者杀！"他草草地喊出那么一句，就命令队伍各就各位。他看着那些士兵从他身边走过，接受了他的检阅。崭新的军服，全新的装备，一支强大的队伍。他们从他面前走过，长蛇一样，然后，水一样地漫入了沟里。那不是沟，那是战壕。

一支军队悄然地进入了阵地。

崔工利就更觉得自己像是一盏油灯

洪天禹打马前行，崔工利才要迈步。谭副官拦住了他："你不能去那地方！"

崔工利正激情满怀，兜头被浇了盆冷水，黑了脸，汹汹的。

"我为什么不能去？"他不喜欢这个新来的副官，比潘普昭差远了。

"你太小……"

崔工利说："是小，但我是兵不？"

"小兵也是兵……当然……"

"练兵千日，用兵一时是吧？"

"噢噢……"

"再说洪长官的马也不是养着看的玩的吧，养马千日也用马一时的吧？"

"你看你这娃？！"

"我说错了？！"

"没错没错。"

崔工利牵了那匹马理所当然地跟了队伍进入阵地。

很快，洪天禹一行就来到那处战地指挥所，那其实是一处掩体，就在沿江不远的一处山包包上。副官选了这个高地方叫士兵挖了个掩体，从那可以对阵地一览无余。

洪天禹还是那么个踌躇满志趾高气扬模样，他向谭副官摊出只巴掌，谭副官立即就递上那架望远镜。他举着望远镜四下里望了望，副官一边指指点点说着什么，洪天禹不时点着头，他说："很好！"

崔工利对他们说的话不感兴趣，他知道长官们谈的是部署。长官们那天都被叫到师部开会，那间祠堂，整天弥漫烟味酒气。长官们抽烟，烟是纸烟，一点就是人人嘴叼一根。吸一口，烟头就乍亮一下。烟抽多了舌头苦，说着说着也口干舌燥，就要喝茶。喝茶没什么，洪天禹却要吕大每上酒。一坛子酒摆在那，也没下酒东西，就是些花生米。作战布置就是在那些烟气酒气中制定的。

崔工利那天就给大家点烟端茶倒酒，他听到大家说的每个字每句话，他们在谈论即将开始的战事。这很好，非常好！崔工利心花怒放。有人说："工利娃，你早点歇息的哟。"崔工利说："我不累一点不累。"又说，"洪长官不睡我能睡？"就都说："呀呀！工利娃是长大了懂事了。"工利就更觉得自己像是一盏油灯，有人往里面添满了油。他哪有瞌睡，他想，他可以三天三夜不合眼。

可长官们没有研究三天，也就一天，就把部署制定了。其实很简单，以前为守，现在即将转守为攻。洪天禹心里很清楚，庐山上领袖早有安排，按部就班，这一次是彻底的围剿。先是修路筑堡，步步为营。扎口袋，围铁桶，困不死你，也得困得你伤元气。东西南北四路，齐头并进发起攻击，不给赤匪以喘息之机。

洪长官举了那望远镜看了好一会儿，好像所见让他很放心。他把那架望远镜递给崔工利，然后和他的军官们拈了根树枝在泥地上划着。崔工利小心翼翼地举起望远镜朝那远处看了一下，他什么也没看清就把望远镜放了下来。他有些紧张，他觉得会受到训斥。但没有，他朝长官们看去，并没有太多的人注意到他。洪天禹倒是朝这边看了一眼，但不以为然。

崔工利觉得是个机会，然后重又举起望远镜。这一回，他看得很清楚，远处的一切在他眼里显得很近很清晰，他兴奋起来。往江右这边的阵地看去，战壕里无声无息，他知道他哥崔工胜和那些弟兄们就隐身在那些战壕里，他看不见他们。那地方草木掩映，没有以往的喊叫声和其它嘈杂声，也没了农夫和牛，看不见鸟飞雀跃。很安静，一切似乎悄然无声。他把手臂移动了，现在，他看见的是对岸。那边，也一样的静悄悄了无声息，安静得有点让人起鸡皮粒粒，不知道为什么，崔工利觉得有点那个。他莫名地担心江左那真的没了人，他想，要对方撤了走空了呢？他一直怀疑那是不是真的有人。他在望远镜里仔细地看着，看不出什么。

他把望远镜转向船山方向，那里一样悄然无声。他不知道的是，在船山某处木屋的阁楼小窗里，那儿没有望远镜，但视野很开阔，那几双眼睛一直盯了这个方向看着。

暴风雨到底还是来了

是涂天让他们几个。

几个人被执行队安置在榨坊的阁楼上，那儿不仅隐秘，还可以从那洞察周边的情况。

几个人蜷在小小阁楼上，这没什么，秋天少了闷热，阁楼上四面都开有小窗。建屋时就有过考虑，那不仅通风，紧急时还可以做枪眼。

查恒有往四下里看，看了看说："说是红白要交火，可四下里静得像坟场……"

闻勤勇推开那扇窗，在那看了会儿。

查恒有嚷道："你看什么呢？"

查恒有在小阁楼上转了遭，东西南北都环望了个彻底。"还是没动静……"他朝涂天让嚷嚷，"眼镜客你看看你看看，你四只眼，我看你能看出名堂不？"

涂天让也那么东西南北地观望了一通。

查恒有说："看见什么没？"

涂天让摇了摇头。

"就是嘛，静得人头皮发麻。"

闻勤勇说："你看你说头皮发麻。"

"就是嘛！静得吓人……你不觉得静得有些吓人？"

潘耕晨说："我看看我看看！"

潘耕晨很从容，他往那四面的窗口都看了看。看到的世界有些虚幻。他往江右扫望，查恒有说的不错，那地方静得让人揪心。他听到查恒有还不断地在他耳边叨叨："是吧？风平浪静……"

潘耕晨也点了头，"是喔！"他说，"为什么这么安静呢？"

大家都往闻勤勇那边看。他们从没看过战争，他们一脸的疑问。潘耕晨的老家河南枪呀炮的交火有过，也是只闻其声，未见场面的。

闻勤勇说："雷暴要来时不也这样？"

涂天让说："也是哈。"

闻勤勇又仔细地观望了一番，觉得江左江右都有那么点异常，河堤怎么看去高出了一点？要搁别人，就看不出什么差别，但闻勤勇天天从那地方过，也常常往那地方看，他能看出些端倪。他看着，突然就听到两声枪响，江右那边的半空里，两团亮光拽了两根细长的烟呈弧形往河心坠落，那是信号枪。

果然，两岸都炒豆般爆响起枪声。然后是烟，那些烟有些奇怪，竟然迅速地弥散开来。

"暴风雨到底还是来了，我说了吧？"他说。

那爆豆一样的枪声让崔工利热血沸腾

崔工利还是吓了一跳。

那时候他手里没了望远镜。谭副官把那东西收了，谭副官说："长官叫你牵了马朝后面坡坳里去。"

崔工利说："洪长官是那么说过。"

谭副官说："那你还在这呆了？！"崔工利嘟哝了："长官又没说什么时候去……"

谭副官说："洪长官让我告诉你就这时候，这是命令！"

崔工利牵了马往山坳那头走。走了走了，身后响了两响，他就吓了一跳。返身望去，谭副官手里举了手枪，枪口冒了烟。高空，也有两束烟，淡墨在高天画了道弧。然后，就响起激烈的枪声。他没再挪脚，一动不动站在那。那爆豆一样的枪声让崔工利热血沸腾，他似乎也像一颗子弹，在枪膛里被人扣动了扳机，砰然炸裂。他忘乎所以，他把谭副官的交代和命令忘个一干二净。他身上本来就火烧火燎,现在整个被人兜头满身满脸的油,他觉得自己成了个火人。

他站在那,完全暴露在人们面前。没人朝他开枪,没人。他看得很清楚,河两边很快就起了烟,烟腾起老高,遮天蔽日。天上传来轰鸣,是飞机。有飞机飞过来,像只怪鸟,在他们头顶来来去去地飞了。

"啊啊!"崔工利叫了起来。

他说:"终于交火了……交火了喔……"

"养兵千日,用兵一时……好呀妙呀……"他说。

他说着,没人,他对那匹马叨叨了。

枪炮声似乎越来越激烈。

崔工利内心依然被什么鼓胀了,那些在他身体里翻腾的东西,让他充满了想象。战鼓四起,狼烟滚滚,炮火连天,刀光剑影,殊死搏斗,片甲不留……他一直以来都渴望了那样的场景。他努力地看着山下,烟太大,他看不清,他想,一定人仰马翻,血流成河。

崔工利想错了。

江左的弟兄和江右的弟兄都趴伏在对峙的战壕里,安然无事。

烟是有来由的,枪声炮声有真有假,真的也是漫无目标地对天空或开阔地方一通射击,而置放在铁桶里的爆竹,响起来也震耳欲聋。

一江之隔,他们应了他们的承诺,不能向自己的弟兄开枪。其实也不是承诺的事,不是信用的事,是他们从内心深处不想向对方开枪。即使没有约定,他们也不会向自己的弟兄开枪。

他们按事先约定的,在前一天夜里,在战壕前铺上了柴草,上面覆盖着尘土。当信号枪响起时，两边的弟兄都将那些柴草点了。柴草被沙土掩了，没有明火，全是烟。崔工利和船山的那些眼睛看到的都是因柴草引发的烟。他们不知道，烟是江左江右的兄弟们共同想出的一个办法，目的就是要云遮雾罩，就是要那效果，那样人们就看不清真实情况，在掩体里的军官们尤其是天上的飞机看不到真实情况。飞机是南京方面的眼睛，他们督战。现在，烟雾让他们成了瞎子。他们当然没成聋子，他们听得见激烈的枪声炮声和喊杀声。

崔工利也被烟遮蔽了眼睛，但那些枪炮声他听得一清二楚。他身上依然鼓胀那些东西，像万千只虫虫，在他全身蠕爬。他手脚难得安分了，摩拳擦掌跃跃欲试。

从他胸膛最深处涌出的那些东西，让崔工利不能自已，冲锋号像把火，把他身上那根"引线"点燃了，他听到身体什么地方"滋滋"地发出响声，他觉得自己的身体随时都要炸裂开来。

他喊了叫了，疯喊狂吼。

当然，他的喊叫声让那些"枪炮"声盖住了。崔工利终于不能自已，喊叫了一声，像只惊鸟一样蹿起。他的行为让谭副官几个猝不及防，他们大了眼睛看了这个书童转眼间变成了一头猛牛，那么疯狂地往山下跑去。

崔工利狂喊狂奔，风挟了嘈杂拉拽了他，那些低矮灌木枝杈拽了他，坡凹凸不平，有坎有障。但一切无碍他"冲锋"，他从坡上疾速地奔跑，他看不到身边的情况也不在意身边的情况，不顾一切往前冲去。

崔工利喊了叫了跳过山石，滚下斜坡，奋勇"冲锋"……

这个少年在枪林弹雨里这么狂奔浪走

崔工胜莫名地打了个寒战,他抬起头,侧耳那么听着什么,他甚至把头上戴着的竹枝树枝编的伪装帽也摘了下来那么听。班长王起顺趴在他的身边,王起顺扯了扯崔工胜:"你不要命了?"崔工胜说:"我好像听到有什么声音……"肖根了说:"声音多了,一大片嘈杂。"崔工胜说:"不对不对,像我弟崔工利的声音。"王起顺说:"鬼哟,枪声炮声还有喊声乱成一片,你能听出你弟的声音?"

"就是嘛,你怎么能听得出你弟声音?"肖根了也这么说。

可很快他们就不那么说了,他们惊了呆了。有一条影子忽一下从他们头顶跃过,他们看到了一个背景,很快他们看清了那个背景。

浓烟是沿了河的两岸升腾起来的,先是沿河的两排,升腾到高地方就弥散开来,河道的开阔处虽然看去模糊,但到底还不是太影响视野,能看见江水依然故我,旁若无人地那么流淌。虽然枯水时节,但水清亮,在阳光下跳了碎银。水少,河滩处裸露得比平常多了许多,烟把阳光遮了蔽了,江水变成了白白的一道了,盘旋了往远处游走。岸两边长了树也沿了江的走势呈现。树是杂木,有枫杨树,还有槲木,当然有香樟和枫……这季节,树开始落叶,风一过就有纷纷扬扬的碎叶坠地,有的就落在河滩,也有飘坠至水中的,就随了水流忽起忽没在缓流里漂,渐行渐远。坚持了的那些叶也由绿转黄,再有些日子,早起就有霜了,那些微黄的叶就红了,但现在还没红。烟和枪声都是从那些叶缝里挤胀出来的,看去像是那两排树蔓生出那些声音和烟。

　　崔工利冲下山坡，又迅速往江右的那排树冲去，战壕就在那些树下，他视而不见，也许他根本没看见。他疯狂地往前奔跑，那条战壕他一跃而过。他哥崔工胜和他的那些弟兄就看见了那道黑影。然后，看见一个背影跑向江中。崔工胜很快认出那个背影，大家都认出了那个背影，都愣了，他们没想到崔工利这种时候会出现在这种地方，并且有那么疯狂的举动。崔工胜站了起来，朝他弟的背影喊了两声。"跳蚤！跳蚤！"他弟生出来只拳头大小的一团肉，一直就小小的，崔家父亲就随口给了崔工利一个小名，叫跳蚤。崔工胜来队伍上从来叫他弟工利，没叫过跳蚤这小名，他知道他弟崔工利不喜欢这个小名，他想把跳蚤这小名从此抹去，但今天他一急，这小名就叫出了……

　　但那个背影没停止奔跑，跑到水里，水很浅，最深处也不过没过腰身。齐腰深的水影响到崔工利奔跑的速度，但却让两岸的人更清楚地看见了他。

　　哎哎！两岸都响起了喊声。显然，大家都认出了那个人，他们齐齐地朝崔工利喊。他们很焦急，他们忧心忡忡，为那个男孩的安危揪心。

　　水里的男孩两耳充塞了嘈杂，他已经听不到任何声音，他脑里沸腾了那些东西。他只想着做好汉好佬做前有古人后无来者的大英雄。他举了那支匣子，趟过了那条河，往对方的阵地冲去。

　　冲锋号响起时，洪天禹想看到的情形并没有出现。但洪天禹他们在高处，那儿被烟遮住了视线。他大瞪了眼睛，觉得他的士兵已经跃出战壕，杀声震天。他想，千军万马水漫金山了喔。他想，对面的那些对手早已溃不成军。他真想看看那种情形，他举了望远镜，镜头里拴着的只是崔工利的背影，忽高忽低地狂奔，但很快就被烟雾遮蔽了。谁都没想到这个书童会有这举止，也不理解。但洪天禹似乎并不觉得奇怪。

谭副官"呀"出那一声时，洪天禹淡淡地回头说了句："你呀什么？！"谭副官说："长官，我没看住崔工利。"洪天禹说："谁让你看了？……这娃娃出息了。"洪长官的话让谭副官摸不着头脑，他看了看山下，烟雾弥漫，他看不清那发生了什么。

军官们当然不知道那的真实情况，他们看着崔工利奔跑的身影，担心起他的安全。枪炮声依然在持续，冲呀杀呀的喊声此起彼伏，这个少年在枪林弹雨里这么狂奔浪走，肯定凶多吉少。他们看着洪长官，洪长官脸上风平浪静，那时候洪天禹正沉浸在喜悦之中，他想，不出半个钟点，一切就大功告成了。

鬼晓得

船山那间榨坊的阁楼上，几个人也大眼小眼地互相那么看着。咦！怪了！？他们心里起了好多问号勾勾。

先前还静得像坟场，突然就暴风骤雨，"硝烟"腾漫，然后他们听到激烈的枪炮声，他们心里一紧。尤其眼镜客和查恒有，两人脸都白了。潘耕晨似乎很镇定，他嘴里却嘀咕出莫名的一句："两军交战，不杀使者……"弄得闻勤奋勇疑惑地看了他一眼。潘耕晨总算是经历过战事的，虽然没见你死我活的激战场景，但也是从交火的地方走出来的。他显出见怪不怪的神态，他好像没把枪炮声放心上。其实潘耕晨根本就不知道交火是怎么回事情，在河南，一有队伍交火，满村的人都跑个精光，哪能这么看戏似的看人交火？

涂天让有些坐不住了。闻勤勇说："别怕！你们别担心，这里很安全。"

涂天让说："我没怕，我怕什么？……我只是说我们能帮了做些什么？我们总不能隔岸观火？"

闻勤勇笑了："你们种棉是高手，打仗的事就不要沾边了，谁愿意打仗？"

"就是就是！"榨坊的那几个伙计说。

闻勤勇说："下去吧，交火的事也没什么看的。"

他们正准备下阁楼，听到那声冲锋号响又扭转了身。窗口那又现了几张脸，齐齐地往那头张望。

烟是弥散在半空的，江面从阁楼上望去依然一目了然，河面上却没什么动静，没人冲锋。他们愣了，觉得事情蹊跷。他们互相看了看，突然就有人喊："哎哎！你们看！"

几个人看去，有人蹿出江右的树林和烟阵，在河滩上疾奔。是个穿了军装的伢儿。大家眉就起了皱，正疑惑，突然有人叫了一声又叫了一声。

惊喊的是潘耕晨。

大家说："你喊个什么？！"

"是……是……是我家外甥崔工利……"

查恒有说："你满脑子外甥，先是看见你大外甥，现在又看见你小外甥……"

"鬼晓得……"潘耕晨说。

"就是，鬼晓得！"查恒有说。

潘耕晨又朝那方向仔细看了看，"是他，他跑步的样子我知道……你看他喜欢撅了屁股跑，没人像他那样跑……"

没人相信这话，但大家都往那个方向看，那个少年还真那么撅了屁股跑，有些疯狂。眼前所见，让他们觉得有些滑稽。

崔工胜扣动了扳机

那道影子从崔工胜头顶一跃而过的瞬间，他就认出了他弟崔工利。他当然也愣了一下，他根本没想到他弟这么个情形中能出现在这地方，更不明白他弟这么疯跑。他本能地站起了身，但很快被肖根了拉住了。

肖根了说："你想干什么？！"

崔工胜说："你没看见吗？我弟他疯了……"

肖根了看了看，还真是那个娃娃崔工利。崔工胜到底还是站了起来，这回没人拉扯他，他朝他弟的背影大喊了两声："跳蚤！跳蚤！"

很快，崔工胜发现无济于事，他一时不知所措。他脑壳里嗡一下，起身就要蹿出战壕，几个兄弟这回按住了他。他们说："工胜兄弟，你不能这么做。"

"那是我弟……你们看见了的，那是我弟崔工利。"崔工胜喊道。

"可是你不能跑去那……说好了不会冲锋……你代表我们跟江

左的兄弟说好的,我们不能毁约!"有人说。

他们按住了崔工胜,崔工胜说:"你们放开我,我不跑!"

他们还是没放开他,他们不放心。

几个弟兄说:"你真的不能那么,你那么做前功尽弃,让弟兄们不仁不义的了……"他们按了崔工胜那么对他说。

"那是我亲弟……"

"谁不知道那是你弟,你弟也是我们的弟,难道不是我们大家的兄弟?"他们就那么讨论着这突发的事。

崔工胜打着哭腔:"他疯了……"

王起顺说:"工利是疯了,可这没什么……"

崔工胜说:"你看你说没什么?"

肖根了说:"江左的兄弟不会开枪,他们不会的。"

胡得志也说:"是的,不必担心,江左的兄弟不会向工利开枪的。"

"不会,'唢呐'他们不会……"

"当然不会。"崔工胜说。

他们终于松开了手。崔工胜站了起来,他拍打了身上的灰屑,急急地往那边看。他看见他弟崔工利正在涉水而行,显然速度慢了下来。没有人朝他弟开枪,那边没丝毫动静。要开枪,那个暴露在人家射程里的小人儿早就没命了。

很快,崔工胜看到另一种现实,没人向他弟崔工利开枪,但他弟崔工利却向江左的兄弟开枪。他弟手里有把匣子,他弟挥舞了那把枪,喊着叫着跳着跑着。江左的几个兄弟站了起来,他们头顶围了圈树枝,但还是能隐约看清那几张脸。是"铲子"和"漆桶"还有"晒衣竹篙"……崔工胜他们天天隔河而望，彼此熟得不能再熟。一眼就能分出谁是谁来。

他们看见江左的几个兄弟朝崔工利挥着手，喊着什么。也是意识到某种危险，力图制止崔工利的奔跑。

但显然无济于事。

一切还在持续，不仅持续，人们看见更为糟糕的情形。崔工利现在边跑边做出瞄准射击的姿势。那只抓捏了崔工胜和他的弟兄那颗心的大手，更是捏个紧紧。

"跳蚤！不要啊！……"崔工胜喊。

"工利！工利！……不要……"

还是无济于事。

那个少年竟然举枪朝对方射击，人们听不到那声枪声，但那个叫"晒衣竹篙"的江左的兄弟砰然倒地让他们明白发生了什么事情。没人朝崔工利射击，但他哥崔工胜和所有的江右兄弟都没想到崔工利会大开杀戒真会举枪向江左的兄弟射击。

"狗日的他开枪杀人？……我们家跳蚤他开枪打江左的弟兄？……"崔工胜眼睛眯成细细一道缝，他像是在控诉又像是在求证。他突然抓起了那杆步枪，他抓枪的那会儿，弟兄们也像传染了似的很快都抓起了枪。

他们趴在战壕里架枪瞄准，他们通过准星看着那个背影。

瞄了瞄了，肖根了他们不瞄了，他们把枪丢在壕沟里，他们茫然地看着崔工胜。

崔工胜不看他们，他仍然那么瞄着。他的眼红着，眼里流出了泪水。他用衣衫揩了一下眼泪。

那时候，他看见他弟崔工利跃上了对方的战壕，他看见了"唢呐""螳螂"还有江左的那些弟兄，他们手里端了枪，但他们没有想还击的意思，他们朝他弟崔工利挥着手，嘴里喊着什么。他想他们肯定喊的是小表弟小表弟。可他弟崔工利彻底地疯了，他依然那么射击，不断地有江左的兄弟倒了下去。崔工胜看见"唢呐"他们还是没有还击，"唢呐"用手想掀去头上的那树枝编的伪装帽，显然，他想让崔工利认出他那张……但就那会儿，崔工利手里的匣子又响了，一切都来不及了，"唢呐"仰面倒地。

崔工胜浑身发抖，像筛糠。握枪的手抖颤了，扣扳机的那手也抖颤了。他想让自己镇定一点，但做不到。但他知道他不能让他弟崔工利继续那么了，他向他弟瞄准，他得制止他弟。他瞄准他弟的那支胳膊，他听到身边的几个弟兄在说你不能那么做你不能呀。他想，不能那么做的是他弟，他得中止他弟崔工利的"疯狂"。我能打中他的胳膊的，我要打掉他手里的那把枪。

崔工胜扣动了扳机……

后　记

后来的事实证明，崔工胜没有打中他弟崔工利那只胳膊，那颗子弹击中了他弟的背部并从那穿过心脏。

那一枪之后，喊杀声和枪炮声突然止息了，响起的是撕心裂肺的哭声。先是一声，而后是一大片。

山腰掩体里的洪天禹和他的军官们都很诧异，他们往山下看，那时候烟也渐散去，他们隐约能看清两岸大致的情形。那里很宁静，何曾有过战事？只有哭声像烟那么缭绕升腾，一阵阵漫过来。谁家天崩地裂？有人如丧考妣。

洪天禹没有被加官晋爵，也并没天塌地陷万劫不复。他跟上司解释这段蹊跷时说，鬼晓得，赤匪用了蒙汗迷魂烟，当时弟兄昏倒一片……南京方面不知道为什么并没有深究，鬼都不会相信有蒙汗迷魂烟之说，就连洪天禹自己也觉得这说法滑稽不堪。上司没有深究的原因也许他们觉得南路军并没损兵折将丢城失地，有些"瑕疵"和"蹊跷"微不足道，毕竟北路军所辖几路大军的进剿大部分占了上风。以此看来，"赤匪"将一蹶不振，他们将一鼓作气乘胜追击，南京方面觉得要做的大事实在太多。

那些天，洪天禹不敢怠慢，他下令严防死守。

针对三个种棉高手的护送行动不得不中止。首长说，另觅良机。

三个种棉高手对这些并没有什么反应，他们平静淡定，说那就等等。他们笑笑说，人不留客天留客。

但似乎一直没有更好的机会。很快，红军发现，这一回的围剿非同以往，对方除动用百万大军外，还集中了最精锐的情报人员和特工，对苏区的交通线制造了很多麻烦。为安全起见，三个种棉高手一直没走成。

他们觉得没什么，他们已经适应了那里的生活。他们说，客从主便随遇而安。

首长说，只有过些日子再说了。这句话，那年中他说了好几次。

然后是高虎垴血战，苏区失去广昌北大门。再后来，红的一方每况愈下，苏区被一只巨手扼住了脖子，与外界的交通线被敌人彻底切断。

一年后，他们决定转移。后来，这一次的行动被称做长征。

三个种棉高手被编入红星纵队，随军转移。红星纵队是红军首脑机关和重要部门。三个男人并不完全理解首长的用心，他们把一切都当做别样的生活。他们跟了首长和那支军队度过了一年艰难的日子，走过了一段非同寻常的路程，来到了陕北一个叫延安的地方。然后，首长对三人说，也许这个地方能发挥你们的专长成就你们的事业。涂天让说，可惜那些仪器连同银行的印钞机一起丢在湘江里了。首长笑笑，说，这个不难。很快，他请人到西安等地弄来了相关的仪器，在杜甫川自然科学院成立了棉花研究所。首长还亲自手书了一副对联贴在那间屋子门的两边。"土能生万物，地可降千祥。"首长说这是土地庙前的对联，我写了送你们。

涂天让说，怎么我总觉得吃苦受罪一直等着的就是这一天？查恒有和潘耕晨都点了点头。那天大雪覆地，他们和一群士兵进入了一个叫南泥湾的地方。十八天后，那里有了一片处女地。他们从三原购买了九大车棉籽，又从武功运来甜菜和西瓜种子还有果苗。

后来，他们看见女人们在窑洞前纺线线，总要多看上几眼。他们觉得那些线线，根根牵着他们的心，让他们激动不已。

崔工胜在当年部队换防时做了逃兵，他趁了战乱改名换姓一直呆在船山，他做了丰宜号铺子的伙计。没人叫他"鸭嘎嘎"了，因为他变得沉默寡言。他埋头学做糕点，没多久就手艺纯熟。他把自己亲手做的第一笼糕放在他弟崔工利和"唢呐"张保贵等人的坟前。他再也没进过那些窑子和赌场。后来，最高长官的公子在赣南实行新政，并推"新生活运动"，崔工胜被推选为生活模范。

那年掌柜司马怀的独子染了天花亡故，崔工胜被招郎做了掌柜家的上门女婿。十五年后，他除了已经是船山丰宜号铺子的掌柜外，还开了一家酱菜作坊。那一天，他正和几个伙计往大坛子里装萝卜干，那些萝卜干是捐给朝鲜战场上的志愿军的。有人跟他说有三个外地来的领导找你。

他认出其中的一个，竟然是他的舅舅潘耕晨。他舅潘耕晨摘下头上的那顶帽子对他说，当年我给你们写了好些信。崔工胜说，我一封也没收到。他们说起往事，相顾无言。他舅潘耕晨对另两个男人说，我说当年看见了我两个外甥哩，我没看走眼。

他们去了崔工利和那几个红军战士的坟，他们想了很多，但他们没说话。

他们想起自己这些年的经历感慨不已，这哪是三僚几公能掐算得准的哟。他们当然说起三僚四公杨怀亮。杨怀亮死于长征途中，他当然事先也不知道自己会是那么的结局。

《陌生地带》创作谈

张品成

红军这个主题,打我大学毕业一直是我关注的,并占据了我很多的笔墨。三十多年来,我一直倾注于这个题材。很多朋友不理解,但在我,红军不是某个政党赖以成功的武装基础,它是一种现实和现象。既然是一种现实和现象,就一定会有文学表现的空间。

二十世纪的上半个世纪,中国的知识分子和劳苦大众,在探索一条追求民主自由之路。当然,我不对此后的结果作评点,历史交由历史自己评说,我只注重那些现象,我只注重当年那些参与者的心路历程和他们自身的感受,只重精神层面的东西。我想说,那些朴实的情怀和惨烈的经历,一直让我牵肠挂肚耿耿于怀。

我也曾对某些党史教科书和所谓红色"经典"产生怀疑,并且至今依然对其保持缄默,我想,历史上的一些东西,虽然我们不能重新经历,但可以通过各种侧面接近真相。

我小时在江西赣南宁都一个叫石上的地方生活过五年,虽身处"文革",但与乡民的接触是直接的。母亲亡故,父亲进"牛棚",两兄弟几乎算是辍学,辍学有辍学的好处,就不会过早的接触相关的书，属于一张白纸。所接触的那段历史的印象，皆来自乡亲的口中。那里的村庄，当年几乎所有的男性都加入了红军。一九三三年的"扩红"，中共苏区中央局作出"关于在粉碎敌人四次'围剿'的决战前面党的紧急任务决议"，号召苏区各地紧急动员起来，"在全中国苏区，创造一百万铁的红军，来同帝国主义国民党军队作战"。其实当时的情况是"全中国苏区"总共约三千万人口。但各根据地是相互独立的。要与"围剿"之敌决战的中央苏区，只有二百五十万人口。要短时间扩大红军一百万，六十岁以下十二岁以上都在"扩红"的范围内。

少共国际师成立誓师大会就是在离我家下放的村子二十里地的地方召开的，我想说的是，当时我下放的那个小小的村子，当年就有十几个少年加入了那支队伍。我在那呆的时候，他们正好六十上下。而整个村子，涉红的男女就有三十多人，在我们落户的那个村子里，有五人还活着，也不过七八十岁年纪。这于我后来的写作有两点便利，一是我零距离接触过真正的红军；二是他们的口述历史使我得到另一种"真实"。他们曾经参加那场战争，但从不是既得利益者，所以他们无所顾忌。其三，也是最重要的一点是，我和他们一起生活在那个村庄的日日夜夜，让我对他们有了深刻的了解和深厚的情感。

我想到了"民间视角"这个词，当然，这无关身份。据我所知，关于红军，国内很多人士在自发甚至自费进行探访和研究，无论是体制内的专家，还是民间独立的史学"自由撰稿人"，我很佩服他们。成都的一个叫周军的与我同龄的人，这些年已经翻越了红军走过的五十多座雪山，最高的海拔四千八百米且荒无人烟。

从二十世纪八十年代中期到现在,我一直用"民间视角"来看待这段历史,再用独立思考来进行我的红军题材的写作,我觉得这两点非常重要。这就是为什么八十年代,我寂寞着且执拗着独自一人重走长征路的根本原因。尽管此后,我多次重走长征路,但从没有第一次那么壮怀激烈刻骨铭心。当然,阅读也是非常重要的,许多党史的珍贵资料和研究成果是几代史学家心血凝聚所在,应当尊重且虚心领会和消化。但文学家的历史和历史学家的历史是完全不同的两个概念。在文学行为中,僵硬的史料性的写作是要不得的。这是我一直提醒自己要警惕的所在。

《陌生地带》与我曾经的作品比较,不是一部颠覆性的小说,却也算得上相对"独具特色"的一部作品。

《红色中华》这份当年中央苏区的报纸,也是我一直查阅的主要史料依据。某年某日这张报纸上报道了一则消息,说中华苏维埃共和国从全国招聘了三个种棉高手。虽然只是百余字的一则小消息,但我感觉其后面的空间很大。这是红军的高层从打破敌人经济围剿策略上的考虑,我们有大片的土地,既然能解决粮食问题,为什么不能解决穿衣问题?这三个对共产主义完全陌生的"种棉高手"在那个地方的经历和生活状态,我是有所考虑的。尤其是他们对那个"陌生地带"的认识和适应过程。

红白两军,据河而守。军官们在忙碌自己的事情,政治的经济的,可是士兵们呢?无论红还是白,士兵原本都是地道的中国农民。他们也许迫于生计,入了队伍,但具体要追求什么,大多人并不明了,只知道拿了枪能有饭吃能打天下。当然,胜者为王,败者为寇。但他们并没有想到将来。他们都是平民,他们都不喜欢战争。

　　崔工胜和崔工利两兄弟，是我着力刻画的两个人物。哥哥的最后一枪和弟弟的最后悲剧，其实是我一直纠结想呈现和批判的一段历史真实。我前面说到的少共国际师，成立不到一年，在训练不足装备有限的情况下投入石城保卫战，仅此一仗，近万人的队伍损失一半。过了几月，湘江之战，少共国际师几乎全军覆没。著名的遵义会议召开不久，少共国际师番号就此撤销。至此，"少共国际师"成为历史名词。我当年那些关于这支队伍的采访手记，一直是我内心的痛，每想起，万箭穿心。

　　船山并不是一个完全虚构的地方，当年，红白交界的赣县，有过一个叫江口的小镇，那里，曾是红白间的缓冲地带，那地方红的白的都共处一地，相安无事。并不因为什么，只是各方都需要这么一个地方，贸易、情报、交通，甚至战事，都需要这么一个地方。在很多人看来，那是个陌生的地带，但却是他们都向往的地方。有一天江左和江右的"弟兄"彼此发现，原来他们以命相搏的目标，也不过就是他们眼前的那么个世界。

　　我笔下的船山，确实充满了安祥和谐，事实上，我所有的战争题材的小说，几乎没有涉及战争和打仗。

　　无论是围剿还是反围剿，无论是追剿还是长征，不一定全是打仗。我没说战争和打仗不重要，但几十年来作家的笔墨仅仅放在那几场战役或战斗上，写的人不怕烦腻无味，也不想想读者是否审美疲劳至倒胃？士兵们有各种各样的生活状态，我们后人在反映他们当年的历史时，为什么不可以视野放得更宽阔些，从一些琐碎和生活细节中，反映出的历史更为真实。涉及红军题材，不要动不动就冲锋陷阵战火硝烟，还有更丰富的内涵更丰富的生活情境，那些琐碎，才能真正的表现那一代人的情怀和那个时代的真实。

这正是我所追求的。

图书在版编目（CIP）数据

陌生地带/张品成著.-上海：上海文艺出版社.2016.6
ISBN 978-7-5321-6035-8
Ⅰ.①陌… Ⅱ.①张… Ⅲ.①长篇小说-中国-当代
Ⅳ.①I247.5
中国版本图书馆CIP数据核字（2016）第124454号

责任编辑：谢　锦
封面设计：钱　祯

陌生地带
张品成 著
上海世纪出版集团
上海文艺出版社 出版
200020 上海绍兴路74号
上海世纪出版股份有限公司发行中心发行
200001 上海福建中路193号 www.ewen.co
崇明裕安印刷厂印刷
开本650×958　1/16　印张24　插页2　字数263,000
2016年6月第1版　2016年6月第1次印刷
ISBN 978-7-5321-6035-8/I・4817　　定价：45.00元

告读者　如发现本书有质量问题请与印刷厂质量科联系
T：021-59404766